HASS

Die Metamorphose der Angst.

Bernd Klatetzki

Meinen Dank
an Gina, Acki und Grit

Impressum:

Die Deutsche Nationalbibliothek verzeichnet diese Publikation. In der Deutschen Nationalbibliographie detaillierte bibliogra.sche Daten sind im Internet über dnd.d-nd.de verfügbar.

© 2013 Bernd Klatetzki
Cover von Axel Schenk
Herstellung und Verlag:
BoD - Books on Demand, Norderstedt
ISBN: 978-3-7322-4042-5

Folter, zur Erzeugung von Angst ist ein probates Mittel seit hunderten von Jahren. So reicht es meistens, dem Delinquenten diese anzukündigen, um Angst auszulösen. Ein guter Folterer, ein wahrer Meister seines Faches, lässt sich viel Zeit. Genau wird er jedes Werkzeug sowie dessen Möglichkeiten zur Erzeugung von Schmerzen demonstrieren. Damit steigt die Angst beim Opfer ins Unermessliche. Sie wird ihn von jetzt an nicht mehr loslassen. Er wird nicht mehr essen, schlafen oder gar denken können. Sie wird ab jetzt jede weitere Minute seines jämmerlichen Lebens bestimmen. Und so wird die tatsächliche Folter fast zur Erlösung.
Doch irgendwann schlägt die Angst um. In Hass. In einen unbezähmbaren, die eigene Seele zerfressenden, Hass. Und wehe dem, gegen den er gerichtet ist …

(China 12 Jhd.)

„Wo Zorn und Rache heiraten, wird die Grausamkeit geboren."

02. 04. – Paisley – Der Tod des Majors

Es war Anfang April und es schneite es seit Tagen unaufhörlich. Selbst für den schottischen Westen war das ungewöhnlich. Und so lagen die königlichen Gärten und Parks in Paisley unter einer dicken Schnee- und Eisdecke, und keiner wusste, wann der Frühling endlich Einzug halten würde. Wahrscheinlich wird das diesjährige traditionelle Verstecken der Oster-Eier, wohl im Schnee stattfinden. Wenn überhaupt. Die Touristen, die ansonsten zu tausenden in die Stadt pilgerten, blieben fast völlig weg. Selbst die Deutschen, die zwar ständig was zu meckern hatten, aber immer eine sichere Bank für die kleinen Hotels und Pensionen darstellten, blieben aus. Frost und Frust hatten sie auch zu Hause genug.

Den Menschen reichte es mit der Kälte, das konnte man ihren Gesichtern ablesen. Selbst die Kinder, die sonst nicht genug vom Herumtollen im Schnee bekommen konnten, hatten die Nase gestrichen voll. Jeder hoffte auf Sonne und ein bisschen Wärme.

Am nördlichen Rand von Paisley erstreckten sich riesigen Getreidefelder der ansässigen Whisky-Brennereien. Beste schottische Gerste wurde hier seit über hundert Jahren angebaut. Doch im Augenblick erstrahlten auch diese Felder in einem winterlichen Weiß. Es war nicht abzusehen, wann die Bauern mit der Aussaat beginnen konnten. Und so würden sie ihr dringend benötigtes Getreide irgendwann komplett importieren müssen, was sich garantiert auf den Preis des Whiskys auswirken wird.

Die riesigen Felder wurden begrenzt, auf der einen Seite durch die undurchdringlichen Wälder und Sümpfe von Sulmor, sowie der Fernstraße, die von Glasgow nach Edinburgh führt. Nach Westen hin, umgeben von hohen Stacheldrahtzäunen, liegt das Gelände des berühmten „Black Watch-Regiments" der schottischen Armee. Diese Elite-Einheit ist der Stolz der britischen Königin. Wer hier seinen Dienst absolvieren will,

muss ein strenges Auswahlverfahren über sich ergehen lassen. Und auch dann kann er nicht sicher sein, hier dienen zu dürfen. Weiter im Norden, hinter dem weitläufigen Schießgelände der „Black Watch" beginnen bereits die ersten Ausläufer der Low-Lands.
Um diese Jahreszeit stellen die Bauern ihre Felder gern der Armee zur Verfügung. Denn dann donnern jede Menge an schweren militärischen Ketten-Fahrzeugen über die Flächen und wühlen dabei den Boden gründlich auf. Vielleicht war das auch eines der Geheimnisse, warum der Paisley-Whisky als einer der besten in ganz Schottland galt. In den nächsten Tagen, hatte die Armeeführung bereits angekündigt, wieder umfangreiche Manöver mit Schieß- und Fahrübungen durchzuführen.
Etwas weiter südlich steht der größte Business-Park von Paisley. Hierher hatte die Stadt-Regierung unzählige kleine Firmen aus der Innenstadt verlegt, um deren Attraktivität zu steigern. Kein Tourist sollte bei einem Stadtbummel mit hässlichen Gewerbehallen konfrontiert werden. Ein Konzept, das Schule machte.

Major Tim Patten wartete seit gut zwei Stunden in einem abgedunkelten Jeep am Rand eines der verschneiten Felder. Selbst die Heizung hatte er abgestellt, um jedes Geräusch wahrnehmen zu können. Und auch wenn es so aussah, er war nicht allein. Im angrenzenden Waldstück und im Kasernengelände warteten eine Elite-Einheit und zwei Hubschrauber in höchster Alarmbereitschaft auf ein Zeichen von ihm. In diesem Fall würden die Soldaten den vor ihm liegenden Bereich stürmen und den Entführer seines Sohnes festnehmen.
Im Augenblick war alles still. Nur das Knacken in den Funkgeräten war ab und an zu hören. „Es ist schon nach 22.00 Uhr. „Meinen Sie, das der Kerl heute noch kommt, Sir?" „Bleiben Sie in Wartestellung, Sergant, und nehmen Sie den Finger vom Funkgerät." „Jawohl, Sir!" Nervös zog der Major am goldenen Filter seines Zigarillos. Eigentlich hatte er mit dem Rauchen

längst aufgehört. Aber heute war alles, ganz anders. Er brauchte etwas zur Stärkung seiner Nerven und gegen die entsetzliche Kälte. Gerade wollte er zur Taschenflasche greifen, da schien ihm, als könne er Schritte hören. Doch so sehr er sich auch bemühte, er konnte niemanden entdecken. Vielleicht hatten ihm aber auch seine Sinne einen Streich gespielt. Es vergingen weitere zwanzig Minuten, ohne das was passierte.

Plötzlich wurde die hintere Tür des Wagens aufgerissen und er starrte in den Lauf eines Schalldämpfers. „Hände weg vom Funkgerät, wenn dir dein Leben lieb ist." Schon saß der Fremde im Fond des Jeeps. Der Major konnte nicht erkennen, wer da im Wagen Platz genommen hatte, denn der Typ verschmolz in seiner schwarzen Lederkleidung mit dem Dunkel des Wagens. Seine Stimme klang irgendwie dumpf und verzerrt, was aber auch an dem Helm liegen konnte, den er auf dem Kopf trug. „Wenn dir das Leben deines Jungen lieb ist, dann gibst du sofort das Kommando zum Abbruch." „Ich weiß nicht, was Sie meinen?" „Blödsinn. Du solltest mich nicht für dumm verkaufen. Also, wird's bald?" Der Major überlegte einen Moment. Dann griff er zum Funkgerät und gab den Befehl zum sofortigen Abbruch der Aktion. „Na also, geht doch." Nach einem kurzen Moment der Stille brachen mehrere Fahrzeuge mit heulenden Motoren aus dem Waldgebiet. Zwei Hubschrauber überflogen mit donnernden Rotoren im Tiefflug das Gelände und verschwanden im Dunkel der Nacht. Ruhe kehrte wieder ein.

Leise pfiff der Fremde durch seine Zähne „So viel Aufmerksamkeit und das alles nur für mich? Ich fühle mich geschmeichelt." „Was ist mit meinem Jungen? Wo ist er? Geht es ihm gut?" „How How How! Zunächst mal möchte ich wissen, wo mein Geld ist?" „Da, in der braunen Tasche, neben Ihnen. Sie brauchen nicht nachzählen. Es sind zehntausend Pfund, wie gefordert. Und jetzt will ich endlich wissen, wo …" „Nicht so schnell, mein Lieber. Ich möchte erst noch ein wenig mit dir plaudern. Doch hier ist mir das zu ungemütlich. Wer weiß, welche Überraschung du noch für mich vorbereitet hast?" Damit drückte er dem Major den Schalldämpfer an den Hals. „Los, die Straße da rechts, bis ich Halt sage. Doch vorher schmeißt du noch dein Handy und deine Waffe aus dem Wagen. Der Major tat wie ihm geheißen. Nach knapp zwanzig Minuten Fahrt befahl ihm der Fremde, den Wagen anzuhalten. „Weißt du, wo wir hier sind?" Major Patten sah aus dem Fenster und konnte einige der Attrappen des Schießplatzes erkennen. „O.k., wir sind auf dem Schießplatz. Was wollen wir hier?" „Nicht so eilig, Herr Major. Oder bleiben wir lieber beim vertrauten Timmy? So hatten dich doch früher immer alle genannt? Nicht wahr, mein Freund? Ach so, ich vergaß, wir waren ja keine Freunde." Der Major versuchte sich verzweifelt an seine Schulzeit und an die Stimme zu erinnern. Denn, dass diese ganze Sache irgendetwas damit zu tun haben musste, war ihm längst klar. „Gut, Sie hatten Ihren Spaß. Sagen Sie mir jetzt, wo mein Sohn ist und wir können die Sache hier sofort beenden. Ich verspreche Ihnen, Sie ungehindert verschwinden zu lassen. Das ist mein Deal." Statt einer Antwort war ein merkwürdiges, kehliges Lachen zu hören. „Tim, Tim, Timmy, du hast es immer noch nicht begriffen, oder? Ich bestimme jetzt hier die Regeln. Oder, um in deinem Jargon zu sprechen, ich gebe hier die Befehle! Aber ich will es dir leicht machen. Dein Leben gegen das Leben deines Sohnes, das ist mein Deal, mein Deal, mein Deal!" Der Fremde schien sich prächtig zu amüsieren. „Was soll das heißen?" „Das werde ich dir schon noch zeigen. Los, aussteigen! Sofort!" Der Major wie auch der Fremde stiegen aus dem Wagen. Doch bevor sie losgingen, wurden Tim Handschellen auf dem Rücken angelegt. Plötzlich fühlte der Offizier den Lauf der Pistole in seinem Rücken. „Los, geh!" Tim Patten stolperte durch den gefrorenen Schnee in die Richtung der Schieß-Attrappen. Nach dem beide einige von ihnen passiert hatten, hörten sie plötzlich das leise Schluchzen eines Kindes. „Das ist Kevin, mein Sohn. Ich muss zu ihm!" Sofort begann er zu laufen, was ihm in dem Gelände, noch dazu mit auf dem Rücken gefesselten Händen, schwer fiel. „Halt! Bleib

stehen! Oder ich erschieße dich gleich hier." Die Stimme klang jetzt scharf und aggressiv. „Aber ich will doch nur zu meinem Sohn." „O.k., wenn du es so willst." Drei dumpfe Schüsse schlugen neben ihm im Schnee ein. Tim blieb abrupt stehen. „Na also, es geht doch." Inzwischen war das Weinen lauter geworden. „Kevin? Kevin bist du das?" Für einen Moment verstummte das Weinen. „Papa? Papa, wo bist du? Hilf mir bitte! Mir ist so kalt. Bitte hilf mir!" „Wo ist er? Wo ist mein Junge?" Voller Wut wollte er sich dem Fremden entgegenwerfen doch ein harter Schlag mit der Waffe an seine Schläfe streckte ihn nieder. „Na na, du willst dich doch nicht ernsthaft mit mir anlegen?" Tim lag jetzt am Boden. Blut floss langsam von der Schläfe in den Schnee und färbte ihn rot. Plötzlich ein Lichtblitz. „Entschuldige, aber ein kleines Foto zur Erinnerung." „Wo ist mein Sohn, bitte?" „Da!" Der Lichtstrahl einer Taschenlampe flammte auf und Tim konnte in knapp zehn Meter Entfernung seinen Sohn, an die Rückseite einer der Attrappen gefesselt, sehen. Zusätzlich war ihm ein Sack über den Kopf gezogen worden. Rasch rappelte sich der Major auf. „Bitte, lassen Sie mich zu meinem Sohn. Bitte!" „Gleich, mein Lieber, gleich. Doch zuvor noch ein Hinweis zu deinen Optionen. Schließlich bin ich ja kein Unmensch. Erstens, dein Sohn steigt in den Wagen und du nimmst seinen Platz ein. Zweitens, ich erschieße euch beide gleich hier, und drittens, ich erschieße deinen Sohn und lasse dich am Leben. Du kannst jetzt wählen, Du hast zehn Sekunden Zeit. Tik, Tak, Tik, Tak, Tik, Tak."
Tims Augen füllten sich mit Tränen, als er seinen Sohn so hilflos sah. „Die zehn Sekunden sind um. Wie hast du dich entschieden?" „Ich werde seinen Platz einnehmen." „Damit habe ich gerechnet. Auf die Knie, sofort!" Langsam ließ sich Tim auf die Knie fallen. Der Fremde befreite den Jungen von der Attrappe und setzte ihn, immer noch gefesselt, in den Wagen. Dann riss er Tim hoch und fesselte ihn statt des Jungen an die seitlich angebrachten Metallklammern. Zum Schluss klappte er das Visier hoch. „Damit du weißt, wem du das hier zu verdanken hast." Tim war

erstaunt. „Wer sind Sie? Ich kenne Sie nicht." Ein breites Klebeband verschloss ihm den Mund. „Denk mal zurück. Über dreißig Jahre ist es jetzt her, dass ihr mich gequält, verspottet und gedemütigt habt. Zehn Sekunden habt ihr mir gegeben, bevor ihr meine Sachen verbrannt und mich splitternackt durch die Straßen gehetzt habt. Wie einen tollwütigen Hund. Und gelacht, ja gelacht habt ihr dabei. Dieses Lachen hat mich immer und immer wieder verfolgt. Na, klingelt es jetzt bei dir? Damals habe ich mir etwas geschworen und heute ist es endlich soweit. Heute ist mein Tag. Der Tag meiner Rache. Heute lache ich! In wenigen Stunden beginnt das Schießtraining der neuen Ausbildungskompanie, deiner neuen Kompanie. Aber das weißt du ja. Welch Ironie des Lebens. Und du wirst dabei sein. Nur anders, als du es dir gedacht hast. Ich wünsche dir viel Glück. Wer weiß, vielleicht hast du ja Schwein und sie schießen vorbei? Hast du sie gut oder schlecht ausgebildet? Das ist jetzt die Frage, nicht war. Und die Antwort bestimmt über dein Leben …"

Damit holte der Fremde einen toten Schmetterling aus seiner Tasche und warf ihn zu Boden. Dann schlug er den Major mit dem Griff seiner Pistole erneut an die Schläfe. Der sackte zusammen. „Ich wünsche dir eine gute Nacht." Zum Schluss steckte er ihm noch einen gefalteten Zettel in die Uniformtasche. Darauf war eine Liste mit Namen von ehemaligen Schülern. Hinter jedem Namen stand ein Kreuz. Der Name Tim Patten hingegen, war durchgestrichen. Kurz darauf raste ein Militär-Jeep mit abgedunkelten Scheinwerfern in Richtung Paisley.

Gegen 8.00 Uhr am anderen Morgen trafen die ersten Soldaten auf dem Schießplatz ein. Major Patten war schon vor Stunden aus der Ohnmacht erwacht und versuchte verzweifelt, sich von den Fesseln zu befreien. Doch bald war ihm klar, dass er gegen die Handschellen keine Chance hatte. Von Weitem hörte er die knappen Kommandos der Feldwebel, und kurz darauf begannen die ersten Feuerstöße in Richtung der Panzer-Attrappen. Bei jedem Treffer gab es einen ohrenbetäubenden Knall, die

Erde bebte und die riesigen Holzattrappen zersplitterten in tausend kleine Stücke. Riesige Rauchsäulen verhüllten im Nu das Gelände und Berge von Sand türmten sich auf.

Er wusste, dass in wenigen Minuten das Feuer auf die Einzelattrappen beginnen würde. Er selbst hatte die Pläne erarbeitet. Und an einer dieser Holzplatten war er nun mit Handschellen gekettet. Jetzt konnte er nur noch hoffen, dass seine Platte verschont blieb. Erneut riss er an den Handschellen, was lediglich dazu führte, dass Blut aus seinen Handgelenken in den Schnee tropfte. Doch plötzlich bemerkte er, dass sich eine der Handschellen samt Befestigungsklammer von der Platte zu lösen begann. Ungeachtet der Schmerzen rüttelte er weiter wie wild an der Schelle. Der Leiter des heutigen Schießens, Feldwebel McHurst, beobachtete aufmerksam mit dem Fernrohr die Treffer der Rekruten. Zufrieden korrigierte er den einen oder anderen Schützen. Plötzlich war ihm, als hätte er eine Bewegung an einer der Ziel-Attrappen bemerkt. Als würde sich eine Hand an einer der Seiten bewegen. Doch welcher Wahnsinnige sollte sich jetzt im Zielbereich aufhalten? Da, da war es wieder. Jetzt konnte er es ganz deutlich sehen. Die Hand eines Menschen bewegte sich an einem der Ziele. „Feuer einstellen! Sofort!", rief er aufgeregt durch das Megaphon. Dann stürzte er vom Feuerleitturm. Doch es war bereits zu spät. Seine Rufe gingen in dem gewaltigen Krachen der Feuerstöße unter. „Aufhören! Sofort aufhören!" Der Feldwebel zog seine Waffe und schoss drei Mal in die Luft. Sofort stoppten alle das Feuer. Dann rannte er in die Richtung des Zielbereiches. „Sanitäter! Los, ich brauche Sanitäter!", rief er nach hinten. Endlich hatte er die zersplitterte Attrappe erreicht. Entsetzt sah er auf den zerschossenen Leichnam eines Menschen. Es war Major Tim Patten. Besser das, was von ihm noch übrig war. Mehrere Salven, großkalibriger Waffen, hatten ihn in Kopf und Rücken getroffen. McHurst hatte schon einiges gesehen, doch das hier war selbst für ihn eine riesige Schweinerei. Das Blut und jede Menge an

Innereien hatten den Schnee großflächig rot gefärbt. Die eintreffenden Sanitäter standen mit versteinertem Blick vor dem zerfetzten Leichnam. Einige mussten sich übergeben. Plötzlich zeigte einer von ihnen mit dem Finger zum Waldrand. Von Weitem stolperte ein Junge in Richtung des Tatortes. Sofort eilte ein Sanitäter ihm entgegen, und nach dem er ihn beruhigt hatte, wurde er in ein bereitstehendes Sanitätsfahrzeug verbracht und in das nächste Krankenhaus gefahren. Es war Kevin Patten. Der Sohn des Toten. Und sein Vater brauchte ja wohl keinen Krankenwagen mehr.

„Nicht anfassen!", befahl der Feldwebel. „Das hier ist ein Fall für die Jungs von der Militärpolizei." Per Funk ließ er die Rekruten abrücken, nicht ohne zuvor ihre Waffen zu beschlagnahmen. Dann meldete er der Militärpolizei und dem Geheimdienst der Armee den Vorfall und ließ den Bereich weiträumig absperren.

Es war 08.58 Uhr und Major Tim Patten war tot. Doch sollte das nur der Anfang eines blutigen Rachefeldzuges sein.

Die Untersuchungen der Polizei und des militärischen Geheimdienstes konnten in den nächsten Wochen nichts Wesentliches feststellen. Bis auf die völlig zerfetzte und vom Blut eingefärbte Liste gab es keinerlei weitere Spuren am Tatort. Selbst wenn es welche gegeben hätte, dann waren die von den Sanitätern und den Beamten der Militärpolizei zertrampelt worden. Den Rest hatte der Schnee beseitigt. Die Befragungen des Jungen ergaben auch nichts Greifbares. Er konnte sich nur daran erinnern, dass er während seiner Entführung in einer Art Käfig gehalten wurde. Dieser befand sich in einem großen, gefliesten unterirdischen Raum. Dort gab es neben seinem noch weitere Käfige und es war furchtbar kalt. Immer, wenn der Entführer zu ihm kam, war er vermummt. Insgesamt müssen es mindestens zwei oder drei Täter gewesen sein. Und alle trugen ständig Gewehre bei sich.

Wenn er transportiert wurde, zog man ihm jedes Mal einen Sack über den Kopf, der furchtbar nach Kohl stank. An mehr konnte sich der Junge nicht erinnern.

Und so blieb dieser Mord ein Rätsel, bis ein halbes Jahr später Special-Superintendent Kathy McGore eine Einladung zu einem Klassentreffen nach Aberdeen erhielt. Doch zunächst gab es da noch einen Mord in Moray und eine kleine Romanze in Edinburgh.

12. 07. – Der Tod der ersten „Hexe"

Moray ist einer der schönsten Küstenorte Schottlands. Malerisch im Osten gelegen, begrenzen hohe Klippen den Ort zum Meer hin. Massive Felsen schaffen eine bizarre Küstenlandschaft, die bis zu hundertfünfzig Meter in die Nordsee hineinreicht. Selbst an ruhigen Tagen brechen sich riesige Wellen an den gewaltigen Felsen.

Viele Touristen werden mit Bussen nach Moray Castle gebracht, um sich das malerische Schauspiel des Kampfes der Urgewalten Wasser, Wind und Felsen von den Klippen aus zu betrachten. Jetzt im Juli schaffte es das Thermometer weit über die zwanzig Grad Marke, was außergewöhnlich für diese Gegend war.

An einer Stelle der Felsenküste betreibt das königliche Institut zur Erforschung der Nordsee seit Jahren eine Art Forschungsstation. Hauptaufgabe ist, die Veränderung der Nordsee unter dem Einfluss des Klima-Anstieges und der Meerwasserverschmutzung festzustellen. Ein wichtiger Forschungsbereich beschäftigte sich seit Jahren mit der zunehmenden Verbreitung japanischer Riesenkrabben in der Nordsee. Diese Unterwasser-Ungeheuer zerstören bei ihren Raubzügen das Gleichgewicht von Flora und Fauna und richten immense Schäden an. Ein Problem, das inzwischen alle Anrainerstaaten betraf. Für die Krabbenfischerei in Schottland bedeutete das zunehmend das Aus. Sollte die Regierung nicht bald etwas gegen diese Urviecher der Tiefe unternehmen, verloren Hunderte von Fischern ihre Existenz.

Lilly Forbes, studierte Meeresbiologin, tauchte hier seit gut zwanzig Monaten für das Institut. Nach etlichen Jahren, die sie mit unzähligen Tauchgängen rund um das „Barriere-Riff" verbracht hatte, war die Umstellung, in der dunklen Nordsee zu tauchen, anfänglich doch sehr groß. Vor allem die Kälte machte ihr zu schaffen. Doch nachdem ihre Tochter das schulpflichtige Alter erreicht hatte, zog sie es vor nach Schottland umzusiedeln, um sie hier auf eine gute Schule zu schicken. Es folgten lange fünf Jahre, in denen sie sich mit Gelegenheitsjobs über Wasser hielt, bis vor zwei Jahren das Angebot aus Moray kam. Ohne zu zögern, zog sie von Paisley an die Küste. Wenn sie heute zurückblickt, dann hatte sie diese Entscheidung nie bereut. Inzwischen hatte sie sich auch an das Tauchen in Dunkelheit und Kälte gewöhnt, und so konzentrierte sie sich auf ihre Arbeit in gut dreißig Metern Wassertiefe.

So wie auch an diesem Abend. Und doch war heute alles anders. Vor fünf Tagen war ihre Tochter Maike, 14 Jahre, spurlos verschwunden. Gerade als sie das Mädchen bei der Polizei als vermisst melden wollte, erhielt Lilly das erste Foto mit der Post zugeschickt. Weitere sollten folgen. Auf allen war ihre Tochter gefesselt und in einem Käfig gefangen, zu sehen.

Auf der Rückseite waren lediglich drei kurze Sätze zu lesen. „Keine Polizei! 5000 Pfund Lösegeld! Wir melden uns." Und gestern war es dann endlich so weit. Gestern hatten sie sich gemeldet. Der Brief kam am Mittag mit der Post. Neben einem Foto ihrer Tochter, die immer noch gefesselt in einem Käfig hockte, steckte eine kurze Nachricht in dem Kuvert: „Tauchgang morgen Abend gegen 21.00 Uhr. Das Lösegeld wasserdicht verpacken. Tiefe 28 m. Am Ende der Felsenreihe nordwestlich. Am Grund befindet sich ein Eisenring. An dem das Geld befestigen. Keine Polizei! Wenn alles gut geht, kommt deine Tochter frei." Lilly atmete tief durch. Endlich eine konkrete Anweisung, und die Hoffnung, ihre Tochter gesund wieder in die Arme schließen zu können.

5000 Pfund waren viel Geld für Lilly. Sie hatte extra einen Kredit aufnehmen müssen und dafür selbst ihren klapprigen Rover verpfändet. Der Bankmitarbeiter, der den Antrag bearbeitete, hatte herzlich über das Auto gelacht. Als er aber die Verzweiflung in Lillys Gesicht sah, gab er seinem Herzen einen Stoß und bewilligte die Summe. Dass sie seit längerer Zeit für das Unterwasserinstitut arbeitete und deren Chef mit ihm regelmäßig zum Golfen ging, spielte bei der Entscheidungsfindung wohl auch eine nicht ganz unwesentliche Rolle. Und so verließ Lilly die Bank mit viel Bargeld in ihrer Tasche.

Das wasserdichte Verpacken stellte für sie kein Problem dar, denn das Institut verfügte über Unmengen an Plastiktaschen, mit denen man Meßprotokolle und andere Unterlagen mit in die Tiefe nehmen konnte. Darin war das Geld im Handumdrehen sicher verstaut.

Inzwischen war es kurz nach 20 Uhr und Lilly saß in der Ausrüstungskammer, fertig und bereit für den Tauchgang. Heute hatte sie ihr Equipment mindestens drei Mal kontrolliert. Sie hatte sich auch extra eine große 15 l Tauch-Flasche ausgesucht. Die war zwar furchtbar schwer, aber damit verfügte sie über mehr Atemluft, was bei so einer Aktion sicher von Vorteil war. Auch die beiden Atemregler und den Druckluftminderer hatte sie immer und immer wieder probiert. Zum Schluss steckte sie ihr Tauchermesser in das Halfter am Bein. Für einen Moment hatte sie überlegt, eine der Harpunen, die für jeden nutzbar an der Wand hingen, mit hinunter zu nehmen. Doch dann verwarf sie den Gedanken schnell wieder. Das sollte da unter Wasser ja kein Duell werden. Und doch entschied sie sich für einen der neuartigen Elektro-Taser, den man angeblich auch unter Wasser einsetzen kann. Mit ihm war man in der Lage, auf bis zu zehn Meter Entfernung kleine Metallpfeile, die an feinen isolierten Kabeln befestigt waren, abzuschießen. Durch diese konnten dann Stromstöße

abgegeben werden. Das lähmte jeden Gegner sofort, hatte ihr Chef behauptet. Soll angeblich sogar bei Haien helfen. „Nun, wir würden ja sehen." So ausgerüstet saß sie nun auf einer Bank und wartete.
Endlich, es war 20.45 Uhr, schleppte sie sich mit etlichen Kilo an Eisen und Blei am Körper, zur Einstiegsstelle. Zwei große Unterwasserlampen hingen festverzurrt an ihrer Weste. Nach gut zehn Minuten erreichte sie den Einstieg. Die Nordsee lag pechschwarz und unheimlich vor ihr. Auf Grund des stetigen Wellenganges hatte man eine Plattform, zehn Meter von den Felsen entfernt, im Wasser verankert. Damit konnten die Taucher gefahrlos ins Wasser steigen, ohne befürchten zu müssen, von den Wellen gegen die Felsen geschlagen zu werden. Zusätzlich war die Plattform beleuchtet, so dass man sie leicht beim Aufstieg wiederfinden konnte. Lilly betrat die Platte und befestigte die Taucher-Boje. Dann gab sie ihrem Herzen einen Stoß und sprang in die aufgewühlte, kalte See. Langsam und konzentriert begann sie mit dem Abstieg in die Tiefe. Ein Stahlseil führte von oben bis hinab zum Meeresgrund

Seit geraumer Zeit stand oben am Rand der Klippe ein Mann in einem Motorradanzug und beobachtete Lilly, die inzwischen in der See verschwunden war. Grinsend spukte er seinen Zigarettenstummel in den Dreck. Dann griff er zu einem Funkgerät. "Sie ist auf dem Weg. Viel Spaß!" Dann setzte er den Helm auf, startete seine Maschine und verschwand in der Dunkelheit der Nacht.

Gut zweihundert Meter vom Ufer entfernt, kippte ein Taucher vom Rand seines Bootes in die Nordsee und verschwand in der Tiefe.

Lilly brauchte knapp vier Minuten, dann hatte sie den Meeresboden erreicht. Im Schein ihrer starken Lampe konnte sie hunderte von Meereskrabben sehen, die ansonsten zu ihren Beobachtungstieren zählten. Doch heute hatte sie keinen Blick dafür. Vorsichtig und langsam schwebte sie anderthalb Meter über den Meeresgrund und suchte nach den verankerten Eisenringen. Sie hatte diese bei ihren früheren Tauchgängen schon mehrfach gesehen, sich aber nie dafür interessiert. Sicher waren daran mal Bojen o.ä. befestigt gewesen. Nach knapp zehn Minuten tauchten einige der rostigen Teile am Meeresboden auf. Im Schein der Lampe suchte sie nach einer für ihr Vorhaben geeigneten Halterung. Einige waren zum Teil von Muscheln und Sand bedeckt, andere so fest mit der Halterung verbunden, dass sie sich unmöglich bewegen ließen. Endlich fand sie einen Metallring, der sich leicht heben ließ. Er schien erst vor kurzer Zeit hier im Wasser verankert worden zu sein. Lilly beschloss, das Päckchen mit dem Geld daran zu befestigen. Während sie damit beschäftigt war, näherte sich ihr von hinten ein zweiter Taucher, der eine mehrschüssige Harpune in den Händen hielt. Er drückte ab, und ein Pfeil schlug unmittelbar neben Lilly im Boden ein. Erschrocken drehte sie sich herum und sah direkt in die Pfeilspitze einer Harpune. Ihr Herz raste wie wild, was unter Wasser, und in dieser Tiefe unmittelbar zu einer Panikattacke führen kann. In ihrer Angst wollte sie zum Taser greifen, doch der andere Taucher machte ihr schnell klar, das Ding fallen zu lassen. Dann deute er mit der Harpune in die Richtung ihres Messers. Lilly zog das Messer langsam heraus und ließ es in dem weichen Sand fallen, wo es sofort verschwand. Jetzt bedeutete er ihr, sich umzudrehen. Das war es also, dachte sich Lilly. Der nächste Pfeil würde sie in den Rücken treffen und sie würde hier unten jämmerlich verrecken. In ihrer Verzweiflung zeigte sie auf die Tasche mit dem Geld. Doch das schien den Taucher nicht zu interessieren. Weiter bedeutete er ihr, sich umzudrehen. Im linken Blickwinkel ihrer Maske konnte sie den Taser am Boden liegen sehen. Wenn es ihr gelänge, das Ding in die Hand zu kriegen, dann wüsste sie, welche Antwort sie dem Typen da hinter ihr geben würde. Langsam drehte sie sich herum und versuchte dabei in die Nähe des Gerätes zu kommen. Gerade, als sie dachte, danach greifen zu können, fühlte sie, dass irgendetwas um ihren rechten Fuß geschlungen wurde. Sie sah nach hinten und konnte sehen, dass sie mit einer Art Fessel am Ring hing. Verzweifelt versuchte sie, sich davon zu befreien. Der andere Taucher kniete inzwischen in fünf Metern Entfernung am Boden und beobachtete, wie Lilly sich hin und her wand. Wie ein Tier in einer Falle. Plötzlich sah sie zu ihrem Tauchcomputer und bemerkte, dass sie nur noch knapp über siebzig bar Atemluft verfügte. Ihr war klar, dass sie unbedingt Luft sparen musste. Sie durfte aus 28 m Tiefe nicht ohne Dekompressions-Stop auftauchen, um nicht in das gefürchtete Tauch-Koma zu fallen. Und so beruhigte sie sich und kniete nun ebenfalls am Boden. Es war ein merkwürdiges Bild, das sich da dem Betrachter bot. Zwei Taucher knieten in achtundzwanzig Metern Wasser-Tiefe völlig ruhig auf dem Grund und belauerten sich.

Nach weiteren fünf Minuten, die ihr wie eine Ewigkeit vorkamen, machte sich doch langsam Panik in Lilly breit. Längst hätte sie mit dem Aufstieg beginnen müssen. Plötzlich begann ihr gegenüber sich vom Grund zu lösen und sie langsam zu umkreisen. So, wie ein Hai seine Beute mustert, schwamm er langsam Runde um Runde. Lilly wusste, dass sie sich nicht viel bewegen durfte, wollte sie nicht zu viel Luft verbrauchen. Plötzlich befand sich der Taucher direkt hinter Lilly, und mit einem raschen Schnitt durchtrennte er ihren Atemschlauch. Die ausströmende Luft schoss sofort in großen Luftblasen nach oben. Lilly versuchte verzweifelt an den zweiten Notatemregler zu gelangen, doch der sank, ebenfalls durchschnitten, langsam zu Boden. Für Lilly war es jetzt egal. Sie versuchte verzweifelt sich zu befreien, um möglichst schnell zur Wasseroberfläche zu kommen. Ihr Puls begann wie wild zu rasen, und das Blut hämmerte in ihrem Kopf. Längst war sie dabei, Wasser zu schlucken, was dazu führte, dass sie würgen und husten musste. In ihrem Todeskampf schlug sie wie wild um sich, was völlig sinnlos war. Der andere Taucher beobachtete aus sicherer Entfernung. Nach knapp zwei Minuten war alles vorbei, und ihr Leichnam schwebte, immer noch am Boden fixiert, in der Tiefe der Nordsee. Nach einem kurzen Moment holte ihr Mörder sich das Päckchen mit dem Geld und steckte der Toten einen gefalteten Zettel sowie einen toten Schmetterling in die Maske. Dann begann er langsam mit dem Aufstieg. Nach einem kurzen Moment kehrte er noch mal zurück, zielte mit seiner Harpune und schoss drei Pfeile der bereits toten Lilly in die Brust. Dann schnitt er das Seil, mit der er sie am Grund befestigt hatte etwas an, so dass der Leichnam bald aufsteigen würde. Danach verschwand er im Dunkel der See. Aus gut dreißig Metern Entfernung schoss er nochmal auf Lilly. Dieser Mal traf der Pfeil ihren Rücken. Bald tauchte er in der Nähe seines Bootes auf und verschwand kurze Zeit später in Richtung Glasgow.

Der Leichnam von Lilly Forbes tauchte gegen 06.00 Uhr in der Nähe der Einstiegsstelle auf. Durch die Wellen wurde er in Richtung der Felsen getrieben und gegen die riesigen Steine geworfen. Nach etlichem Hin und Her, blieb ihr Körper schließlich in einer Felsenspalte hängen. Gefunden wurde sie von ihrer Tochter Maike. Die wurde gegen 08.30 Uhr in der Nähe des Institutes freigelassen. Man hatte sie betäubt und bei den Klippen abgelegt. Da sie ihre Mutter oft an ihrer Arbeitsstelle besucht hatte, war für sie das Gelände nicht fremd. Und so stolperte sie, noch etwas benommen, in die Richtung der Basis. Dort herrschte bereits Hochbetrieb. Die ersten Taucher bereiteten sich intensiv auf ihre Arbeit, unter Wasser, vor. Maike begrüßte einige, doch ihre Mutter war nicht darunter. Gerade wollte sie nach Hause fahren, da entdeckte sie die Tasche ihrer Mutter vor deren Spind.

Plötzlich stürzte Peter, der Basisleiter in den Raum. „Wer von euch Vollpfosten hat gestern die Tauchboje an der Plattform befestigt und sie dann vergessen? Ihr wisst, da verstehe ich keinen Spaß! Also?" Die Boje befestigte jeder Taucher an der Plattform, wenn er abtaucht. Damit sind dann alle anderen darüber informiert, dass einer von ihnen im Wasser ist. Da sich niemand der Taucher meldete, verzog sich der Chef wütend, in sein kleines Büro.

Maike stand am Fenster und starrte in Richtung der Einstiegplattform. Irgendwie hatte sie ein ungutes Gefühl und irgendetwas sagte ihr, sie sollte dort draußen nach ihrer Mutter zu suchen.

Und so verließ sie, wie unter einem inneren Zwang, die Basis und ging langsam und Schreckliches ahnend den Steg auf den Felsen hinaus. Kaum hatte sie das Ende erreicht, entdeckte sie ihre Mutter tot im Wasser treibend. In ihrem Rücken steckte der Pfeil einer Harpune. Ihre herzzerreißenden Schreie waren bis hinauf zu den Klippen zu hören.

Der Notarzt ließ sie in die psychiatrische Abteilung des Moray-Children-Hospitals einweisen, wo sie sich noch heute befindet. Die dortigen Ärzte können nicht sagen, ob und wann sich ihr Zustand wieder bessern wird. Die Ermittlungen steckten auch dort bald in einer Sackgasse. Da Lilly allein getaucht war, was einen eklatanten Regelverstoß bedeutete, gab es keine Zeugen. An den Pfeilen konnten keine Spuren festgestellt werden. Es waren handelsübliche Produkte, die man bequem über jeden Fachhandel beziehen konnte. Der Zettel, auf dem Lillys Name gestrichen war, gab nichts her. Weder Tinte noch Papier wiesen irgendwelche Besonderheiten auf. Hier fehlten einfach Vergleichsproben. Und was die toten Schmetterlinge in der Maske zu bedeuten haben, blieb für die Experten ein Rätsel. Merkwürdig fiel den Technikern der Ring in der Tiefe auf. Im Gegensatz zu den anderen konnte er maximal vier Wochen da unten gelegen haben. Weitere Spuren gab es nicht. Und so wurde der Fall zunächst zu den Akten gelegt. Bis, ja bis Kathy zu ihrem Klassentreffen fuhr. Doch davon später …

13.08. – Ein kleines Eck-Café in Edinburgh

Wie immer wartete Paul Brighton auf seine Tochter Sarah, die er um diese Zeit vom Handball abholte. Und seit dem sie ihm verboten hatte, direkt vor der Sporthalle zu stehen, trafen sie sich in diesem Café. Das fand sie wohl cooler. Pubertät eben…

Und so genoss er diese Momente mit seiner Tochter. Seit dem frühen Tod seiner Frau, hatte er sie allein aufgezogen und er fand, dass ihm das ganz gut gelungen war. Er liebte es, in einem Café zu sitzen, entspannt seine Zeitung zu lesen und seinen geliebten Kaffee zu genießen. Die Zeit hier im Café empfand er als kreative Auszeit des Tages. Hier hatte er die besten Ideen für seine Agentur und er fand es toll, nur so da zu sitzen und die Menschen zu beobachten. Und sie war ihm gleich aufgefallen.

Mit ihrer feuerroten Lockenpracht, die gut zu dem sommerlich gemusterten Kleid passte, ihrem katzenhaften Gang und den High-Heels an den schlanken Füßen, sah sie aus, wie ein vom Himmel herabgestiegener Engel. Sie saß etwas abseits am Fenster und ließ die Sonnenstrahlen über ihr ebenmäßiges, sanftes Gesicht streichen. Nach einem Moment der Ruhe kramte sie aus ihrer Tasche ein Modemagazin, bestellte ein stilles Wasser und einen Cappuccino. Paul wusste nicht was es war, aber er fühlte sich sofort magisch zu ihr hingezogen. Und so ertappte er sich dabei, sie über längere Zeit zu beobachten. Plötzlich erwiderte sie seinen Blick und lächelte ihm zu. Verlegen versteckte er sein Gesicht hinter dem Sportteil seiner Zeitung, bis er merkte, dass der das Blatt verkehrt herum hielt. Welch eine Blamage, dachte er sich. Aber, vielleicht hatte sie es ja gar nicht bemerkt? Nach einem kurzen Moment, der ihm wie eine Ewigkeit vorkam, nahm er all seinen Mut zusammen, um sie anzusprechen. Beim Aufstehen stieß er dann jedoch mit der jungen Kellnerin zusammen, die mit einen Cappuccino in Richtung der Dame am Fenster steuerte. Der heiße Kaffee landete auf seiner Hose, die Tasse am Boden und er wäre vor Scham am liebsten im Erdboden versunken. „Verzeihen Sie, aber es ist meine Schuld. Natürlich werde ich den Kaffee bezahlen." Noch während er dabei war, seine Hose zu reinigen, stand die Dame am Fenster auf, kam an seinem Tisch vorbei und lächelte ihn an. „Schade um den Cappuccino." Dann verließ sie das Café. Paul fühlte sich ertappt, verzweifelt, elend, irgendwie hilflos und verliebt. Ja verliebt. Denn wenn es Liebe auf den ersten Blick wirklich gab, dann war das gerade hier und jetzt passiert. Was muss sie nur von ihm gedacht haben? Sicher hielt sie ihn für einen elendigen Tollpatsch.

„Na Papa, da haben wir uns wohl gerade mächtig blamiert." Vor ihm saß seine fünfzehnjährige Tochter mit einem breiten Grinsen im Gesicht. „Wie lange bist du schon hier?" „Nun, lange genug, um zu sehen, wie sich mein Vater zum Deppen macht." „Ich danke dir, mein Kind. Das ist genau das, was ein Vater von seiner Tochter hören will. Komm wir gehen." Damit zahlte er, nahm mit einem Lächeln seine Tochter in den Arm und verließ das Café. Jetzt war es an Sarah, sich zu schämen. „Lass das, du weißt, ich hasse das. Was sollen denn meine Freundinnen von mir denken." „Du meinst die drei, die dir von da drüben gerade zuwinken?" Zum Glück hatten beide das Auto erreicht, und Sarah war bemüht, möglichst schnell in dem Wagen zu verschwinden. Ihr Vater machte sich einen Spaß daraus, den Damen auf der anderen Seite der Straße weiter zuzuwinken. „Los steig ein", zischte seine Tochter etwas zickig aus dem Auto. „Ich gehe nie wieder in die Schule. Du hast mich blamiert bis in alle Ewigkeit." „O.k., mein Schatz. Donnerstag wieder zur selben Zeit?" „Alles klar, Papa." „Los, gib deinem alten Vater einen Kuss." Sarah tippte sich an die Stirn. Mit einem Lächeln im Gesicht fuhren beide nach Hause. Gut fünfzig Meter entfernt saß ein Mann auf einem Motorrad und beobachtete die beiden mit einem Fernglas. Auf dem Kopf trug er einen schwarze Sturmhaube, wo durch sein Gesicht unmöglich zu erkennen war. Kaum waren die beiden verschwunden, lächelte er. „Na also, angebissen." Dann setzte er seinen Helm auf, warf die Maschine an und verschwand im dichten Feierabendverkehr von Edinburgh.

15. 08. – Das selbe Eck-Café

Zwei Tage später saß Paul wieder in dem Café und wartete auf seine Tochter. Heute war er extra etwas eher gekommen und hatte sich besonders schick gemacht. Zumindest fand er das. Stundenlang hatte er vor dem Spiegel gestanden und unzählige Krawatten probiert. Bis er sich dann doch für ein saloppes T-Shirt und ein Sportjacket entschieden hatte. Er fand, das ließ ihn jung und
dynamisch aussehen. Und darauf kam es ihm an. Wer weiß, vielleicht traf er die Dame mit den roten Locken heute ja wieder? Die letzten achtundvierzig Stunden hatte er ständig an sie denken müssen. Zum ersten Mal, das eine Frau einen solchen Eindruck bei ihm hinterlassen hatte. Auch schien es ihm, als wenn sich ihre Wege schon einmal gekreuzt hatten. Nur konnte er sich zum Teufel nicht daran erinnern. Dabei besaß er ein gutes fotografisches Gedächtnis. Sicher würde er sich noch erinnern …
Er saß nun schon fast eine Stunde in dem Café, doch nichts geschah. Und so blätterte er gelangweilt im Sportteil seiner Zeitung. „Na, heute halten sie die Zeitung ja richtig herum. Verzeihen Sie, aber darf ich mich zu Ihnen setzen?" Paul saß mit offenem Mund da und stotterte etwas, wie: „Ja aber natürlich, ich sitze allein. Hallo, da sind Sie ja." Da stand sie nun und lächelte ihn an. Heute erschien sie ihm noch engelsgleicher und noch sanfter. Ihr Kleid war cremefarben und mit winzigen Schmetterlingen bedruckt. Ihr Haar hatte sie zusammengesteckt. Auch hatte sie ihre High-Heels gegen kleine Ballerinas eingetauscht. Inzwischen war die Kellnerin an den Tisch getreten. „Was darf es sein?" „Ein stilles Wasser und einen Cappuccino." Kaum war die Kellnerin verschwunden, schaute sie

ihm tief in die Augen. „Verzeihen Sie, aber ich habe mich noch gar nicht vorgestellt. Mein Name ist Belle. Belle Dumont."
Das Ganze kam Paul wie ein nicht enden wollender Traum vor. „Darf ich fragen, wie Ihr Name ist?" Sie hatte eine sanfte Stimme, die Paul auf Anhieb in seinen Bann zog und ihn umhaute. „Was hatte sie gerade gesagt? Ach so, verzeihen Sie bitte, ich heiße Paul. Paul Brighton. Und ich warte hier auf meine Tochter." „Ah, die junge Dame, die vor zwei Tagen da an der Tür stand. Sind Sie verheiratet, Paul?" Paul schluckte. Was, was hatte sie gerade gefragt? Ob er verheiratet sei? „Äh, nein, ich bin Witwer. Meine Frau ist bei der Geburt unserer Tochter gestorben." Belle lächelte etwas verlegen. „Verzeihen Sie bitte diese, nun, sagen wir indiskrete Frage, aber ich bin schon zu oft enttäuscht worden." „Das kann ich mir nicht vorstellen." „Was?" „Sie zu enttäuschen." „Was machen Sie beruflich, Paul?" „Ich bin selbstständig in der Werbung tätig. „Das ist bestimmt sehr interessant? Da kommen sie gewiss mit vielen schönen Frauen zusammen, oder?" Paul hörte zwar ihre sanfte Stimme, doch nicht das, was sie sprach. „Sagen Sie, Belle, sind wir uns schon einmal begegnet?" Sie lächelte und nippte an ihrem Wasser. „Was meinen Sie? Würden Sie sich nicht an mich erinnern?" Paul wurde rot. „Oh, ganz sicher. An eine so schöne Frau wie sie muss man sich einfach erinnern. Nur weiß ich nicht, wann und wo das gewesen sein soll. Und doch erinnern Sie mich an jemanden. Es sind die Augen. Es sind immer die Augen, wissen Sie? Und Sie haben wunderschöne Augen." „Ja, ich bin hier geboren. Genauer gesagt, in Paisley. Später bin ich dann nach Frankreich gezogen. Dort habe ich über zwanzig Jahre gelebt. Wenn Ihnen das etwas hilft?" „In Paisley? Was für ein Zufall. Ich stamme auch aus Paisley. Und was machen Sie hier in Edinburgh, wenn ich das fragen darf?" „Nun, ich will meinem Sohn die Seele Schottlands zeigen. Und wo gelingt mir das wohl besser, als hier in Edinburgh? Tja, dann sind da noch einige Dinge zu erledigen und ein paar Schulden einzufordern. Und danach geht es zurück nach Frankreich. Es sei denn …?" „Es sei

denn", flüsterte Paul, der der Schönen völlig verfallen war. „Nun, eventuell lerne ich ja hier noch jemanden kennen? Vielleicht einen Mann, der es wert wäre, länger zu bleiben?" Paul fühlte sich geschmeichelt. „Vielleicht könnte ich ja dieser Mann sein? Wissen Sie, Belle, ich würde gern mehr von Ihnen erfahren, aber ich sehe gerade meine Tochter kommen. Sie fährt heute noch zu einem Turnier nach Deutschland. Sie wird dort eine Woche bleiben. Ich bin also sieben Tage allein. Wenn es Ihnen recht ist, dann würde ich Sie gern zum Essen einladen." „Sehr gern, Paul. Ich freue mich. Hier ist meine Karte. Darauf stand, mit geschwungener Schrift, ihr Name und eine Telefonnummer. Zusätzlich ging von ihr ein geradezu betörender Duft aus. Rufen Sie mich doch einfach an." Jetzt suchte Paul verzweifelt nach einer Karte von sich. Belle erhob sich. In diesem Augenblick trat seine Tochter an den Tisch. „Ich hoffe, mein Vater hat nicht wieder Ihren Kaffee verschüttet?" „Oh nein, mein Kind. Wir haben uns angenehm unterhalten. Wir sehen uns." Damit gab sie ihm einen flüchtigen Kuss, lächelte Sarah zu und verschwand.

„Wow, was war das denn?" Sarah sah ihr irritiert nach. Paul rieb sich verträumt die Wange. „Das, meine Liebe, war ein Engel." „O.k., und hat dein Engel auch einen Namen?" „Belle." „Und wie weiter?" „Keine Ahnung. Sie hat ihn mir genannt, ich habe ihn vergessen. Deshalb eben nur Belle." „Papa, du siehst aus, als wenn du dich verliebt hast." „Und, wäre das so schlimm?" „Nein, aber du weißt doch gar nichts von der Frau." „Ein Umstand, den man ja ändern kann, mein Schatz. Los, wir müssen nach Hause. Dein Zug fährt in genau anderthalb Stunden." „Und während ich in Deutschland bin, werdet ihr euch hier vergnügen, oder?" „Wer weiß?" Eine knappe Stunde später stand Paul mit seiner Tochter auf dem Fernbahnhof von Edinburgh. Da auch ihre Teamkameraden schon vor dem Abteil warteten, gab er ihr einen Kuss auf die Wange, „Ich wünsche Dir Glück." Damit ließ er sie mit ihren Freundinnen allein.

Gerade als Sarah in den Zug steigen wollte, entdeckte sie jemanden auf dem Bahnsteig. „Bin gleich wieder da", rief sie ihren Team-Kolleginnen noch zu. Doch Sarah kam nicht wieder …

16. 08. – Das Klassentreffen – Amys Tod

Alles begann, für Edinburghs beste Polizistin, an einem Freitag im August. Kathy hatte drei Tage vorher überraschender Weise eine Einladung zu einem Klassentreffen in ihrer Post gefunden. Sie war nicht abgestempelt, also muss sie von jemandem eingeworfen worden sein, was sie ein wenig verwunderte, da ihre Adresse, öffentlich nicht zugänglich war. Ein Tribut an ihren Job. Doch neugierig wie sie nun mal war, dachte sie nicht weiter darüber nach und begann sich auf das Treffen zu freuen.

Es war das erste nach gut dreißig Jahren, und es sollte in Aberdeen stattfinden. Warum gerade dort, erschloss sich ihr nicht. Denn schließlich waren sie in Paisley zur Schule gegangen. Aber egal, sie freute sich trotzdem. Und sie brauchte auch nicht erst lange darüber nachzudenken ob sie fahren sollte. Zu groß war ihre Neugier auf jene Menschen. mit denen sie einen großen Teil ihrer Jugend verbracht hatte. Und sie würde endlich Amy wiedersehen. Ihre beste Freundinn, deren Verlust sie immer bereut hatte. Nach der Polizeischule war ihr Kontakt irgendwie angebrochen. Kathy war damals zur Spezialausbildung in die USA gegangen, während Amy unbekannt verzog. Und wie das so ist im Leben. Man will sich immer sofort darum kümmern, doch irgendetwas kommt immer dazwischen. Und so waren schlussendlich dreißig Jahre vergangen. Doch das würde sich nach heute ändern. Was nur aus ihr geworden war? Hat sie einen Mann, Kinder? Kathy war mächtig gespannt. Und da sie gerade keinen aktuellen Fall bearbeiten musste, machte sie sich gegen Mittag auf den Weg …

Es sollte eine Reise in die Vergangenheit werden. Jedoch wurde es eine Reise in einen nicht enden wollenden Alptraum. Nichts würde mehr danach sein, wie es einmal war. Doch das konnte sie an diesem Vormittag noch nicht wissen …

Kurz nach 12.00 Uhr saß sie, ruhig und entspannt, hinter dem Lenkrad ihres Minis, rauchte eine ihrer unsäglichen Zigaretten und raste in Richtung der schottischen Küste.
In Gedanken versuchte sie sich an ihre Schulzeit zu erinnern. Es war eine schöne Zeit, bis auf einige, die ihren Schulaufenthalt dazu nutzten, andere zu terrorisieren. Und wenn sie so darüber nachdachte, dann gab es da ein paar ehemalige Mitschüler, denen sie heute liebend gern ein paar Handschellen verpassen würde. Besonders diesem Oberarschloch Harry Blain. Er war der Anführer bei jedem Mist, der in der Schule stattfand. Dann die drei „Hexen". Lilly, Elly und Grace die, unterstützt von Cindy und Ann, sich jeden vorknöpften der schwächer war als sie. Und so kam es in der letzten Klasse zu drei Selbstmorden von Mitschülern, die letztendlich auch der Grund dafür waren, dass Kathy ihren Weg zur Polizei fand. Stress, Mobbing, Ausgrenzung und pubertäre Probleme waren damals wohl die Hauptursachen dafür, dass diese drei junge Menschen keinen Ausweg mehr wussten und ihr Leben einfach wegwarfen. Nur damals interessierte es niemanden …
Wie die wohl heute aussehen würden und was aus ihnen geworden ist? Kathy rauchte weiter, wie immer. Das half ihr beim denken. Eigentlich wollte sie es sich längst abgewöhnt haben, doch hatte sie mit dem Entzug nie ernsthaft begonnen. Warum auch. So wie es war, war es gut. Und für wen hätte sie es auch tun sollen? Doch das sollte sich bald ändern.
Der Motor des kleinen Briten schnurrte zufrieden, und auch der einsetzende Regen schien ihm nichts anhaben zu können. Es war inzwischen 14.00 Uhr und der Himmel verfinsterte sich, als würde die Nacht hereinbrechen. Am Horizont türmten sich riesige pechschwarze Regenwolken auf, und rechts und links der Autobahn sah es auch nicht besser aus. Erste

Blitze durchzuckten grell den düsteren Himmel und leises Donnergrollen kündigte einen unruhigen Abend an. Die Scheibenwischer des kleinen Flitzers waren neu und wurden spielend mit dem einsetzenden Starkregen fertig. Die Scheinwerfer dagegen mühten sich redlich, wenigstens einen kleinen Teil der Autobahn für Kathy sichtbar zu machen. Im Radio dudelte irgendein Amy McDonald-Song. Sie liebte die Musik der kleinen Pfarrerstochter. Noch gute drei Stunden Fahrt lagen vor ihr und so entschloss sie sich zu einer kleinen Rast. Ein Sandwich und ein starker Kaffee, und die Welt war wieder in Ordnung. Sie hatte gehofft, dass der Regen nachlassen würde, doch diese Hoffnung konnte sie begraben. Und obwohl es erst Mitte August war, so verdunkelte sich der Himmel wie an einem Novembertag.

Nach knapp zwei Stunden setzte sie sich wieder hinter das Steuer und fuhr ihrem Ziel entgegen. Gegen 19.00 Uhr hatte Kathy endlich die weitläufigen Waldgebiete von Aberdeen erreicht. Wie eine undurchdringliche, ja riesige schwarze Wand, säumten unendlich viele Kiefern den Rand der Autobahn.

Diese Gegend wurde von vielen Menschen gemieden. Sie war durchzogen von gefährlichen Mooren, Teichen und schmalen Wegen, die nur wenigen Bewohnern der umliegenden Dörfer bekannt waren. Große Schwarz- und Dammwildbestände lockten bis Ende der neunziger Jahre Jäger aus ganz Europa hierher. Bald entwickelte sich das Gebiet zu einem wahren El Dorado schießwütiger Helden. Das endete abrupt, nachdem es mehrere merkwürdige Unfälle in der Gegend gegeben hatte. Einige der Hobbyjäger waren nie wieder aufgetaucht und von anderen wurden lediglich blutige Überreste gefunden. Es hieß, die „Hexen von Aberdeen" wären wieder aufgetaucht und hätten sich die Waldfrevler „geholt". Wenn auch niemand zugab, an die Schauergeschichten zu glauben, so mieden seit dieser Zeit die meisten Bewohner die Wälder. Doch was wäre Schottland ohne seine mystischen Legenden und Geistergeschichten? Ein öder

Landstrich mit viel Wald und noch mehr Schafen. Nur unterbrochen von ein paar Whisky-Destillen.

Endlich hatte Kathy das Gebiet hinter sich gelassen. Kaum war sie gut eine Meile davon entfernt, sah sie einen grellen Blitz im Rückspiegel und ein gewaltiger Donnerschlag ließ die Erde erzittern. Für einen Moment blieb ihr fast das Herz stehen. „Ruhig bleiben", sagte sie sich. Dann fuhr sie links ran und stoppte den Wagen auf einem kleinen Parkplatz. Im Licht ihrer Taschenlampe versuchte sie sich auf der Karte zu orientieren. Irgendwo musste es hier sein. Ihr heutiges Ziel. Mit Erschrecken bemerkte sie, dass sie längst an der Abzweigung vorbeigefahren war. Gleich hinter dem Waldgebiet hätte sie abbiegen müssen. „Auch das noch", seufzte sie. Dann wendete sie und fuhr die kurze Strecke langsam zurück. Und richtig, da war es. Ein kleines Hinweisschild am Straßenrand. Aberdeen Castle, 15 Meilen. „Na Klasse", dachte sie sich. „Kleiner ging es wohl nicht", und so bog sie in den Waldweg ein. Während sie noch versuchte, wenigstens den größten Senken und Mulden auszuweichen, meinte sie im Rückspiegel ein Motorrad zu sehen, das ihr langsam folgte. Doch nach kurzer Zeit war es verschwunden und Kathy konnte sich wieder ganz auf den Weg konzentrieren. Nach gut fünfzig Minuten tauchten die Lichter des imposanten Anwesens auf.

Das Castle von Aberdeen war ein Schloss aus dem 17. Jahrhundert, das die Besitzer in den letzten Jahren aufwendig restauiert hatten und das seit gut vier Jahren für jedwede Art von Events buchbar war. Das hatte sich inzwischen weit über die Grenzen von Aberdeen herumgesprochen, so dass die heutigen Eigentümer gut davon leben konnten. Selbst Gäste aus Deutschland und sogar aus Übersee hatten schon ihren Weg hierher gefunden. Aber es war ja auch eine profitable Mischung. Schottland, dazu ein Schloss aus dem Mittelalter, gepaart mit einigen Spuk- und Geistergeschichten, und fertig war der ideale Ort zum Feiern. Und so fand an diesem Wochenende das Ehemaligentreffen ihrer alten Klasse hier statt.

Kathy war schon mächtig darauf gespannt, wer alles gekommen war. Vor allem freute sie sich aber auf ein Wiedersehen mit Amy Logan. Das letzte Mal hatten sie sich vor achtundzwanzig Jahren gesehen. „Fast ein ganzes Menschenleben", seufzte sie.

Schnell erreichte der Mini den Hof des alten Gemäuers und hielt genau vor dem imposanten Schlosstor. Alle Fenster waren hell erleuchtet und man konnte lautes Lachen, Musik und Stimmen-Gewirre aus dem Inneren hören. „Na, das versprach ja ein lustiger Abend zu werden", dachte sie sich. Die einzige Frage, die sie sich im Augenblick stellte, war: „Wer bezahlt das hier alles?" Denn in keinem Punkt der Einladung hatte sie etwas von Kostenbeteiligung gelesen. Und so wie das hier aussah, war das bestimmt nicht billig.

Da öffnete sich mit einem langgezogenen Knarren ein Flügel des Haupttores einen Spalt und ein hagerer Butler begrüßte sie mit einer steifen Verbeugung. Das Ganze wirkte irgendwie unwirklich, ja fast unheimlich, und schien irgendeiner Filmszene entnommen zu sein. „Wenn der jetzt noch hinkt", dachte sie sich, „dann war alles klar". Willkommen in der „Rocky Horror Picture-Show". „Wo kann ich mein Auto parken?", fragte sie. Der Alte starrte sie einen Moment durchdringend an, dann nickte er ihr steif zu. „Darum wird sich gleich jemand kümmern", hörte sie seine näselnde Stimme. „Bitte treten Sie näher, Sie werden bereits erwartet." „O.k.", dachte sie sich. Sie steckte sich eine Zigarette in den Mund, und ihr goldenes Zippo erhellte für einen Moment die Szenerie. Dann griff sie nach ihrer Tasche und wollte an dem Kerl vorbei ins Haus stürmen, doch der stellte sich ihr unüberbrückbar in den Weg. „Verzeihen Sie, Madame, aber ich werde mich ihres Gepäcks annehmen." „Na, nun brich dir nur keinen ab, alter Mann", dachte sie sich. Sie überlegte noch einen Moment, ob sie dem Kerl irgendwelche Schmerzen zufügen sollte, doch dann lächelte sie und drückte ihm wortlos ihre Tasche in die Hand. Der machte den Weg frei und Kathy betrat das Schloss.

Das imposante Foyer war in das flackernde Licht hunderter Kerzen und Fackeln getaucht. Kathy verschlug es den Atem. Lange polierte Holztische, versehen mit barocken Stühlen, standen im Halbkreis. Große mehrflammige Kerzenleuchter standen auf den Tischen. „Die haben wohl ihre Stromrechnung nicht bezahlt, schoss es ihr durch den Kopf." Nur eines war ungewöhnlich. Alle Kerzen waren schwarz und verstärkten damit die ohnehin düstere Stimmung. Eine breite, alles dominierende Treppe, führte vom Erdgeschoss in einem leichten linken Bogen in die obere Etage. Riesige Bilder an den Wänden stellten historische Schlachten dar, deren Opfer erschlagen oder erschossen den Boden bedeckten. Dazwischen hingen irgendwelche Ölschinken, auf denen die schmerzverzerrten, fratzenhaften Gesichter gefolterter und gehenkter Opfer dargestellt waren. „Hallo Alpträume", flüsterte sie. Und während sie noch langsam die Treppe nach oben stieg, schien es ihr, als höre sie das leise Stöhnen der gequälten Kreaturen. „Du arbeitest entschieden zu viel", dachte sie sich. Doch die lauter werdende Musik verdrängte die düstere Stimmung, und sie betrat, oben angekommen, den Ballsaal. Doch anstatt einer Gruppe fröhlich zechender Menschen, bildete eine große Tafel den Mittelpunkt des ansonsten leeren Saales. Der riesige Tisch bog sich unter Bergen von Geschirr, Gläsern, sowie reich gefüllter Platten mit Früchten, Brot, Geflügel und Fisch. Halbvolle Karaffen, gefüllt mit Wein, erzeugten jene dekadente Stimmung eines historischen Gelages. Von irgendwo her erklang laute und sehr nervige Spinett-Musik, unterlegt von den Klängen mehrerer Harfen. Zwei riesige prasselnde Kamine erzeugten eine wohlige Wärme. Von der Decke hingen mehrere Kronleuchter, deren unzählige Kristalle im flackernden Schein der Kamine funkelten. Ihr Licht war anscheinend herunter gedimmt worden. „Doch wo, in aller Welt, waren die Gäste dieser obskuren Party?" Da hörte sie lautes Lachen aus der Richtung der Balkone. Etwa zwanzig fröhliche und vor allem reichlich angetrunkene Menschen drängten sich dort eng zusammen und schienen auf irgendetwas zu warten. Plötzlich rief jemand: „Hey, da ist ja Kathy! Kathy McGore." Jetzt gab es kein Halten mehr. „Kathy, Kathy, hallo, hey, wie geht es dir? Hey, was ist aus dir geworden? Gut, siehst du aus. Los komm her, hier trink etwas." Im Nu war sie umringt von Menschen, die ihr fast alle fremd waren. Sie trank trockenen Wein aus irgendwelchen halbvollen Gläsern, die ihr in die Hand gedrückt wurden. Kathy hasste trockenen Wein. Erstens schmeckte er ihr nicht und zum Zweiten bekam sie davon Sodbrennen. Während sie noch versuchte, dem Wein auszuweichen, sah sie in Gesichter, die bereits stark vom Alkohol gezeichnet waren. Langsam dämmerte es ihr, wer von den so „lustigen Menschen", damals wer gewesen war.

Am lautesten schrien und sangen Elly Chattan und Grace Fraser vom ehemaligen „Trio Infernale". Jetzt fehlte nur noch Lilly Forbes, und das „Hexentrio" war komplett. Mit ihren vom Alkohol gezeichneten Gesichtern umarmten sie jeden, dessen sie habhaft werden konnten. Mike Goodhill, Paul Brighton und Spencer Moore standen zum Glück schützend zwischen Kathy und den „singenden Damen". Auch Ann Hassex, Tom Felbes und Rafael Mellow gehörten damals nicht gerade zum engen Freundeskreis von Kathy. Und doch freuten die sich, als sie sie erkannten. „Hey, wir hatten schon Wetten darauf abgeschlossen, ob du kommst." „Und, wer hat gewonnen?" Ann grinste sie an. „Wir nicht. Wir haben auf, du kommst nicht, gesetzt. Doch mach dir nichts daraus. Wir haben auch auf Tim und Lilly gesetzt." „Tim? Welchen Tim meint ihr?" „Na Timmy! Tim Patten. Erinnerst du dich nicht an ihn. Er soll jetzt ein hohes Tier in der Armee sein. Und Lilly, na ja, ohne ihre zwei „Bitches" ist die doch wohl verloren. Soweit ich weiß, hat sie ihr Studium der Sozialwissenschaften nach nur drei Monaten abgebrochen und taucht jetzt irgendwo in der Karibik. Und was ist aus dir geworden?" Kathy überlegte, welche Antwort sie den dreien geben sollte. Doch dann entschied sie sich für die einfache und direkte. Ich bin Bulle." Ann, Tom und Rafael waren einen Moment sprachlos. Dann begannen sie laut zu lachen. „Bulle? Wie komisch." Diese Zeit nutzte Kathy, um sich weiter umzusehen. Mit einem lauten „Kathy, Darling!", stürzte plötzlich ein sehr, sehr dicker Mensch auf sie zu. Sie versuchte noch rechtzeitig auszuweichen, doch den massigen Armen konnte sie nicht mehr entkommen. Wie in einen Schraubstock gepresst verschwand sie in der Umarmung des dicken Piet. Seine überschäumende Freude endete mit einer Serie von sehr feuchten Küssen. Für einen Moment dachte Kathy daran, ihre Waffe zu ziehen. Nur mit Mühe und einem Schlag in seine Magengrube gelang es ihr, sich aus seiner Umklammerung zu befreien. „Au! Darling, du hast mich geboxt. Sicher aus Versehen, meine Süße." „So siehst du aus", murmelte sie vor sich hin. Na wenigstens hatte er sein Coming Out gehabt. „Piet, Sorry ich muss weiter." Damit wendete sie sich rasch ab und stand unmittelbar vor „Ekel-Harry". Dieser Typ gehörte für Kathy zur Gattung Mensch, der sie nur noch dienstlich begegnen wollte, und auch nur dann, um ihm Handschellen anzulegen. „Sieh an, sieh an. Wenn das nicht der gute Harry Blain ist. Na Harry, heute schon jemanden gequält?" Harry war der Anführer der Schläger in ihrer damaligen Klasse. Leider konnte man ihm das nie nachweisen. Doch Kathy war sich sicher, dass er die Hauptschuld an den Selbstmorden ihrer Klassenkameraden trug. Sein breites, dreckiges Grinsen ließ bei Kathy Übelkeit und Wut hochsteigen. „Kathy, Kathy. Die kleine Kathy. Fehlt ja nur noch Amy. Die beiden mit dem Gerechtigkeitsfimmel. Na, was ist aus dir geworden? Warte, lass mich raten. Du bist Nonne geworden. Nonne oder Nutte. Na, habe ich richtig geraten? Kathy schob ihre Jacke ein Stück zur Seite und Harry sah auf das goldene Abzeichen eines Police-Officer und eine Dienstpistole in einem Halfter. Das Grinsen erstarb in seinem Gesicht. „Gib mir bitte nur einen Grund," flüsterte Kathy. Mit einem leisen: "Nichts für ungut", zog er es vor, zu verschwinden. Wieder stürzten halbbetrunkene Mitschüler auf sie zu und forderten sie auf, mit ihnen zu tanzen oder zumindest zu trinken. Sie lächelte verkrampft, und doch, irgendetwas in ihr schrie: „Ich muss hier weg, und das sofort! Und, ich will sofort ein Bier." Doch anstatt zu fliehen wurde sie mit den anderen auf den Balkon gedrängt. „Los, komm, es geht gleich los." „Was denn?", hörte sie sich fragen. „Na, das große Feuerwerk. Da, sieh nach unten. Erinnerst du dich nicht an sie? Das solltest du aber, denn schließlich ward ihr Mal unzertrennlich." Kathy sah in die angezeigte Richtung und da war sie. Amy Logan, ihre ehemals beste Freundin.

Sie hätte sie aus tausenden wiedererkannt. Wie eine Porzellanpuppe auf einer Spieluhr, drehte sie sich in einem kurzen weißen Kleid sanft zur Musik. In jeder Hand eine Fackel. Doch irgendetwas störte das Bild. Kathy konnte sehen, dass Amy nicht fröhlich war. So, wie der weiße Clown in der Manege, drehte sie sich mit schneeweißem Gesicht und einem unendlich traurigen, ja leeren Blick.

Kathy stand jetzt in Mitten eines fast unerträglichen Lärms auf dem Balkon. In einer Mischung aus dieser grässlicher Spinett-Musik und dem Gebrüll und Gelächter ihrer Mitschüler starrte sie in die Tiefe, Das Ganze hatte etwas Surreales an sich. „Was macht sie da?" „Sie zündet das Feuerwerk!", brüllte ihr jemand ins Ohr. Jetzt erst bemerkte Kathy die vielen Fackeln, die kreisförmig um Amy im Boden steckten. Offene Kisten standen daneben, in denen offenbar die Raketen und Böller steckten. Und jetzt begann die ganze Meute mit lauten Amy-Rufen und rhythmischem Klatschen einen Countdown zu zählen, um sie zum Anstecken des Feuerwerkes zu bewegen. „Das ist Wahnsinn. Sie muss da sofort weg! Das ist viel zu gefährlich", brüllte Kathy gegen die anderen an, die mit ihren vom Alkohol gezeichneten glänzenden Gesichtern wie von Sinnen weiter klatschten. „Drei, zwei, eins, Zero!" In diesem Moment begann das imposante Schauspiel. Schnell stiegen Raketen pfeifend in den Himmel und zerbarsten mit lautem Knall. Gewaltige Donnerschläge ließen den Schlosshof erzittern. Mengen von bengalischem Feuer hüllten den Platz im Nu in eine riesige Wolke aus gelbem, weißem und grünem Licht und Rauch.

Feuerräder begannen sich wild zu drehen und versprühten wahre Funkenregen. Lauter und lauter krachte, blitzte, donnerte und rauchte es, und irgendwo in diesem Inferno befand sich ihre Freundin. Plötzlich gab der Qualm einen Blick in die Mitte frei, und was Kathy da erblickte, ließ ihr das Blut in den Adern gefrieren. Schreie wurden laut und die Männer neben ihr, zeigten mit Fingern nach unten. Da stand Amy in ihrem weißen Puppenkleid, doch im Bauchbereich befand sich eine riesige blutende Wunde. „Amy!", hörte sich Kathy schreien. Schon befand sie sich auf dem Weg nach unten. Am Ende der riesigen Treppe stand der Butler mit völlig ausdruckslosem Gesicht. Kathy rannte an ihm vorbei, öffnete die Tür und stürzte in den Hof. Sie musste irgendwie auf die andere Seite des Schlosses kommen. Ein schmaler Durchgang, gleich neben dem Tor, führte sie auf die Wiese hinter dem Hauptgebäude Hier explodierten immer noch Raketen und Böller. Doch in der Mitte des Chaos kniete Amy. Schnell erreichte Kathy ihre Freundin und hielt sie in den Armen. Sie konnte sehen, dass Amy tödlich getroffen war. Ihr Gesicht schien angstverzerrt und voller Schmerz. „Jetzt ist es vorbei", flüsterte sie. Kathy verstand nicht. „Hey du, was machst du da? Komm, das wird schon wieder. Los, leg dich hin. Wo bleibt der Arzt?", schrie sie in die Richtung der Gruppe auf dem Balkon. Doch da bewegte sich niemand. Völlig apathisch standen alle da und starrten auf die sterbende Amy. Tränen liefen Kathy über das Gesicht. Das Blut schoss pulsierend aus der riesigen Wunde. Das weiße Kleid triefte bereits voller Blut. Verzweifelt versuchte Kathy irgendwie die Blutung zu stoppen. Plötzlich begann Amy zu flüstern: „Du musst ihn finden. Bitte. Er hat versprochen, dass er ihn frei lässt, wenn ich das hier heute mache. Bitte versprich es mir." Sie bäumte sich auf und begann Blut zu spucken. „Hör auf zu sprechen. Bitte. Gleich kommt der Arzt und du wirst sehen, dann wird alles wieder gut." Doch Amys Hand krallt sich in den Ärmel ihrer Lederjacke. Krampfhaft versuchte sie zu lächeln. „Du konntest nie gut lügen, meine Liebe. Du musst es mir versprechen. Bitte finde ihn." „Wen, Amy, wen soll ich finden? Und wer hat das hier von dir verlangt?" Aus den Mundwinkeln floss jetzt unaufhörlich Blut. Tränen liefen über ihre Wangen und ihre Augen begannen zu flattern. „Wen soll ich finden? Los Amy, du darfst jetzt nicht sterben. Wen soll ich finden?" „Mir wird kalt und ich habe Angst, Kathy. Ich will noch nicht sterben. Doch jetzt ist es zu spät." Tränen liefen Kathy über die Wangen. „Du darfst jetzt nicht sterben, Amy. Bitte bleib bei mir…" In diesem Moment bäumte sie sich ein letztes Mal auf. Sie starrte Kathy ins Gesicht und flüsterte: „Paul…" Es war das letzte Wort, dann fiel ihr Kopf auf Kathys Schoß. Amy war tot. In diesem Moment setzte leichter Regen ein und Kathy ließ ihren Tränen freien Lauf.

Die ersten Tropfen, die Amys Gesicht trafen, schienen es sanft säubern zu wollen. Vorsichtig strich Kathy ihr die nassen Haare von der Stirn. Das Blut aus ihren Mundwinkeln floss langsam über ihren zarten Hals zu Boden. Kathy zog ihre Jacke aus und bedeckte damit vorsichtig das bleiche Gesicht. Noch nie war ihr ein Tod so nahe gegangen, wie der ihrer Freundin. „Warum? Warum nur sie? Wer konnte sie nur so gehasst haben?" In diesem Moment endete das Feuerwerk mit einer gewaltigen Explosion. „Paul? Wer ist dieser Paul? Ihr Freund, ihr Mann, ihr Sohn?" Nichts wusste sie von ihr. „Amy!", schrie sie in die Nacht. „Amy!" Der Regen hatte zugenommen. Es war, als würde der Himmel weinen.

Wie gern hätte sie jetzt im Ballsaal mit ihrer Freundin am Kamin gesessen und über die Vergangenheit geplaudert. So, wie sie es früher oft getan hatten. Mit ihr konnte sie über alles reden… Und nun lag sie tot in ihrem Schoß. Ermordet. Jemand reichte ihr eine Decke. Kathy blickte auf und sah den Butler, der plötzlich menschliche Züge zeigte. „Hier, bitte. Damit können Sie sie… Der Arzt ist gleich da. Auch die Polizei." „Die ist schon da. Ich bin von der Polizei." „Sorry, das wusste ich nicht." „Schon gut." „Kommen Sie, hier können Sie nichts mehr für sie tun." „Bitte gehen Sie.

Lassen Sie mich noch einen Moment mit ihr allein." „Wie Sie wünschen, Mam."

Der eintreffende Arzt konnte nur noch den Tod feststellen. Als Todesursache vermerkte er massive Verletzungen des Bauchraums infolge einer großkalibrigen Schussverletzung. Die eintreffenden Beamten staunten nicht schlecht, als sie Kathys Dienstmarke sahen und zum ersten Mal einer Special-Superintendentin gegenüber standen. Kathy bat die Herren der Kripo Aberdeen, die Befragung der Gäste zu übernehmen. Sie wollte nicht den Eindruck von Befangenheit aufkommen lassen. Außerdem hatte sie jetzt keine Lust, diesem Teil ihrer Vergangenheit gegenüber zu treten. Nicht heute, und nicht jetzt.

Die Leiche von Amy wurde abtransportiert. Kathy zog sich um und setzte sich mit einem Bier und einer Zigarette etwas abseits in den Saal. Hier hörte sie den Befragungen der Zeugen zu. Das meiste, was sie zu hörte, war großer Mist. Nur eine Frage bewegte sie. „Warum hatte sich Amy mit den Fackeln in den Feuerkreis gestellt? Sie hatte sich immer vor Feuer gefürchtet. Und wer hatte sie dazu zwingen können? Vor allem, womit?" Doch darauf hatte niemand der Befragten eine schlüssige Antwort. Bis auf Paul Brighton. Kathy hatte ihn als zurückhaltenden und sehr strebsamen Schüler in Erinnerung. Ein Typ, den beide damals gemocht hatten und in den sie auch beide etwas verliebt waren. Kaum war das Verhör mit ihm beendet, trat Kathy auf ihn zu. „Hallo Paul." Hallo Kathy." „Oh, du hast mich erkannt?" „Aber sicher. Du bist jetzt bei der Polizei?" Kathy nickte. „Dann finde das Schwein." „Das werde ich, Paul. Das schwöre ich. Vielleicht, kannst du mir ja dabei helfen?" „Gern, doch ich wüsste nicht wie? Ich habe Amy vor gut zehn Jahren durch Zufall in Glasgow getroffen. Sie hatte sich damals gerade von ihrem Freund getrennt und brauchte wohl etwas Trost. Wir haben uns noch ein paar Mal in einem Café getroffen, doch dann beendete sie abrupt den Kontakt." „Kannst du mir sagen, wer Paul ist?" „Nun, ich tippe mal, ihr Sohn. Der war damals zwei Jahre alt. Oh

Gott, jemand muss es ihm sagen. Soweit ich weiß, lebten die beiden damals allein. Der Junge muss jetzt so um die zwölf sein." „Kannst du dir vorstellen, dass er einfach verschwunden ist?" „Wer? Paul? Hey, du redest hier von Amys Sohn. Wenn er nur die Hälfte der Charakterzüge von seiner Mutter geerbt hat, dann wäre er der ruhigste, sensibelste und fleißigste Sohn, den man sich als Eltern nur wünschen kann." Kathy steckte sich eine Zigarette an. „Dann muss er entführt worden sein. Kennst du seinen Vater?" „Keine Ahnung. Aber sie hat noch einen Sohn. Mike heißt er, glaube ich. Der müsste jetzt so um die vierundzwanzig sein und dient bei den Royal Guards in Südengland." „Woher weißt du das?" „Ich habe ihn einmal getroffen und da hatte er von den Guards geschwärmt."

„Wie ist es dir eigentlich nach der Schule ergangen?" „Nun, ich lebe seit fünfzehn Jahren in Edinburgh. Ich bin selbstständig und habe eine kleine Werbeagentur. Ich arbeite hauptsächlich für verschiedene Touristikunternehmen. Du weißt schon. Die schönen Hochglanzbilder in den Urlaubskatalogen. Tja, und dann ist da noch eine pubertierende fünfzehnjährige Tochter, die gerade in Deutschland an einem Handballturnier teilnimmt." „Bist du verheiratet?" „Verwitwet. Mary starb damals bei der Geburt von Sarah. Doch wer weiß, ich habe vor ein paar Tagen einen entzückenden kleinen Engel kennen gelernt. Und mein Gefühl sagt mir, das könnte eventuell was werden. Und wie geht es dir?" „Danke Paul. Ich mag dich. Lassen wir es dabei bewenden. Hier ist meine Karte. Wenn dir noch was einfällt, ruf mich an. Tag und Nacht. Ach so, und viel Glück mit deinem Engel." Damit gab sie ihm einen flüchtigen Kuss auf die Stirn und ließ ihn stehen. Sie hatte jetzt keine Lust über ihr Leben zu reden. Nicht heute …

Die Beamten hatten inzwischen die ersten Verhöre beendet. „Und, meine Herren, konnten Sie irgendetwas Interessantes feststellen?" „Nichts Verdächtiges, Mam. Alle waren auf den beiden Balkons, als der tödliche Schuss abgegeben wurde. So wie Sie, Mam." „O.k., ich will von allen Verhören Kopien, ebenso vom Obduktionsbefund und dem Bericht der

Kriminaltechniker." „Alles klar, Mam. Da gibt es etwas, das Sie sich ansehen sollten." Sofort war ihr Interesse geweckt. „Was?" „Hier im Haus ist alles nur Attrappe. Hier werden Illusionen erzeugt. Die Kamine z.B. sind nicht echt. Alles künstlich." Jetzt erst fiel Kathy auf, dass die Kamine grau und „erloschen" waren. Auch die Bilder an den Wänden zeigten nur graublaue Flächen ohne Inhalt. „Was soll das? Wo sind die Bilder? Sind das etwa alles Bildschirme?" „ Genau. Wir können damit die verschiedensten Stimmungen erzeugen. Es handelt sich um Bildwände, die mittels Projektion Gemälde darstellen." Es war der Butler, der plötzlich im Raum stand. „Und wer sind Sie, wenn ich fragen darf? Ich nehme doch nicht an, dass Sie im Hauptberuf Butler auf Schloss Aberdeen sind?" „Oh nein, Mam. Ich heiße Philipp Seamore und bin Schauspieler am hiesigen Stadt-Theater. Das hier ist ein kleiner, aber feiner Nebenverdienst." „Sagen Sie, Mr. Seamore, wer gibt Ihnen hier im Haus Ihre Instruktionen?" „Niemand, Mam. Ich bekomme alle Anweisungen per Mail von meiner Agentin. Der Schlüssel zum Haupttor liegt im Kopf des Steinlöwen rechts vom Tor, und ein Cateringunternehmen liefert das Essen. Ach so, und auf dem Tisch liegen dann die DVDs für die Gemäldeprojektionen und die Kaminfeuer. Heute war das Thema: Angst und Schmerz." „Hat Sie das nicht gewundert?" „Aber nein. Was glauben Sie, was wir hier schon für Wünsche erfüllen mussten?" „Die Mail hätte ich gern gesehen." „Geht klar." „Sie können gehen." In diesem Moment betrat einer der Kriminaltechniker den Saal. „Hier Mam, das haben wir in dem Durchgang gefunden." Damit hielt er ihr eine Plastiktüte hin, in der sich eine Schrotpatrone befand." Kathy war etwas irritiert, das der junge Mann ihr die Hülse reichte. „Kennen wir uns?" „Oh ja Superintendentin. Ich war damals mit auf Edinburgh Castle, als die Kronjuwelen …" „Danke junger Mann", unterbrach sie ihn. Gibt es etwas Besonderes?" „Das will ich wohl meinen. Hier auf der Papphülse hat jemand etwas geschrieben" Kathy nahm sich die Tüte und hielt sie gegen das Licht. „Hier, eine Lupe, Mam." „Danke, es geht noch so." Plötzlich konnte Kathy es deutlich sehen. Da stand Amys Name auf der Hülse. „Also wissen wir jetzt, dass Amy von Anfang an das Ziel war. Was haben Sie da noch?" „Einen toten Schmetterling und diese Namensliste. Die lag zerknüllt in der Nähe der Patrone."

Kathy schaute auf die Liste und erstarrte. Darauf standen die Namen aller ehemaligen Mitschüler, inklusive ihres eigenen. Nur Amys Name war durchgestrichen. „Hier, nehmen Sie das mit. Ich will einen Schriftenabgleich zwischen der Liste und der Schrift auf der Patrone. Und noch was?" „Ja hier, dieser Zettel: Die Rache ist mein. Ich will vergelten, sprach der Herr." „Das ist ein Vers aus der Bibel. Das war es dann?" „Bis auf die Motorradspur, nichts." „Welche Motorradspur?" „Nun, der Täter ist wohl auf einem Motorrad gekommen und auch wieder damit verschwunden. Das war bei dem Lärm der vielen Böller und Raketen unmöglich zu hören. Wir haben die Reifenspuren gesichert. Es war im Übrigen eine Beiwagenmaschine. Unsere Spezialisten werden bestimmt schnell den Typ ermitteln." „Gute Arbeit. Und denkt daran, ich will von allem Kopien auf meinem Tisch. Meine Herren, Sie haben meine Nummern. Ich werde jetzt von hier verschwinden." Damit verabschiedete sie sich von jedem der Beamten mit Handschlag. Eine Geste, die ihr ansonsten zuwider war. Plötzlich zeigte der Butler mit dem Finger auf das offen stehende Tor. „Da, sehen Sie doch, das Kind", stammelte er.

Kathy sah erschrocken zur Tür, und da stand völlig durchnässt ein etwa dreizehnjähriger Junge. „Mama, Mama? Wo ist meine Mutter?", rief er. „Schnell eine Decke für das Kind", rief Kathy, bevor sie zu ihm hinunter lief.

„Hallo, wer bist du? Ich bin Kathy", flüsterte sie. „Ich bin Paul und ich suche meine Mutter. Weist du, wo sie ist?" Jetzt konnte Kathy ihre Tränen nicht mehr halten und sie umarmte den Jungen.

„Ist meiner Mutter etwas passiert?", fragte der Junge ängstlich.

Kathy nahm ihn in den Arm und setzte sich mit ihm auf eine der Bänke im Erdgeschoss. „Schnell, bringen Sie ihm einen heißen Kakao oder einen

Tee!", rief sie dem Butler zu, der darauf hin sofort verschwand. „Sag Mal, Paul, wie bist du eigentlich hierher gekommen?" „Na, mit dem Motorrad." „Was für ein Motorrad?" „Das weiß ich nicht. Irgendjemand hat mich aus dem Käfig geholt und mir gesagt, dass ich wieder zu meiner Mutter darf. Dann setzte er mich in den Beiwagen seines Motorrades. Ich musste mir eine dunkle Brille aufsetzen. Die war zugeklebt, so dass ich nicht sehen konnte, wo wir waren. Dann fuhren wir bis zur Abzweigung an der Autobahn. Das hat lange gedauert. Plötzlich musste ich aussteigen und er hat mich an einen Baum gebunden. Er hätte noch was zu erledigen, hat er gesagt. Nach gut einer Stunde kam er zurück und befreite mich. Ab hier sollte ich den Weg durch den Wald nehmen. Dann würde ich meine Mutter treffen. Also, wo ist sie?"

„Du redest immer von einem Er. Also war es ein Mann?" „Das nehme ich doch an. Unter dem geschlossenen Helm klang die Stimme zwar irgendwie dumpf und verstellt. Aber ich bin trotzdem sicher, das es sich um einen Mann gehandelt hat." „Was du so alles bemerkst." „Na klar, ich will ja mal zur Polizei. So, wie die Freundin meiner Mutter." Jetzt musste Kathy lächeln. „Die Freundin deiner Mutter? Ich glaube, damit bin ich gemeint. Deine Mutter und ich waren früher Mal unzertrennlich. Wir waren wie Schwestern. Leider haben wir uns dann aus den Augen verloren." „Und wo ist meine Mutter jetzt?" „Weist du Paul, es hat einen Unfall gegeben. Und deine Mutter wurde dabei schwer verletzt. Sie ist in ein Krankenhaus gebracht worden." In Pauls Gesicht konnte man die Enttäuschung deutlich sehen. Kathy konnte ihm jetzt einfach nicht die Wahrheit sagen. „Kann ich sie besuchen?" „Jetzt? Nein, Paul. Die Ärzte haben sie in ein künstliches Koma versetzt." „Was ist das?" „Nun, das ist so eine Art Tiefschlaf. Sag mal Paul, soll ich dich zu deinem Vater bringen?" „Ich habe keinen Vater. Nur einen Bruder, doch der ist bei der Armee in England. Ich wohne mit Mama in Glasgow." „Was hältst du davon, wenn du erst mal ein paar Tage mit zu mir kommst? Ich habe noch ein freies Zim-

mer. Und wenn es deiner Mutter besser geht, dann können wir sie ja zusammen besuchen?" „Und was ist mit der Schule?" „Da rufe ich an und entschuldige dich, o.k.?" „Das kannst du?" „Oh ja, das und noch viel mehr. Ich sage nur noch den Männern da oben Bescheid und dann können wir fahren." Inzwischen brachte ihm Philipp den Kakao. Kathy ging zu den Beamten. „Hören Sie, meine Herren. Ich werde den Jungen mitnehmen. Er hat keine weiteren Verwandten und ich kann mich im Augenblick um ihn kümmern. Natürlich werde ich das Jugendamt informieren. Im Übrigen scheint er wichtige Informationen über den Täter für uns zu haben. Sobald ich Näheres weiß, informiere ich Sie. Wenn Sie dagegen irgendetwas herausbekommen, rufen Sie mich an. Tag oder Nacht. Bis dann." Damit verabschiedete sie sich, holte ihre Tasche und ging mit dem Jungen zum Auto, das wieder auf dem Hof stand. Kaum hatten sie es sich im Wagen bequem gemacht, war er auch schon erschöpft eingeschlafen. Kathy gab Gas und fuhr in Richtung Edinburgh zurück. Amy war tot und sie hatte ihren Sohn im Auto. Diesen Tag hatte sie sich ganz sicher anders vorgestellt. Ihr Blick ging zu Paul. Sie wusste nicht, ob es richtig war, den Jungen jetzt mitzunehmen. Doch wo sollte er hin? Mitten in der Nacht? Und was hatte er mit dem Käfig gemeint? Hatte man ihn wirklich in einem Käfig gehalten? Dazu kam, dass er der einzige war, der den Mörder gesehen hatte. Also war er im Augenblick ein wichtiger Zeuge. Sie würde morgen früh den Chief und Tom Morgan informieren. Und zur Not konnte ihre Mutter auf ihn aufpassen. Irgendwann musste sie ihm natürlich sagen, dass seine Mutter tot war und er sie nie wieder sehen würde. Sie hasste diesen Teil ihrer Arbeit, wenn sie Angehörigen, insbesondere Kindern, den Tod eines geliebten Menschen nahe bringen musste. Und hier war es besonders schlimm. Ein kleiner Junge würde erfahren, dass er ab sofort allein auf der Welt war.
Kathy sah zu ihm hinüber. Paul schlief fest und friedlich in eine Decke gehüllt. Und es schien ihr, als wenn er im Schlaf ein bisschen lächeln

würde. Tränen liefen ihr über die Wangen. „Oh Amy, was ist bloß passiert? Warum ausgerechnet du? Ein Mensch, der nie jemandem etwas zu Leide tun konnte. Jetzt bist du tot. Ermordet auf eine besonders grausame Art und Weise. Doch sie würde nicht ruhen, bis der Täter gefasst und seiner gerechten Strafe zugeführt worden war. Doch was war hier gerecht? In ihrem Unterbewusstsein schrie alles nach Rache. Auge um Auge, Zahn um Zahn. Am Besten die Todesstrafe für den Täter. Doch das war unprofessionell. Sie war Polizistin und musste sich an die Gesetze halten. Wenn es auch manchmal schwer fiel. Wenigstens konnte sie ihren letzten Wunsch erfüllen. Sie hatte Paul gefunden. Besser gesagt, er hatte sie gefunden. Ein Zufall? Eine Fügung? Er würde nicht allein sein. Dafür würde sie schon sorgen." Inzwischen war es vier Uhr am Morgen.

Samstag, 17.08. – Kathy und Paul in Edinburgh

Kathy erwachte am nächsten Morgen, weil jemand oder etwas ihren Fuß berührte. Blitzschnell warf sie sich herum und zielte mit der Waffe, die wie immer unter ihrem Kopfkissen lag, auf den vermeintlichen Angreifer. Doch an ihrem Fußende stand ein kleiner Junge mit schreckgeweiteten Augen. „Bitte, bitte, nicht schießen!" „Wer bist du und was machst du hier?" „Ich heiße Paul und ich habe Hunger." Jetzt fiel Kathy alles wieder ein, was letzte Nacht passiert war. Schnell steckte sie die Waffe in den Nachttisch. „Paul, um Gottes Willen! Sorry. Ich wollte dich nicht erschrecken. Gib mir einen Moment. Setz dich schon mal in die Küche, ich komme gleich und mache dir Frühstück." „Wann gehen wir meine Mutter besuchen?" „Das weiß ich noch nicht. Bitte, ich bin gleich bei dir." Der Junge verließ ihr Zimmer und schlurfte in die Küche. Der Wecker auf dem Tisch zeigte 09.30 Uhr. Sie hatte höchstens zwei Stunden geschlafen und war völlig übermüdet. Und doch hatte die Anwesenheit des Jungen ihre Kräfte mobilisiert. Schnell sprang sie unter die kalte Dusche und spürte das Erwachen ihrer Lebensgeister. Dann warf sie sich rasch einen Hausmantel über und ging zu Paul in die Küche. Mit geübten Griffen setzte sie die Kaffeemaschine in Gang und überlegte was sie dem Jungen zum Frühstück machen sollte. Instinktiv griff sie zu einer Zigarette, steckte sie sich an und starrte in den Kühlschrank. Plötzlich hörte sie Paul husten. „Die Zigarette", durchfuhr es ihr. Sofort drückte sie sie aus und öffnete das Fenster. „Entschuldige bitte, aber ich habe nicht oft Besuch. Magst du Eier mit Speck oder lieber mit Pilzen und Tomaten? Dazu hätte ich noch Toast und Orangensaft." „Eier mit Tomaten sind o.k., und etwas Orangensaft. Mama presst den Saft immer frisch." „Sorry, aber bei mir kommt der Saft aus der Tüte. Schmeckt aber hoffentlich trotzdem?" Damit begann sie, Eier mit etwas Milch zu verquirlen, gab Salz, Pfeffer und frische Kräuter dazu, und nachdem die Pfanne heiß war, schüttete sie das Ganze hinein. Noch während die Eier stockten, schnitt sie ein paar Tomaten und Pilze in Scheiben und mischte sie unter die Eiermasse. Das Ganze ließ sie bei kleiner Flamme etwas köcheln. In der Zeit, bis die Eier fertig waren, beförderte sie ein paar Scheiben Weißbrot in den Toaster und goss dem Jungen ein Glas Orangensaft ein. „Es geht gleich los, Paul mein Junge. Mein Junge, wie das klang?" Jetzt waren die Eier fertig und sie teilte sie auf zwei Teller auf. Dazu noch etwas Toast und fertig war das Frühstück. Sogar der Kaffee war inzwischen durchgelaufen. Jetzt saßen beide am Tisch und ließen es sich schmecken. Während sie aßen, beobachtete sie den Jungen. Das also war Amys Junge. Er sah ihr gar nicht ähnlich. Aber wahrscheinlich kam er mehr nach seinem Vater. „Paul, weißt du, wo dein Vater lebt?" „Nein, warum?" „Nun, ich hatte mir gedacht, ob wir ihn nicht mal besuchen sollten?" „Ich weiß nicht, ob Mama das Recht ist. Sie spricht nie von ihm, und ich habe ihn noch nie gesehen. Nicht mal auf einem Bild. War die Pistole geladen?" „Welche Pistole?" Da fiel ihr ein, dass sie ihn vorhin mit einer Waffe bedroht hatte. „Weißt du, Paul, ich bin bei der Polizei. Und da kann es vorkommen, dass irgendwelche Gangster bei mir einbrechen wollen. Und davor, muss ich mich schützen." „War die Pistole nun geladen oder nicht?" Kathy überlegte, was sie dem Jungen sagen sollte. Doch dann entschied sie sich für die Wahrheit. „Ja, sie war geladen." „Dann hättest du mich erschießen können?" „Theoretisch ja. Aber natürlich hätte ich das nie gemacht. Komm, lass uns von was anderem reden." „Fahren wir heute zu meiner Mutter?" „Ich werde gleich in der Klinik anrufen." Jetzt saß sie in der Klemme. Sie wusste, dass sie ihm irgendwann erklären musste, dass seine Mutter tot war. Aber jetzt? War jetzt der Moment der Wahrheit? „Komm Paul, lass uns ein bisschen nach draußen gehen. Wir müssen uns unterhalten. Außerdem möchte ich eine Zigarette rauchen. Willst du noch ein Glas Orangensaft?" Paul nickte. Sie goss ihm sein Glas voll, dann nahm sie sich ihren Kaffee und beide setzten sich an den kleinen Tisch im Garten. Hier war Kathys Lieblingsplatz. Hier konnte sie in Ruhe nachdenken und entspannen. Doch heute war es der Ort, um einem kleinen Jungen zu sagen, dass seine Mutter tot ist, Hier herrschte Ruhe. Nur die Vögel zwitscherten fröhlich in den alten Bäumen. Beide saßen schweigend am Tisch und sahen sich an. Plötzlich flüsterte Paul: „Meine Mutter ist tot, nicht war?" „Aber Paul, woher …?" „Ich habe davon geträumt." Kathy musste schlucken. „Ja, du hast recht. Sie ist gestern Abend gestorben. Es war ein Unfall." „Ehrlich?" „Ehrlich." Warum sollte sie ihm auch erklären, dass jemand seiner Mutter ein riesiges Loch in den Bauch geschossen hat. Paul ließ das Glas zu Boden fallen und fing bitterlich an zu weinen. Kathy wusste in diesem Augenblick nicht, was sie sagen sollte. Und so umarmte sie ihn einfach und zog ihn an sich heran. „Weine nur. Weine. Lass alles raus." Insgeheim füllte sich ihr Herz mit Rachegefühlen gegenüber dem Mörder.

Und trotzdem war es ein friedlicher Moment. Kathy saß in ihrem verwilderten Garten und hielt einen schluchzenden Jungen im Arm …

Samstag, 17. 08. – Rendezvous Belle und Paul,

Paul Brighton war gerade von dem Klassentreffen in Aberdeen zurück und stand noch immer unter Schock. Er hatte sich sehr auf dieses Tag gefreut, der dann dieses abrupte und schreckliche Ende nahm. Amy Logan tot. Erschossen während des großen Feuerwerkes. Es war das Schlimmste, was er in seinem Leben bis jetzt, gesehen hatte.
Für ihn war das Treffen zunächst ernüchternd verlaufen. Bis auf wenige, hatten sich die meisten nicht viel verändert. Sie waren zum großen Teil immer noch dieselben Kotzbrocken, wie vor dreißig Jahren. Überhaupt werden Klassentreffen häufig überschätzt. Zu viele Hoffnungen werden in etwas gesetzt, das von Anfang an zum Scheitern verurteilt ist. Falsche Erinnerungen, Streitereien, Kraftmeierei und Protzsucht stehen meistens einem harmonischen Abend feindlich gegen über. Man sieht an so einem Tag in dem anderen nicht die Person von heute. Oh nein, man sieht die, die sich vor Jahren ins Gehirn eingebrannt hat, die man eigentlich vergessen wollte. Und wenn dann noch Alkohol dazu kommt, dann fallen alle ethischen und moralischen Schranken. So, wie auf kräftig gezeichneten Renaissance-Bildern, wird gefressen, gesoffen, gehurt, geprotzt und geheuchelt, vor allem geheuchelt. Jeder will besser und erfolgreicher dastehen, als er es tatsächlich ist. Man will zeigen, dass man es geschafft hat. Das man dazu gehört, dass es ohne ihn nicht geht. Selbst er erwischte sich dabei, seine kleine Ein-Mann-Firma zu einer großen nationalen Event-Agentur aufzubauschen. Was für ein Witz. Doch war er sich ziemlich sicher, dass auch alle anderen logen, mit dem was sie angeblich in ihrem Leben erlebt und erreicht hatten. Und dann dieser sinnlose und schreckliche Tod. Sicher, jeder Tod ist sinnlos, doch hier traf es die bescheidenste und gütigste Frau, die er je kennengelernt hatte. Wie gern hätte er es gesehen, wenn aus ihrer letzten Begegnung eine Beziehung entstanden wäre. Doch Amy dachte nur an ihren Sohn, der niemals mehr

enttäuscht werden sollte. Und so hatten sie sich erst gestern wiedergesehen.

Amys Ermordung war nicht nur eine entsetzliche Tragödie, nein, sie wurde von langer Hand geplant. Davon war er fest überzeugt. Furchtbar der Anblick, wie sie in ihrem weißen Kleid tanzte, und dann dieser riesige Blutfleck in ihrem Bauchbereich. Ein Bild, das sich für immer in seinem Gedächtnis eingebrannt hatte.

Paul sah, dass er eine Nachricht auf seinem Anrufbeantworter hatte. Freudig drückte er die Play-Taste, in der Hoffnung, die Stimme seiner Tochter zu hören, die ihm von ihrer Ankunft in Deutschland berichten wollte. Doch es war nicht Sarahs Stimme, sondern eine andere, mit der er nun überhaupt nicht gerechnet hatte. „Hallo Paul, ich hoffe, ich störe dich nicht? Verzeih, dass ich dich anrufe, aber du meldest dich ja nicht. Wenn du diese Nachricht abhörst, dann würde ich mich über einen Anruf von dir sehr freuen. Bitte melde dich." Paul rann ein wohliger Schauer über den Rücken. Sein Herz begann wie wild zu rasen. Das war die Stimme von Belle. Aber woher hatte sie seine Nummer? Leider hatte er es ja nicht geschafft, ihr in dem Café eine Karte von sich zu überreichen, oder doch? Er wusste es nicht mehr. Dann kam das Klassentreffen dazwischen, und heute, ja heute wollte er sich bei ihr melden. Aufgeregt fingerte er nach ihrer Karte, die er gut behütet, in der Innentasche seines Sakkos gesteckt hatte. Dreimal wählte er ihre Nummer, da er, nervös und aufgeregt wie er nun mal war, sich immer wieder verwählte. Endlich klingelte es in der Leitung und er wartete mit pochendem Herzen darauf, ihre Stimme zu hören. Doch nichts passierte. Nach sechs Versuchen meldete sich nur der Anrufbeantworter. „Hallo, hier ist Paul. Äh, Paul Brighton. Der Typ aus dem Café. Ich war nicht zu Hause und ich wollte dich heute bestimmt, äh, ich wollte mich heute bei dir melden. Bitte verzeih mir, aber ich bin etwas aufgeregt." Paul war sogar so aufgeregt, dass er gar nicht bemerkte, dass er längst mit Belle sprach. „Paul, Paul, ich bin es. Belle." Endlich bemerkte er ihre wunderbare Stimme und er wurde rot im Gesicht. Zum Glück konnte sie das am anderen Ende der Leitung nicht sehen. „Belle? Hallo, ich bin es, Paul." „Das habe ich gehört. Entschuldige bitte, aber ich hatte schon geschlafen und dadurch das Klingeln nicht gehört." „Ist ja gut. Weist du, ich hatte gehofft, deine Stimme zu hören. Entschuldige bitte, ich war verreist. Nach Aberdeen zu einem Klassentreffen." „Wie schön." „Nun, leider war es gar nicht schön. Im Gegenteil, es endete auf eine sehr grausame Weise. Ich würde gern darüber reden. Würde es dir etwas ausmachen, wenn wir uns sehen könnten? Natürlich nur, wenn es dir passt." Für einen Moment war Stille am anderen Ende der Leitung. „Aber gern. Wann passt es dir denn?" „Wie wäre es mit gleich?" „Nun, da muss ich einen Moment nachdenken." In diesem Moment fiel ihm ein, dass sie ja einen Sohn hatte, den sie sicher nicht allein lassen würde. „Oh, entschuldige bitte, aber ich habe nicht an deinen Sohn gedacht. Sag mir einfach, wann es dir passt." „O.k., ich komme." Paul war so aufgeregt, dass er den letzten Satz nicht verstanden hatte. „Sagen wir in zwei Stunden?" „Wie, du kommst wirklich?" „Aber ja. Philipp ist groß genug. Der freut sich, wenn seine Mutter ihn ein bisschen allein lässt. Also, wo wollen wir uns treffen?" „Äh, Princess Street, Ecke Hampton Road. Da befindet sich ein sehr gutes australisches Restaurant." „Australisch? In Schottland?" „Oh entschuldige, ich hoffe, du magst Krokodil- und Straußenfleisch." „Habe ich noch nicht probiert. Aber gut, ich freue mich. Also, bis dann." Damit legte sie auf. Pauls trübe Stimmung wegen Amys Tod war wie weggeblasen. Auch, dass sich seine Tochter bis jetzt noch nicht gemeldet hatte störte ihn nicht. Singend und pfeifend huschte er unter die Dusche. Dann goss er sich einen großen Drink ein und kippte ihn in einem Zug hinunter. Den brauchte er jetzt, gegen das Lampenfieber. Als er vor dem offenen Kleiderschrank stand, musste er doch sehnsüchtig an seine Sarah denken. Nicht, dass sie ihm jetzt fehlen würde. Nur hatte seine Tochter ein untrügliches Händchen, wenn es galt, keine Modesünden zu verursachen. Nach mehreren Versuchen mit roten, gelben und grünen Shirts entschied er sich für einen graublauen Anzug. Dazu ein hellblaues Hemd und eine feuerrote Krawatte. Eine kleine Reminiszenz an Bells rote Locken. Minuten später war er fertig und sah auf die Uhr. Er war noch viel zu früh. Es war gerade erst 20.00 Uhr und ihr Treffen war erst in einer Stunde. Bis zum Restaurant waren es nur fünf Minuten zu Fuß. Nervös saß Paul in einem Sessel und ging in Gedanken das kommende Treffen durch. Plötzlich durchschoss es ihn wie ein Blitz. Es war das dritte Treffen. Und was das zu bedeuten hatte, war wohl jedem klar. „Sex!" Aufgeregt durchwühlte er seine Schubfächer auf der Suche nach Kondomen. „Verflixt noch mal, irgendwo müssen die Dinger doch liegen." Endlich fand er sie. Ganz hinten in einem Regalfach, in einer Schachtel versteckt. Er hatte sie ja auch lange nicht gebraucht. „Ob die noch gut waren? Gab es überhaupt ein Haltbarkeitsdatum für Kondome?"

In diesem Moment kam es ihm ziemlich lächerlich vor, was er da gerade tat. Obwohl, hoffen konnte er doch, oder? Und lieber vorbereitet sein, als nachher im Regen stehen. Man konnte nie wissen. Es war 20.10 Uhr, und wieder saß er nervös in seinem Sessel. Um sich abzulenken, zappte er sich durch die Fernseh-Programme. Doch er war viel zu nervös, um sich auf irgendwas konzentrieren zu können. Auch ein zweiter Drink half nicht. Im Gegenteil, er merkte, wie sich seine Sinne vernebelten. Doch das lag wohl auch daran, dass er heute noch nichts gegessen hatte.

Unendlich langsam schien die Zeit zu vergehen. Vielleicht sollte er es mit einer Zigarette versuchen? Er hatte zwar schon vor Monaten aufgehört, doch schien ihm der Genuss einer Zigarette als probates Mittel, ein wenig Zeit totzuschlagen. Doch diese Idee endete mit einem Hustenanfall allerster Güte. Endlich. Es war 20.40 Uhr, und er entschloss sich langsam zum Treffpunkt zu schlendern. Er musste raus aus der Wohnung. An die frische

Luft. Von wegen, vier Minuten später stand er an der Kreuzung und sein Blick suchte nervös die Gegend ab.
Belle war nicht, oder besser, noch nicht zu sehen. Unendliche viele Fahrzeuge waren auf der Princess Street unterwegs. In den ParkTaschen standen Autos an Autos, dichtgedrängt. Bis auf eine Stelle, da stand eine riesige schwere Beiwagenmaschine, die über und über mit Dreck bespritzt war. Der Motor dampfte im Licht der untergehenden Sonne. Plötzlich hörte er eine Stimme hinter sich. „Na, wer ist hier interessanter? Das Motorrad oder ich?" Paul fuhr herum und da stand sie. Belle, schön wie nie zuvor. Dieses Mal trug sie eine Art Folklore-Rock, der gut zu ihren halbhoch geschnürten Stiefeln und zu ihrer hellen Bluse passte. Ihr rotes Haar hatte sie zusammengesteckt und ihr Lächeln war wie immer zauberhaft. Paul starrte sie an, dann gab er ihr einen flüchtigen Kuss auf die Wange. „Entschuldige bitte, aber das musste jetzt sein. Du siehst fantastisch aus. Komm, lass uns gehen. Damit hakte sie sich bei ihm ein und beide gingen gemeinsam die knapp fünfzig Meter zu dem Restaurant. Kaum hatten sie das Restaurant betreten, trat ein Mann in Motorradkluft aus dem Dunkeln eines der Hauseingänge. Er spukte eine Zigarettenkippe zu Boden, bevor er mit einem Nachtsichtglas Belle und Paul im Restaurant beobachtete. Ein Lächeln ging über sein narbenübersähtes Gesicht. „Na wartet, meine Lieben. Ihr werdet noch eine große Überraschung erleben." Damit stülpte er sich einen pechschwarzen Helm über, startete den Motor des schweren Motorrades und raste donnernd die Hamilton Road stadtauswärts davon.
Für Paul und Belle wurde es ein wunderschöner Abend. Nachdem er ihr von dem Mord auf dem Klassentreffen erzählt hatte, bestellte er ein Drei-Gänge-Menü, mit dem er wohl genau den Geschmack seiner Begleiterin getroffen hatte. Nach dem Dessert begann eine kleine Live-Band schottische Folklore zu spielen. So konnten beide sogar ein bisschen tanzen. Die Musik passte zwar nicht zu dem australischen Menü, aber wunderbar zu ihrem Folklore-Stil. Paul befand sich wie im siebenten Himmel.

Beide köpften dann noch eine Flasche Wein, bevor es Arm in Arm zu ihm nach Hause ging. Am nächsten Morgen fand er einen Zettel auf dem Tisch. „Verzeih bitte, dass ich schon los musste. Danke für den zauberhaften Abend und die tolle Nacht. Wir werden uns bald wiedersehen. Da bin ich mir ganz sicher. Und dann werde ich dich überraschen. Liebe Grüße von Belle." Neben dem Text prangte ein großer, roter Kuss-Mund.

In den nächsten Tagen brachte Kathy Himmel und Hölle in Bewegung, um wenigsten einige Spuren zu finden. Doch nichts. Es war wie verhext. Immer, wenn sie der Meinung war, einen ErmittlungsAnsatz zu haben, erwies sich der als Einbahnstraße. Und so wurde sie von Tag zu Tag frustrierter, und ihre Laune verschlechterte sich zusehends. Zur selben Zeit ereigneten sich in Dundee, Hamilton und in Glasgow weitere furchtbare Verbrechen, die, wie sich später herausstellen sollte, alle mit Amys Ermordung in Zusammenhang standen. Und während Kathy zunächst nur im Nebel herumstocherte, waren die Mörder aktiv und nahmen sich weitere ehemalige Mitschüler vor.

Montag, 19.08. – Mike Godhill – Dundee

Mike Godhill, auch „Beton-Mike" genannt, arbeitete seit gut fünfundzwanzig Jahren als selbstständiger Bauunternehmer in Dundee. Jener östlichen Stadt Schottlands, die über keine nennenswerten Burgen und Schlösser verfügt, was in Schottland mehr als ungewöhnlich ist. Die Stadt, immerhin die viertgrößte des Landes, wurde in ihrer Geschichte mehrfach verwüstet, was dazu führte, dass sie in den letzten fünfzig Jahren fast vollständig neu aufgebaut wurde. Damit war sie ein wahres Schlaraffenland für Bauunternehmer. Und so gab es kaum eine Stelle in der Stadt, in der Mike und seine Mitarbeiter nicht schon gegraben, gemauert oder etwas Neues hochgezogen hatten. Seine Kontakte zu den entscheidenden Stellen konnte man als exzellent und politisch stabil beschreiben. Gut, andere würden von stabiler Korruption reden. Doch egal, wer Erfolg hat, hat auch viele Neider.

Und wenn mal nichts Neues gebaut wurde, dann hieß es, Altes ab zu reißen. Gut, wenn man dann seinen Geschäftsbereich auf Abriss und Entkernung erweitert hatte. Dazu kam, dass nach jeder Wahl die jeweils neue Stadtregierung Bauaufträge erteilte, um der Stadt ihren jeweiligen Prestige-Stempel aufzudrücken.

Gleich gegenüber dem Parlamentsgebäude war das „Old Inn", Dundees ältester Pub. Hinter vorgehaltener Hand, das „eigentliche Rathaus" genannt. In ihm trafen sich, nach ihrer anstrengenden Arbeit im Büro, viele wichtige Mitarbeiter auf einen kleinen Absacker oder auch etwas mehr. Dort hatten auch viele Dezernate ihre eigenen Stammtische. Und so trafen sich hier Bauleute genauso wie Umweltaktivisten, Staatssekretäre, Stadtplaner, Touristikmanager und die vielen anderen, ach so wichtigen Beamte.

Hier wurden die eigentlichen Themen des Tages und ab und an auch das eine oder andere wichtige Geschäft besprochen. Der Höhepunkt der Woche war jedoch der Samstags-Frühschoppen, mit Live-Musik, viel Bier und manch gutem Whiskey. Dann trafen Politiker auf Vertreter der Wirtschaft zum „Erfahrungsaustausch." Wer es als Unternehmer geschafft hatte, in diesen erlesenen Kreis eingeladen zu werden, der hatte es wirklich geschafft. Denn hier wurden die wahren Geschäfte gemacht! Und Mike gehörte dazu. Fast immer gelang es ihm, an einem Samstag den einen oder anderen lukrativen Auftrag an Land zu ziehen. Natürlich würde es keiner zugeben, aber hier im „Old Inn" war die Luft geschwängert vom Bier, vom Whiskey und dem schalen Geschmack von Korruption und illegalen Absprachen.

Und so war es auch letzten Samstag gewesen. Mike hatte gehofft, endlich den Auftrag für die Rekonstruktion des einzig übrig gebliebenen historischen Stadttores, dem East Gate; zu bekommen, doch war der zuständige Baudezernent, John Harms, dieses Mal nicht erschienen. Es hieß, er hätte die Grippe. Mike war sauer, und doch lächelte er. Zu lange schon jagte er diesem Auftrag hinterher. Er musste ihn einfach haben. Die Rekonstruktion des einzigen historischen Stadttores von Dundee war nicht nur finanziell lukrativ. Hier ging es vor allem ums Prestige. Wenn die Arbeit ein Erfolg würde, und daran gab es keinen Zweifel, dann konnte Mike sich in Zukunft in ganz Schottland, ja in ganz Großbritannien um derartige Aufträge bewerben. Denn schließlich gab es dutzende zu restaurierende Tore, Burgen und Schlösser, an jeder Ecke des vereinigten Königreiches. Also hieß es, auf den nächsten Brunch zu warten und das Kuvert, das er bei diesen Treffen immer bei sich trug, weiter zu füllen.

Mikes Firma stand ganz oben in Dundees Bau-Hierarchie. Ihm ging es finanziell gut und er war zufrieden mit dem was er erreicht hatte. Neben dem Erfolg im Job war er glücklich mit Amelie verheiratet. Beide hatten eine zauberhafte Tochter. Susann, die gerade vierzehn geworden war. Leider befand sich der Sonnenschein der Familie im Augenblick auf einem Internat in Südfrankreich. Mike und seine Frau hatten lange darüber diskutiert, ob sie dafür nicht noch etwas zu jung wäre, doch ihre Klassenleiterin hatte sie schlussendlich davon überzeugt, dass es das Beste für Susann wäre. Und die jährlichen Internatskosten in Höhe von über zehntausend Pfund konnte sich Mike locker leisten. Und so war alles in bester Ordnung.

Bis auf jenen schrecklichen Unfall vor gut drei Stunden. Da war das Dach der neuen Grundschule im Süden von Dundee eingestürzt und hatte dreißig Kinder unter sich begraben. Nach ersten Meldungen konnten drei nur noch tot geborgen werden. Fünfundzwanzig wurden verletzt, vier davon schwer. Nur zwei der Kinder hatten Glück und erlitten nur ein paar Prellungen und Schnittwunden. Mike war vom Einsatzleiter der Feuerwehr angerufen worden, der ihn unverzüglich mit allen Bauunterlagen zur Unglücksstelle beordert hatte.

Schreckliche Szenen spielten sich vor der Schule ab. Weinende und völlig verstörte Kinder, über und über mit Staub bedeckt, stolperten über Geröll und Schutthaufen, dazwischen immer wieder das Rufen alarmierter Eltern, die ihre Kinder suchten. Aus dem Sanitätszelt konnte man die Schreie und das Weinen der Verletzten hören. Es sah aus, wie nach einem Bombenangriff.
Mike saß fassungslos in seinem Wagen und starrte auf die entsetzlichen Bilder. Er konnte nicht verstehen, was da passiert war. Kaum war er eingetroffen, wurden seine Unterlagen beschlagnahmt. Er selbst durfte den Ort nicht mehr verlassen. Ab sofort stand er unter Arrest, wurde ihm mitgeteilt. Ein Polizist baute sich neben seinem Jeep auf. Er würde jeden Versuch einer Flucht zu verhindern wissen. Und im Übrigen, auch er hatte einen Sohn in besagter Schule, der zum Glück jedoch nicht verletzt worden war.

Die Luft war erfüllt, von dem Stöhnen der Verletzten und dem ständigen Heulen der Sirenen der Einsatzfahrzeuge. Hinter der Schule landeten Hubschrauber im Minutentakt, die schwerverletzte Kinder in die umliegenden Notfall-Kliniken flogen. Es sollte einer der schwärzesten Tage von Dundee werden. Dabei war die Schule erst Anfang Juli unter großem Presserummel und in Anwesenheit der zuständigen Politprominenz eröffnet worden. Sogar das landesweite Fernsehen war vor Ort. Schließlich war es das erste realisierte Bauprojekt der neu gewählten Stadtregierung, und man sonnte sich im Schein des Blitzlicht-Gewitters.
Noch war die Suche nach weiteren verschütteten Kindern nicht abgeschlossen, da gab es schon erste Gerüchte um Baupfusch und dubiose finanzielle Absprachen.
Für Mike war die Sache besonders schlimm, da seine Firma der Generalauftragnehmer gewesen war. Irgendetwas sagte ihm, dass das heute kein guter Tag für sein Unternehmen werden würde. Und egal, was die Unter-

suchungen auch ans Tageslicht bringen werden, ihn würde man auf jeden Fall zur Verantwortung ziehen.

Er musste unbedingt mit John vom Bauamt reden. Doch der hatte ja eine Grippe …

Mike saß in seinem Wagen und grübelte nach. Wie konnte das nur passieren? Es war ein Bauprojekt wie viele andere auch. Und er hatte ein erfahrenes Team eingesetzt, das sich mit der Planung, Vorbereitung und Baudurchführung beschäftigte. Er war sich keiner Schuld bewusst. Nichts Ungewöhnliches war in der Zeit passiert. Außer, dass seine neue Sekretärin eines schönen Tages spurlos verschwand. Ein hübsches Ding, stammte ursprünglich aus Schottland, lebte dann aber über fünfundzwanzig Jahre in Frankreich und kehrte vor einem Jahr zurück. Doch kam sie wohl mit der schottischen Mentalität nicht so gut zu recht. Sie war erst sechs Wochen bei ihm und hatte sich in dieser Zeit gut eingearbeitet. Doch dann war sie weg. Einfach so.

Plötzlich erreichte ihn ein Anruf von der Bauaufsicht. John, der Chefdezernent vom Bauordnungsamt war dran. „Hallo John, mein Lieber. Ich habe dich am letzten Samstag vermisst! Geht es dir inzwischen besser?" Schnell wurde Mike klar, dass das hier kein Freundschaftsanruf war. „Äh, Mister Godhill, ich denke, dass das im Augenblick wohl ihr kleinstes Problem darstellt." „Richtig Sir. Ich bin hier vor Ort und werde Ihnen, sobald ich Näheres weiß, Bericht erstatten." „Das wird nicht nötig sein. Heben Sie sich das für den Untersuchungsausschuss auf. Ich darf Sie darüber informieren, dass bereits erste Ergebnisse des Einsturzes vorliegen. Danach wurde minderwertiger Beton für die Dachstützen verwendet. Haben Sie dazu etwas zu sagen?" Mike wurde leichenblass. „Erste Ergebnisse, aber wie? Der Unfall passierte vor gerade Mal vier Stunden." „Und?" „Äh John, Sie kennen mich, das muss ein Irrtum sein." „Kein Irrtum, Mister Goohill. Man hat uns Unterlagen zugestellt, wonach Sie minderwertigen Beton verarbeitet haben. Also noch mal die Frage: Können

Sie mir irgendetwas zu der von Ihnen verwendeten Betonmischung sagen!" Mike musste schlucken. „Nein John, äh sorry Mister Harms, aber ich kann mir das nicht erklären, Sir. Da will mich jemand in Misskredit bringen. Und was sind das überhaupt für Unterlagen? Kann ich die mal sehen, Sir?" Auf der anderen Seite der Leitung herrschte ein Moment eisige Stille. „Ich denke, vor Gericht, wird der richtige Moment dazu sein. Hören Sie, Mr. Godhill, bis zum Ende der Untersuchungen wird Ihrer Firma jedwede Beteiligung an städtischen Aufträgen entzogen. Zusätzlich sind alle zukünftige Projekte mit sofortiger Wirkung storniert." „Aber, das können Sie doch nicht machen, Sir! Dann bin ich ruiniert." „Oh doch, das kann ich! Guten Tag." Mikes letzter Satz klang fast flehentlich, doch John Harms hatte längst aufgelegt.

Er griff zu seiner Taschenflasche und goss sich einen großen Whiskey ein. Das tat er sonst nur, wenn es was zu feiern gab. Mit einem Ruck trank er das Glas in einem Zug aus. Ihm war klar, dass das womöglich das Ende seiner Firma bedeuten konnte. Denn wenn es sich herumsprach, dass seine Firma minderwertigen Beton verarbeitet, dann konnte er einpacken.

Amelie, seine Frau, musste her. Sie musste herausfinden, was hier schiefgelaufen war. Doch so oft er auch ihre Handynummer wählte, es war ständig besetzt. „Himmel Herrgott nochmal, hör auf zu quatschen, ich brauche dich jetzt hier!" Plötzlich klingelte sein Telefon. Im Display konnte er Amelies Nummer sehen. „Endlich bist du dran. Hör zu, ich brauche dich im Büro. Und zwar dringend. Du musst sofort kommen, es ist etwas Schreckliches passiert. Was ist, so sag doch was?" Doch anstatt der Stimme seiner Frau, hörte er leises Hüsteln und Flüstern. „He Amelie, was ist los, so sag doch was!" Plötzlich war da die Stimme eines Mannes. „Ah, verzeihen Sie Sir, aber sind Sie Mister Godhill?" „Ja, das bin ich, und wer verdammt noch mal, sind Sie? Was haben Sie überhaupt am Handy meiner Frau zu suchen? Hören Sie, ich möchte sofort mit meiner Frau sprechen." Wieder war nur ein Räuspern zu hören. „Verzeihen Sie Sir, aber hier ist Sergant Gilmore, von der Unfallbereitschaft Dundee. Es tut mir leid, aber ich muss Ihnen mitteilen, dass Ihre Frau einen Unfall hatte." „Einen Unfall?" Mike war entsetzt. „Was soll das heißen? Wie geht es meiner Frau?" „Nun, sie ist in das Zentrale-Unfallkrankenhaus gebracht worden. Doch es geht ihr …" Den Rest hörte Mike schon nicht mehr. Im Nu hatte er den Motor gestartet und raste in Richtung Innenstadt. Der Polizist, der ihn bewachen sollte, konnte gerade noch zur Seite springen.

Knapp fünfzehn Minuten später hatte er die Notaufnahme im Zentrum von Dundee erreicht. Nach knapp fünf minütigem Irren durch irgendwelche Gänge, bei denen er mehrfach der Meinung war, seiner verschwundenen Sekretärin zu begegnen, traf er endlich auf einen Notarzt, der ihm ein paar Fragen antworten konnte. „Ihre Frau ist ins künstliche Koma versetzt worden. Ihre Kopfverletzungen sind so schwer, dass die Chirurgen es im Moment ablehnen, überhaupt einen Eingriff vorzunehmen. Das ist alles, was ich Ihnen im Moment sagen kann." „Hören Sie Doc, was ist überhaupt passiert? Ich habe gehört, dass meine Frau einen Unfall hatte. Mehr weiß ich nicht. Was für einen Unfall? Bitte, Sie müssen es mir sagen, Bitte!" Der Arzt blickte kurz in seine Unterlagen. „Hier steht nur, dass Sie von einen Motorrad mit Beiwagen beim Überqueren der Straße erfasst wurde." „Von einem Motorrad?" „Der Unfallverursacher soll sich vom Unfallort entfernt haben. Entschuldigen Sie Sir, aber mehr kann ich Ihnen im Augenblick wirklich nicht sagen. Wenn Sie mehr wissen wollen, müssen Sie sich an die Polizei wenden." „Danke", murmelte Mike. Dann setzte er sich im Warteraum auf einen der Stühle und fing bitterlich an zu weinen. Erst ging seine Firma den Bach runter und jetzt lag seine Frau im Sterben. Das konnte doch alles nur ein Alptraum sein. „Was, wenn es Amelie nicht schaffen würde? Wie sollte er das Susann erklären? Wie sollte er alleine weiterleben? Und was hieß das überhaupt, flüchtender Motoradfahrer? Da konnte doch etwas nicht stimmen. Susann war übervorsichtig im Stra-

ßenverkehr. Seit dem sie als Kind von einem Auto erfasst wurde und fast acht Wochen im Streckverband lag, hatte sie auf der Straße immer Angst. Wie oft hatte er sich über sie lustig gemacht, wenn sie zwei- oder dreimal die Straße überprüfte, bevor sie die Seite wechselte."
In diesem Moment brach Hektik im Flur aus. Ärzte und Schwestern begannen aufgeregt hin und her zu laufen. Nach knapp fünf Minuten kehrte wieder Ruhe ein. Endlich kam einer der Ärzte zu ihm in den Warteraum. „Mr. Goodhill?" Mike nickte. Der Arzt setzte sich neben ihn. Nach einem schier endlosen Moment der Stille räusperte er sich. „Sie hat es nicht geschafft, Sir. Bei den schweren Verletzungen, die sie hatte, fast ein Akt der Gnade. Glauben Sie mir, Sir, es ist besser so. Soll Sie jemand nach Hause fahren?" Mike schüttelte den Kopf. „Kann ich sie noch mal sehen?" „Kommen Sie." Als sie das Zimmer von Amelie erreicht hatten, atmeten beide noch einmal tief durch. Dann betraten sie den inzwischen abgedunkelten Raum. Mike ging langsam auf das Bett zu, in dem der Leichnam seiner Frau unter einem Laken lag. Vorsichtig deckte der Arzt den Kopf der Toten ab, und Mike sah auf das blutüberströmte Gesicht der „Liebe seines Lebens". Nach einem kurzen Moment, in dem er um Fassung rang, begannen Tränen über seine Wangen zu laufen. „Amelie, bitte, du darfst nicht sterben. Was soll ich Susann sagen? Amelie…" „Kommen Sie, Sir, wir sollten jetzt gehen." Damit zog er der Toten das Tuch über das geschundene Gesicht. Danach verließen beide das Zimmer. Draußen lehnte sich Mike für einen Moment an die Flur-Wand. „Wie geht es jetzt weiter?" „Wir werden Sie informieren, wann Sie den Leichnam ihrer Frau abholen können. Zunächst erfolgt eine Obduktion." Mike sah ihn fragend an. „Obduktion? Muss das sein?" „Das ist Vorschrift, Sir. Gehen Sie jetzt nach Hause. Es ist das Beste so." Mike sah ihm tief in die Augen. „So, meinen Sie? Mein Leben ist tot. Es liegt da drinnen unter einem Tuch. Da, liegt das Beste, was ich hatte. Jetzt bleibt mir nur noch unsere Tochter." Damit drehte er sich um und begann in Richtung Ausgang zu gehen. Als er die

Glastür erreichte, traf er mit einer Schwester zusammen, die ihm merkwürdig bekannt vorkam. Ihre Locken erinnerten ihn an seine verschwundene Sekretärin. Doch er musste sich irren. Wahrscheinlich spielten ihm seine Sinne einen Streich. Langsam erreichte er seinen Wagen. Er setzte sich hinters Steuer und starrte hinaus. Tränen füllten seine Augen und liefen über seine Wangen. Das konnte kein Zufall sein… Wenn er glaubte, dass der Tag nicht schlimmer werden konnte, dann sollte er sich irren. Das war erst der Anfang! Auf der Motorhaube seines Wagens lag ein toter Schmetterling. Mike wischte sich die Tränen aus den Augen und wählte die Internatsnummer in Frankreich. Doch anstatt seiner Tochter meldete sich Madame Melville, die Internatsleiterin. Auf Mikes Frage: „Wo sich seine Tochter befände?", reagierte Madame Melville mit Verwunderung. Immerhin war Susann doch auf seinen Wunsch hin gestern nach Deutschland gefahren, um ihm beim Verlust seiner Frau bei zu stehen. Mike schnürte es die Kehle zu und er legte auf. Susann, verdammt wo war seine Tochter? „Wieso war sie gestern abgereist? Und woher wusste jemand bereits gestern vom Unfall und vom Tod seiner Frau?" Sein nächster Anruf galt der Polizei. Dort wollte man ihn zunächst wegen des Bauunfalls nicht zum Chief durchstellen. Doch als er schilderte, was er gerade erfahren hatte, ging alles sehr schnell. Er sollte in seinem Auto warten, der Polizeichef würde einen Wagen schicken. Eine halbe Stunde später saß er im Büro des Chefs der Polizei von Dundee.

Der schreckliche Unfall in Dundee und das Verschwinden von Mikes Tochter waren nicht das Einzige, was in der Zwischenzeit passierte. Denn einen Tag später ereignete sich in Hamilton ein besonders grausamer Mord an Ryan Henderson

Dienstag, 20.08. – Schlangen in Hamilton

Das Reisebüro "Scotch-Tourist" ist das größte in Schottland. Es war vor knapp zwanzig Jahren in Glasgow gegründet und dann vor zehn Jahren in das 20 km entfernte Städtchen Hamilton verlegt worden. Hier waren die Mieten um ein Vielfaches günstiger. Zehn Berater bemühten sich seitdem, jedem Besucher sein ideales Reisepaket zusammen zu stellen. Das garantierte ein Optimum an Erholung und ein stressfreies Reisen. Über dreitausend Reisen wurden jährlich verkauft, und das in einer Stadt mit nur knapp fünfzigtausend Einwohnern. Im Vergleich mit anderen Reisebüros lag der Anteil an Beschwerden bei unter drei Prozent. Das war absolute Spitze! Neben den Fachberatern war das Unternehmen auch als Ausbildungsstätte gefragt. Derzeit arbeiteten drei Praktikantinnen im Laden. Ein Job, der heiß begehrt war, denn er sicherte einem eine gute und vor allem sichere Stelle in einer der anderen Filialen von „Scotch-Tourist." Selbst Ältere bewarben sich um eine Stelle. Erst vor kurzem musste ein Mann, so Mitte vierzig, abgelehnt werden. Es war schon verrückt.
Ryan Henderson war hier seit gut sechs Jahren der Chef. Sein Spezialgebiet waren Afrika und Asien-Reisen. Lange Zeit war er selbst dort unterwegs, was wohl auch dazu geführt hatte, dass seine Frau ihn vor sechs Jahren verlassen hatte. Plötzlich und unerwartet für ihn, verschwand sie mit einem Jazz-Musiker nach England. „Ausgerechnet mit einem Musiker? Und dann noch Jazz? Und England? Verdammt Sie hasste Jazz." Hatte er zumindest immer angenommen. Aber da muss sich wohl einiges im Laufe der Zeit geändert haben. Und das betraf nicht nur die Musik. Vorbei war es über Nacht mit dem sorglosen Reisen, vorbei mit der Familienidylle. Denn beide hatten eine damals sechsjährige Tochter, die er abgöttisch liebte und für die er das alleinige Sorgerecht erhielt. Seine Frau hatte nicht wirklich darum gekämpft. Seit dem war er alleinerziehender Vater und wurde zum Filialleiter befördert. Geregelte Arbeitszeiten, mehr

Geld und dreißig Tage Urlaub standen ab jetzt auf der Haben-Seite. Ein unstillbares Fernweh und eine intakte Familie auf der Verlust-Seite. Von jetzt an fanden seine Reisen nur noch in seinen Träumen und in den bunten Katalogen statt. Da kam oft Wehmut auf …

Und dann, vor gut einer Woche passierte es. Elisa, seine Tochter (12), verschwand spurlos. Sie war wie immer am Mittwoch beim Klavierunterricht von Miss Forthes gewesen. Anschließend hatte sie sich noch mit ein paar Freundinnen getroffen. Spätestens um 17.00 Uhr sollte sie zu Hause sein. Das hatte bis jetzt auch immer geklappt. Als Ryan sie wie immer zu erreichen versuchte, war da nur ihre fröhliche Stimme auf dem Anrufbeantworter. Beunruhigt hatte er sich auf den Weg nach Hause gemacht.

Das Haus der Hendersons lag am Stadtrand von Hamilton. Es war ein schmucker Flachbau, mit großen Fenstern und umgeben von einem gepflegten, asiatischen Garten. Der war der ganze Stolz von Ryan. Eine kleine Reminiszenz an seine Reisen. Er hatte extra einen chinesischen Gärtner angestellt, der drei Mal die Woche kam und nach dem Rechten sah.

An jenem Mittwoch lag das Haus ruhig, dunkel und verlassen da. Ryan spürte sofort, dass etwas nicht stimmte. Sonst empfingen ihn immer viel zu laute Musik und hell erleuchtete Räume. Elisa hasste es, wenn es irgendwo dunkel war. Heute dagegen war alles still und dunkel. Ryan fing an zu laufen. Schneller und schneller. Hastig öffnete er die Tür und rief nach seiner Tochter. Dabei wusste er längst, dass sie nicht da war.

Das Haus war aufgeräumt, wie immer, wenn er es am Morgen verließ. Wenn also etwas passiert war, dann sicher nicht hier. Gerade wollte er die Polizei rufen, da sah er einen Brief am Boden liegen, gleich neben der Tür. Hastig riss er das Kuvert auf und dann hatte er Gewissheit. Ein Polaroid-Bild fiel zu Boden. Darauf war seine Tochter abgebildet. Ihr Mund war verklebt und sie war gefesselt. Auch schien sie zu weinen. Auf der Rückseite eine Nachricht. „Keine Polizei! Wir haben Ihre Tochter. Es geht ihr gut. Noch!"

Tränen liefen ihm über das Gesicht. Zärtlich strichen seine Finger über das Foto. Es war ein dunkler Raum, eine Art Keller, in dem sie gefangen war. Was muss sie nur für Ängste ausstehen? „Wo bist du, meine Kleine? Wo?" Nach einem kurzen Moment griff er zum Hörer und meldete der Polizei von Hamilton die Entführung seiner Tochter. Er wusste nicht, ob er damit einen Fehler begangen hatte, doch andererseits musste er irgendetwas tun.

Das war vor einer Woche gewesen. Seit dem hatte er so gut wie nicht geschlafen, kaum gegessen. Ständig starrte er auf das Telefon. Zwei weitere Bilder waren ihm geschickt worden. Darauf konnte er sehen, dass es Elisa anscheinend gut ging. Am Sonntag kam dann die Lösegeldforderung. Fünfzigtausend Pfund, bis Dienstag. Er würde weitere Instruktionen erhalten. Die Nachforschungen der Polizei hatten nichts ergeben. Ihr Rat, auf die Forderungen der Kidnapper einzugehen, war überflüssig, denn das hätte er ohnehin getan. Und so nahte der Tag, der alles verändern sollte.

Heute war Dienstag. Ryan hatte die Mittagspause durchgearbeitet, was seine Kollegen überraschte. Sonst waren ihm Pausen immer heilig, doch in den letzten Tagen wirkte er verschlossen, mürrisch, druckste nur herum, wenn man ihn etwas fragte, kurz, er war ein wahrer Stinkstiefel. Mary, seine Praktikantin, brachte es den anderen gegenüber auf den Punkt: „Midlife-Krise". Auf jeden Fall musste eine Frau dahinter stecken. „Das gibt sich wieder. Das wäre bei allen Männern in dem Alter so."

Längst hatte er das Geld besorgt. Er sollte heute ganz normal arbeiten. Man würde sich am Abend bei ihm melden. Wenn er alles tat, was von ihm verlangt würde, wäre Elisa spätestens zum Frühstück wieder da. Ach so, keine Polizei! Man werde ihn ab jetzt ständig beobachten. Und so schloss er wie immer um 18.30 Uhr den Laden, setzte sich in sein Auto und fuhr nach Hause. Fast hätte er noch einen Unfall gehabt. Ein Motorrad mit Beiwagen nahm ihm die Vorfahrt, und er musste abrupt bremsen. „Idiot!", schrie er dem Fahrer noch hinterher. Doch der war längst verschwunden.

Wie immer erreichte er kurz vor acht sein Haus, das immer noch still und „schwer" auf ihn wartete. Er vermisste das fröhliche Lachen seiner Tochter. Ihre laute Musik, das ständige Herumgespringe. Sie nannte es tanzen, er „pubertäres Gehopse". Nie wieder würde er sich darüber lustig machen. Wenn sie doch nur schon da wäre. Doch nichts. Nur ein Brief mit einer kurzen Nachricht lag auf dem Boden. „Gegen 21.00 Uhr würde er einen Anruf bekommen." Außer dem Zettel lag noch ein toter Schmetterling im Kuvert. Er wusste nicht, was er davon halten sollte. Irgendwann war er auf dem Sofa eingenickt. Doch das Klingeln des Telefons schreckte ihn hoch. „Hallo? Hallo? Wie geht es ihr? Hier, ich habe das Geld. Lassen Sie mich mit ihr reden. Bitte!", stotterte er ins Telefon. „Halten Sie die Klappe und hören Sie zu. Stellen Sie das Geld gut sichtbar in die Mitte des Raumes. Dann gehen Sie in ihr Arbeitszimmer. Dort starten sie den DVD-Player. Alles Weitere werden sie dann verstehen. Ach so, und schließen sie die Jalousien, wir wollen noch ein wenig Spaß miteinander haben." Ryan war verwundert, doch tat er, wie ihm geheißen. Er stellte die Tasche mit dem Geld in die Mitte des Raumes. Dann verschwand er in seinem Arbeitszimmer. Dort schaltete er den Fernseher ein und startete die DVD. Zu sehen war ein Reisebericht über Vietnam. Ryan verstand nicht, was das sollte, denn der Bericht war aus seinem Büro. Viele Male hatte er ihn schon Freunden dieses wunderbaren Reiselandes vorgeführt. Neben unzähligen Tempeln, weiten Reisfeldern und herrlichen Stränden wurden viele Pflanzen und Tierarten gezeigt. Unter anderem Wasserbüffel, Elefanten und weiße Tiger, aber auch einige der gefährlichsten Giftschlangen der Welt. Den Kraits. Diese äußerst giftigen Nattern können bis zu zweieinhalb Metern lang werden. Und richtig, da waren diese Höllenviecher auch schon zu sehen. Plötzlich blieb der Player stehen und Ryan starrte in das aufgerissene Maul einer dieser äußerst angriffslustigen Schlangen. Er schaltete den Player aus. Plötzlich wechselte das Bild und er sah einen Teil seines Hauses auf dem Bildschirm. Gerade wollte er nachsehen, was das zu bedeuten hatte, da öffnete sich die Haustür und er konnte die Beine einer Person sehen, die sein Haus betrat. Zielstrebig ging sie in die Mitte des Raumes und tauschte die Tasche mit dem Geld gegen einen Eimer aus. Bevor sie wieder verschwand, kippte sie den Eimer um, und was Ryan dann sah, ließ ihn den Atem anhalten. Mehrere Giftschlangen, unzweifelhaft Kraits, rutschten aus dem Eimer und schlängelten sich auf den Holzboden in verschiedene Richtungen des Raumes. Ryan schrie kurz auf, dann biss er sich vor Angst in die Hand. Schnell kontrollierte er die Tür seines Arbeitszimmers, ob sie auch ja fest verschlossen war. Danach versuchte er sich darüber im Klaren zu sein, was gerade passiert war. Irgendwo in seinem Haus befanden sich gerade einige der gefährlichsten Giftschlangen der Welt. „Wie viele waren es? Schnell, konzentriere dich. Denk nach! Los!" Im Kopf versuchte er sich den Moment zurück zu rufen, als der Eimer umkippte. „Es waren drei? Ja drei! Oder doch vier? Los, konzentriere dich. Es geht hier schließlich um Leben und Tod." Der Biss einer Krait, das hatte ihm damals ein Vietnamese erzählt, ist zu neunzig Prozent tödlich, wenn nicht unmittelbar, und das hieß sofort, ein Gegengift gespritzt wird. Doch woher sollte er wohl jetzt ein Gegengift bekommen?

Da fiel ihm auf, dass er immer noch sein Wohnzimmer auf dem Bildschirm sehen konnte. Der Mistkerl musste eine Kamera installiert haben. Ryan nahm die Fernbedienung und wollte gerade den Fernseher ausschalten, da wechselte er aus Neugier das Programm. Plötzlich konnte er einen Teil seiner Küche sehen. „Verdammt!" Auch auf den weiteren Programmplätzen waren Teile seines Hauses zu sehen. Zuerst war er entsetzt, doch dann wurde ihm klar, dass das ein Teil des Planes war und er so sehen konnte, wo sich die Schlangen gerade befanden. Er überlegte einen Moment, was er jetzt tun konnte. Dann fiel ihm ein, die Feuerwehr zu rufen. Der Fremde hatte nur verboten, die Polizei zu informieren. Er musste denen nur klar machen, dass die nicht die Polizei informieren durften.

Ryan griff zum Telefon, doch das war stumm. Irgendjemand hatte die Leitung gekappt. Was zu erwarten war. „Gut", dachte er sich, schließlich hatte er ja noch sein Handy. „Doch wo um alles in der Welt war das Ding?" Plötzlich konnte er das Gerät auf dem Bildschirm sehen. Es lag mitten auf dem Esstisch. Der aber stand in der Mitte des Zimmers, in dem sich irgendwo hochgiftige Schlangen befanden. „Also, was jetzt?"
Inzwischen war ihm auch klar, wie die Kameras in sein Haus gekommen waren. Vor gut drei Woche hatte er einen Monteur bestellt, der im ganzen Haus Rauchmelder angebracht hatte. Er könnte wetten, dass dabei auch die Kameras installiert wurden. Er hatte Elisa extra gebeten, dem Kerl ein bisschen auf die Finger zu schauen, doch war er sicher, dass sie wieder Mal im Haus herumgetanzt war. Da, da schlängelte sich gerade eine der Schlangen in Richtung der Dusche. Seitdem er überall im Haus Fußbodenheizung hatte, musste es für die Viecher wie im Paradies sein. Eine zweite schlängelte sich gerade über sein Bett und die dritte verschwand in Richtung von Elisas Zimmer. Eigentlich ein idealer Moment, um in das Wohnzimmer zu huschen und das Handy zu holen. Vorsichtig öffnete er die Tür des Arbeitszimmers einen kleinen Spalt und vergewisserte sich, dass keine der Schlangen in unmittelbarer Nähe der Tür auf ihn lauerte. Bewaffnet mit einem Schlangenhaken, den er von einer seiner Reisen als Souvenir mitgebracht hatte, stürmte er in das Zimmer und war mit wenigen Schritten am Esstisch. Gerade wollte er nach seinem Handy greifen, da sah er im linken Augenwinkel eine der Schlangen, die aggressiv zischend ihren Kopf erhob. Sofort sprang er aus der Gefahrenzone und schlug mit dem Haken auf das Reptil ein. Zwei, drei Mal traf er sie am Kopf. Wütend biss sie um sich. Endlich bekam er ihren Kopf mit dem Haken zu fassen und er erstickte sie.
Nach mehreren qualvollen Minuten regte sie sich nicht mehr. Er warf den Kadaver in den Eimer und verschloss ihn sorgfältig mit dem Deckel. In diesem Moment schoss es ihm durch den Kopf, den Augenblick zu nutzen

und das Haus zu verlassen. Er nahm vorsichtig seine Jacke vom Haken, öffnete die Haustür und stand plötzlich jemandem gegenüber, der mit einer abgesägten Schrotflinte auf ihn zielte. Der Typ war klein und schmächtig. Er hatte eine schwarze Lederkombination an und trug auf dem Kopf einen Motorradhelm. Ryan hob die Hände, und der Fremde machte ihm mit der Waffe klar, zurück ins Haus zu gehen. Jetzt wusste Ryan, dass er in der Falle saß und heute Nacht sterben sollte. Vorsichtig ging er zurück ins Haus und schloss die Tür. Das Ganze erschien ihm inzwischen so surreal, wie ein nicht enden wollender Alptraum.

Nun hieß es Ruhe zu bewahren und sich auf die naheliegenden Gefahren zu konzentrieren. Die Schlangen. Als Erstes machte er in allen Räumen das Licht an. Er erinnerte sich, dass Kraits nachtaktive Schlangen sind, die in der Dunkelheit auf Beutejagd gingen. Als Nächstes musste er wieder sein Arbeitszimmer erreichen, denn dort war ein Tresor versteckt, in dem er eine 9-mm-Pistole verwahrte. Ryan war Sportschütze und durfte eine scharfe Waffe im Haus haben. Egal wie die Sache auch heute Nacht ausging, leicht würde er es den Viechern bestimmt nicht machen. Das war er schon seiner Tochter schuldig. Ryan griff mit der einen Hand nach den Eimer und hielt in der anderen Hand den Schlangenhaken. So bewaffnet schlich er vorsichtig in Richtung seines Zimmers. Inzwischen war es kurz nach 22.00 Uhr.

Kaum hatte er sein Arbeitszimmer erreicht, verschloss er sorgfältig die Tür. Dann öffnete er zielstrebig den Tresor, nahm die Waffe heraus und lud sie durch. Da fiel ihm ein, dass der Raum die letzten Minuten offen stand und er nicht sicher sein konnte, dass keines der Biester sich hierher verzogen hatte.

Vorsichtig sah er sich im Raum um. Dieses Mal jedoch mit einer durchgeladenen Waffe im Anschlag. Doch weder bei den Pflanzen-Kübeln noch in den Gardinen oder gar am Boden war etwas Verdächtiges zu sehen. In diesem Moment fiel sein Blick auf den Bildschirm, und da schlängelte sich eine der Nattern in die Richtung der Haustür. Ohne zu überlegen riss er die Tür seines Arbeitszimmers auf und verschoss fast ein ganzes Magazin in die Richtung der Schlange. Dann knallte er die Tür wieder zu und starrte erneut auf den Bildschirm. Die Schlange lag regungslos an der Tür. Er hatte sie getroffen. Nun waren schon zwei der Viecher tot. Doch wie viele waren es tatsächlich? Drei oder vier? Die falsche Antwort konnte zwischen Leben und Tod entscheiden.

Doch was war das? Plötzlich begann sich das Licht in den einzelnen Räumen nacheinander abzuschalten. Entweder hatte er bei dem Geballer den Sicherungskasten, der sich in der Nähe der Haustür befand, getroffen, oder jemand war dabei die Spielregeln zu ändern. Das Bild auf dem Monitor änderte sich in ein Graugrün. Man konnte sehen, dass ab jetzt alle Aufnahmen von einer Wärmebildkamera geliefert wurden. Und da war sie. Zwischen den Stofftieren seiner Tochter schlängelte sich etwas rötlich Schimmerndes. Also waren es mindestens drei.

Inzwischen hatte er das Magazin seiner Pistole gewechselt. Doch noch wollte er abwarten, bis die Schlange aus dem Zimmer seiner Tochter verschwunden war. Wenn Elisa zurück kam, sollte sie keine Einschusslöcher in ihren Stofftieren vorfinden. Er brauchte nicht lange zu warten und die Schlange schlängelte sich in Richtung der Küche. Mit der Pistole, dem Schlangenhaken und einer Taschenlampe bewaffnet, schlich er vorsichtig durch das Esszimmer in Richtung der Küche. Nicht ohne ständig um sich herum zu leuchten. Es konnte ja schließlich sein, dass sich hier irgendwo eine vierte oder gar fünfte Schlange befand. Endlich erreichte er die Küche. Vorsichtig leuchtete er zunächst alle Flächen und den Boden ab, doch von der Schlange keine Spur. In unmittelbarer Nähe des Fensters standen zwei Palmen. Ein breites Bambusrollo dahinter spendete im Sommer erholsamen Schatten. Daneben standen die Abfalleimer mit den Schwingdeckeln. Eigentlich ein ideales Reptilien-Versteck. Den Lichtstrahl der Taschenlampe fest auf den Fensterbereich gerichtet, schlich er vorsichtig mit dem erhobenen Schlangenhaken in der Hand in die Küche. Bereit, jeden Moment zu zuschlagen. Langsam drückte er den ersten der Schwingdeckel zur Seite, leer. Er wusste nicht, ob er erleichtert sein sollte, denn irgendwo hier musste das Tier ja sein. Deshalb widmete er sich dem zweiten der Behälter, doch auch der war leer. Fester umklammerten seine Hände den Haken. Bevor er den Deckel öffnete, tippte er mit dem Haken an die Außenwand. Klangen die anderen hohl, so war hier ein dumpfes, ja volles Geräusch zu hören. Jetzt war klar, hier drinnen musste sich die Schlange versteckt haben.

In diesem Moment hörte er hinter sich ein leises metallisches Geräusch. Gläser klirrten und Porzellan wurde verrückt. Ruckartig drehte sich Ryan herum und da war sie. Auf dem Esstisch, zwischen Geschirr und Besteck, schlängelte sich eine fast zwei Meter lange Schlange. In seiner Panik begann er wie wild mit dem Haken in die Richtung der Schlange zu schlagen. Glas und Porzellan gingen zu Bruch, splitterten. Die Krait begann sich wie rasend hin und her zu winden. Bei der Aktion war ihm vor Schreck die Taschenlampe aus der Hand gefallen, und so schlug er nun völlig ziellos in die Richtung, in der er die Schlange vermutete. Irgendwann spürte er keine Bewegungen mehr auf dem Tisch. So begann er sich langsam zu beruhigen. Nur sein Herz schlug noch wie wild.

Vorsichtig griff er nach der Lampe und richtete den Strahl auf den Tisch. Anfangs sah er sie gar nicht. Doch da war sie. Sie hing leblos vom Tisch herab. Sogar jetzt noch sah sie schrecklich und angsteinflößend aus. Ein Teil des Schwanzes bewegte sich noch. Doch das waren wohl die letzten Zuckungen.

Ryan nahm die Lampe und seine beiden Waffen. Dann holte er den Eimer mit der ersten erschlagenen Krait. Er packte die erschossene Schlange von der Haustür und die Erschlagene aus der Küche in den Eimer. Jetzt gab es nach seiner Rechnung nur noch eine Schlange. Ryan ging es inzwischen besser, da er etwas gegen die Gefahr tun konnte. Und nach drei toten Schlangen fühlte er sich ein bisschen wie „Indiana Jones". Seine Tochter konnte stolz auf ihn sein. Doch er durfte jetzt nicht leichtsinnig werden. Denn irgendwo gab es hier noch eine sehr tödliche Bedrohung. Und dann war da noch der Typ mit der Flinte vor der Tür. Er musste wieder in sein Arbeitszimmer, um die Bilder auf dem Monitor zu kontrollieren.

Während er die Tür seines Zimmers sorgfältig verschloss, bemerkte er ein Rascheln in einer der riesigen Palmen, die sein Büro zierten. Er leuchte vorsichtig hinein und entdeckte die vierte Schlange, die sich gerade langsam um den Stamm schlängelte. Abscheu und Ekel wechselten in ihm. Langsam griff er zu seiner Waffe. Dann schlich er vorsichtig in Richtung der Pflanze. Das Reptil immer im Lichtkegel der Lampe. Als er glaubte, nahe genug zu sein, zielte er genau auf ihren Kopf, der sich langsam in seine Richtung hob. Ryan war jetzt ganz ruhig. Er wusste, wenn er jetzt abdrückte, war der Spuk zu Ende. Dann würde er bald seine Tochter in die Arme schließen können. Diese Hoffnung gab ihm die Kraft, ruhig zu zielen. Langsam zählte er von Drei bis Null, dann drückte er ab. Ein ohrenbetäubender Knall erfüllte den Raum. Als sich der Qualm verzog, konnte er die noch immer zuckende Schlange sich am Boden winden sehen. Da, wo vor kurzem ihr Kopf war, schoss jetzt Blut aus dem Körper. Jetzt hatte er sie alle erwischt. Er saß in seinem riesigen Stuhl, starrte auf die Schlange und begann befreiend zu lachen. Doch dann überkam ihn wieder der Ekel und er musste sich übergeben. Dabei war es ihm völlig egal, dass er auf den Teppich spuckte. Es ging ihm etwas besser und er goss sich einen Whisky ein. Den hatte er sich verdient. Doch zuvor wollte er noch die vierte Schlange verschwinden lassen. Er packte das tote Tier mit dem Haken und war gerade dabei es zu den anderen Kadavern in den Eimer zu legen, da schoss eine der tot geglaubten Schlangen heraus und schlug ihm ihre Giftzähne in die Wange.

Ein unvorstellbarer Schmerz breitete sich sofort in seinem Kopf aus. Ryan ließ den Eimer fallen und rannte in die Richtung des Badezimmers. Da es immer noch stockdunkel im Haus war, stolperte er gegen Türen und Wände. Endlich im Bad, versuchte er die Wunde auszuwaschen. Er wusste, dass das nichts brachte. Doch so konnte er wenigstens die Gesichtshälfte mit dem Biss unter kaltem Wasser kühlen.

Ein stechender Schmerz, der durch den ganzen Kopf ging, gefolgt von ersten Gleichgewichtsstörungen, zeigte ihm an, dass das Gift bereits zu Wirken begonnen hatte und dabei war, sein Gehirn zu erreichen. Es folgten erste kurze Lähmungen der Arme und Beine, die ihn zu Boden stürzen ließen. Er versuchte wieder aufzustehen, doch die Beine knickten immer wieder weg. Inzwischen hatte er rasende Kopfschmerzen. Verzweifelt versuchte er das Telefon zu erreichen. Doch das lag, für ihn unerreichbar, auf dem Esstisch im Wohnzimmer. Da er nicht mehr laufen konnte, begann er sich auf dem Bauch liegend über den Boden zu ziehen. Nach für ihn unendlichen gefühlten Minuten hatte er das Wohnzimmer erreicht. Plötzlich flammte das Licht im Haus auf. Und auch wenn sein Sehvermögen inzwischen nachließ, konnte er doch erkennen, dass jemand auf seinem Sofa saß und ihn beobachtete. „Hilfe! Hilfe! Bitte, so helfen Sie mir doch. Bitte, ich werde sonst sterben."

„Nun, wenn eine Krait sie in das Gesicht bzw. in den Kopf gebissen hat, dann werden Sie mit Sicherheit sterben. Es ist nur eine Frage wie lange es dauern wird? Eine Stunde oder zwei? Oder sind es nur Minuten? Auf jeden Fall wird es schmerzhaft sein. Ach so, Sie werden als Erstes nicht mehr reden oder gar schreien können, denn ihre Kehle wird sich zusammenziehen. Dann werden Sie nichts mehr sehen können. Natürlich könnte ich Sie hiermit von Ihren Qualen erlösen." Damit deutete er auf die Schrotflinte, die auf dem Esstisch lag. „Aber will ich das? Nun, ich denke eher nicht."

Ryan lag auf den Rücken und wurde von Krämpfen geschüttelt. Er hatte unerträgliche Schmerzen. Inzwischen konnte er weder Arme noch Beine

bewegen. Der Hals hatte sich zugeschnürt und so bekam er kaum noch Luft. „Warum? Warum er? Und was würde jetzt aus seiner Tochter werden?" Wieder durchfuhren ihn schwere Muskelkrämpfe. „Falls es dich beruhigt, deiner Tochter wird nichts passieren", hörte er die Stimme des Fremden. „Sobald du tot bist, wird sie sofort freigelassen. Ach so, möchtest du wissen, warum du sterben musst? Dann sieh her."
Damit setzte er den Helm ab und Ryan sah in ein Gesicht, das er längst vergessen hatte. Es war das Letzte, was er sah, denn kurze Zeit später war Ryan Henderson tot. Die Polizei fand später die toten Schlangen, verteilt auf Ryans Leichnam. Daneben lagen ein paar tote Schmetterlinge und eine zerknüllte Namensliste. Ryan Hendersons Name war durchgestrichen.

Der Zoo in Hamilton meldete am Montag den Diebstahl von mehreren Giftschlangen. Wie der zuständige Pfleger aussagte, wollte er am Morgen, gegen 08.00 Uhr, wie immer die Tiere füttern, als er feststellen musste, dass drei der Terrarien offen und leer waren.

Bei den Schlangen handelte es sich um Kraits. Eine Schlangenart, die hauptsächlich in Asien vorkommt. Sofort informierte er den Kurator, der dann die Polizei rief. Die Schlangen sind extrem giftig und für den Menschen absolut tödlich. Da sie nicht gefüttert wurden, sind sie zusätzlich aggressiv und äußerst gereizt. Ein zuverlässiges Gegengift muss innerhalb von zehn Minuten gespritzt werden, um den Gebissenen eine Überlebenschance von zwanzig Prozent zu ermöglichen. Doch auch dann gibt es keine Garantie solch einen Biss zu überleben. Es kommt eben darauf an, wohin die Schlange gebissen hat.

Mittwoch, 21.08. – Haie in Glasgow

Vor gut zwei Jahren hatte die Stadt Glasgow ein neues Freizeit- und Erholungszentrum bekommen, das bereits kurz nach seiner Eröffnung alle Besucherrekorde sprengte. Das lag zum einen an seiner futuristischen Bauweise, die mit der verspiegelten Fassade, dem des „New Technic Art Museum" glich, zum anderen an seinem fantastischen Innenleben. Hinter dem wohlklingenden Namen „New Ocean Paradies" versteckten sich mehrere große Thermen, verschiedenen Fitnessbereiche, acht Ballsportfelder inklusive zweier Tennisplätze. Im Zentrum der Anlage dominierte eine große Wellness- und Saunalandschaft den Komplex. Das Highlight war jedoch das Schwimmbad, das mit einer einzigartigen Attraktion aufwartete. Statt eines üblichen, chlorversetzten Schwimmbeckens, tummelten sich hier die Badegäste in einem riesigen entspannenden Solebad. Durch eine Wassertemperatur von knapp dreißig Grad und einem hohen Salzgehalt hatte jeder Besucher das Gefühl, irgendwo in der Karibik im Ozean zu schwimmen. Darüber hinaus verhalf die salzhaltige Luft chronisch Kranken mit Lungen- und Gelenkbeschwerden Linderung, was dazu führte, dass das Becken immer am Rande seiner Kapazität besucht war. Aber das war noch nicht alles.

Um bei den Besuchern eine Art karibisches Feeling aufkommen zu lassen, befanden sich über den gesamten Komplex verteilt, hunderte subtropische Pflanzen, breitblättrige Farne, viel Sand und mehrere große Aquarien und Terrarien. Selbst die Restaurants waren in bastgedeckten Schilfhütten untergebracht und machten die Karibik-Illusion damit perfekt. Das Highlight des Centers war jedoch ein großer Plexiglas-Tunnel, der in zwei Metern Tiefe quer durch das Salzbecken führte. In ihm schwammen neben verschieden tropischen Fischen, einigen Seeschildkröten, auch drei ausgewachsene Bullenhaie durch eine bunte Korallenlandschaft. Nur durch das dicke Glas von den Schwimmern getrennt, zogen diese mörderischen „Fress-Maschinen" ihre Bahnen und erzeugten bei den Besuchern einen wohligen Schauer. An einer Stelle des Beckens war das Unterwasseraquarium nach oben hin offen. Hier sicherte ein engmaschiges Stahlnetz die Schwimmer vor den Haien und umgekehrt. Der Tunnel endete rechts und links vom Becken in zwei großen unterirdischen Aquarien, in die sich die Tiere jederzeit zurückziehen konnten.

Ann Hassex, angestellt als Schwimmmeisterin, war als passionierte Hobbytaucherin geradezu dafür prädestiniert, die Pflege und Fütterung der Tiere zu übernehmen. Oft verbrachte sie viele Stunden nach Feierabend mit der Beobachtung der Haie. Sie tauchte dann mit Maske, Schnorchel und Flossen bis tief in die Nacht in dem großen Becken und war fasziniert von der Eleganz und Schönheit dieser Tiere. Seit ihre Tochter vor zwei Jahren bei einem Tauchunfall vor den Malediven ums Leben gekommen war, verbrachte sie ihre ganze Freizeit mit dem Studium der Haie.

Es war kurz nach 23.00 Uhr. Neben Ann befanden sich nur noch die zwei Techniker und die beiden Sicherheitsbeamten im Zentrum. Doch die waren im Technikraum in das Fußballspiel der schottischen Nationalmannschaft gegen ihren Erzrivalen England vertieft. Ein Spiel, das England 2:0 gewann. Verdammter Mist!

Das war für Ann die schönste Zeit des Tages. Sie schwamm wie so oft durch das Becken und beobachtete in Ruhe die Haie. Doch heute war irgendetwas anders als sonst. Die Tiere schienen nervöser, ja aggressiver als an anderen Tagen. Ständig rasten sie wie abgeschossene Torpedos durch den Tunnel. Bei der Fütterung, die wie immer durch den offenen Teil im Becken erfolgte, hatten sie mehrfach versucht, ihr das Futter zu entreißen, was sonst nicht ihre Art war. Einer der Bullenhaie stürzte sich sogar mit starrem kaltem Blick auf sie. Ann konnte gerade noch ihren Arm, mit dem sie gerade die Schildkröten fütterte, vor dem Hai in Sicherheit bringen. Das Stahlnetz bewahrte sie vor weiteren wütenden Attacken des Tieres. Vor Schreck stellte sie die Fütterung sofort ein und verließ das Becken.

Wie hätte sie auch ahnen können, dass sie von der verglasten Empore seit geraumer Zeit beobachtet wurde.

Ann war nicht klar, was den Angriff der Tiere ausgelöst haben könnte. Sie hatte sich wie immer vorsichtig und von oben den Tieren genähert. Dabei weder Lärm verursacht noch mit hastigen Bewegungen den Jagdtrieb geweckt. Sie wusste, dass die Beruhigungsmittel, die den Tieren mit dem Futter verabreicht wurden, um diese Zeit ihre Wirkung verloren. Diese, auf homöopathischer Basis hergestellten Stoffe, drosselten die natürliche Angriffslust der Haie, wenn hunderte von badenden Besuchern über ihren Köpfen schwammen. Die Verabreichung war bei den Tierschützern sehr umstritten, doch hatte man damit bis jetzt gute Erfahrungen gemacht. Doch heute war alles irgendwie anders. Wie wild schwammen die Haie durch den Glastunnel. Als wären sie auf der Jagd ...

Doch auch der herbeigerufene Tierarzt konnte nichts feststellen. Er mahnte zur Vorsicht und empfahl die Dosis des Beruhigungsmittels etwas zu erhöhen. Kaum war der Arzt verschwunden, beruhigten sich die Tiere für einen Moment. Inzwischen war es kurz nach 01.00 Uhr. Die Techniker und die Wachmänner waren in ihren Räumen verschwunden und es kehrte Ruhe ein. Eine scheinbare, ja tödliche Ruhe ... Ann stieg wieder ins Wasser und begann ein paar Bahnen zu schwimmen. Sie wollte, dass sich die Tiere beruhigen. Schließlich tauchte sie wieder zu ihnen hinab. Es dauerte einen Moment, bis die Haie in der Röhre auftauchten. Doch kaum näherte sie sich dem Tunnel, begannen sie wieder wie wild hin und her zu schwimmen. Plötzlich veränderte sich ihr Verhalten. Ann bemerkte, dass die Haie damit begannen, sie zu fixierten. So als wollten sie einen Angriff vorbereiten. Ihr war nicht wohl in ihrer Haut, und sie beschloss die Tiere für heute in Ruhe zu lassen. Sie wollte nur noch das restliche Futter aus der Kühlung holen und die Dosis des Beruhigungsmittels etwas erhöhen. Mit langsamen Flossenschlägen schwamm sie noch eine letzte Runde durch das fast fünfzig Meter lange Becken, da bemerkte sie, dass sich die Unterwasserscheinwerfer im Becken nach und nach abschalteten und sie tiefe Dunkelheit umfing.

Zunächst glaubte sie an einen Scherz ihrer Kollegen. Doch als sie sich umsah, bemerkte sie eine schwarzgekleidete Person am offenen Teil des Aquariums. Ein Spot war auf diesen Teil des Beckens gerichtet, was die Situation noch unwirklicher erschienen ließ. Die Person war gerade dabei, eine Videokamera am Beckenrand aufzustellen. Danach erhob sie sich und schaute zu ihr hinüber. Ann konnte nicht sehen wer es war, denn die Person hatte eine Sturmhaube über den Kopf gezogen. Auf dem Rücken trug sie eine Harpune. „He Sie? Was machen Sie da? Und wie sind Sie überhaupt hier hereingekommen?" Ann war jetzt ca. dreißig Meter von dem Fremden entfernt. „Hören Sie, ich will, dass sie sofort von hier verschwinden, oder?" „Oder?" Ann lief ein Schauer über den Rücken. Die Stimme klang irgendwie unheimlich. „Oder ich rufe die Polizei!", schleuderte sie ihm mutig entgegen. „So, so, dann rufen Sie die Polizei? Warum wohl glaube ich nicht daran? Oh richtig, weil ich hier eine Harpune in der Hand halte? Und glauben Sie mir, ich kann damit verdammt gut umgehen. Aber Sie sind mutig. Fast so mutig wie ihre Tochter." „Meine Tochter? Was soll das? Was wissen Sie von meiner Tochter?"

Inzwischen hatte der Fremde auf einer der Ruheliegen Platz genommen. „Nun, ich will mal so sagen, ich bin ihr ein paar Mal begegnet. Sie hatte einen Unfall, nicht war? Böse Sache, so ein Sauerstoffausfall in dreißig Metern Tiefe. Aber das wissen Sie ja, nicht wahr, meine Liebe. Sie waren ja dabei." „Was soll das? Was wollen Sie von mir?" „Ich bin nicht wegen deiner Tochter hier. Die ist mir völlig schnuppe. Doch eines solltest du noch wissen. Der präparierte Druckminderer an der Flasche war ursprünglich für dich bestimmt. Du solltest in der Tiefe verrecken. Das mit deiner Tochter war eine, nun sagen wir, tragische Verwechslung." Ann schrie laut auf. „Was sagen Sie da? Ich sollte sterben? Aber warum? Was habe ich Ihnen getan? Ich kenne Sie überhaupt nicht!" „Oh doch, Ann. Wir kennen uns gut. Zu gut. Denk mal an Paisley, so vor gut dreißig Jahren. Na, fällt es dir jetzt ein?"

„Paisley, vor dreißig Jahren? Aber da bin ich zur Schule gegangen." „Jetzt kommen wir der Sache schon näher. Du warst eine der Schlimmsten. Du hattest genau wie die drei Hexen, deinen Spaß daran andere Schüler, vor allem schwächere zu quälen, zu verspotten und zu demütigen, wo du nur konntest. Und heute bekommst du dafür deine Quittung."

„Das wird mir jetzt zu bunt. Hören Sie, ich werde jetzt die Polizei rufen!" Ann versuchte zu einer der Beckenleitern zu schwimmen. Gerade als sie die Leiter erreicht hatte und dabei war aus dem Becken zu steigen, hörte sie plötzlich ein flirrendes Geräusch, und sie verspürte einen stechenden Schmerz an ihrem Oberschenkel, der sie laut aufschreien ließ. Der Pfeil einer Harpune hatte sie an der Seite getroffen. Blut spritzte aus der Wunde und sie fiel rücklings zurück in das Becken. „Ich sagte doch, ich kann ganz gut mit dem Ding umgehen. Im Nu begann das Wasser sich rot zu färben. Ann biss die Zähne vor Schmerz zusammen und hielt sich am Beckenrand fest. „Was wollen Sie von mir? Bitte lassen Sie mich aus dem Wasser. Ich brauche dringend einen Arzt." „Du brauchst keinen Arzt. Die Wunde ist nicht der Rede wert. Glaube mir, da habe ich ganz andere Wunden spüren müssen."

„Gut, ich will jetzt wissen, wer du bist?" „Nun, was glaubst du? Wir kennen uns aus der gemeinsamen Schulzeit, das ist richtig. Wenn es auch für mich ein täglicher Spießrutenlauf war. Dafür haben du und die anderen ja gesorgt. Doch, ich will dir ein bisschen auf die Sprünge helfen. Bin ich John, Benjamin, oder gar die dicke Brooke? Bin ich einer von den drei Loosern? Verlierer, ja so habt ihr sie doch immer genannt, nicht war? Bis sie es nicht mehr ausgehalten und Schluss gemacht haben. Wer weiß, vielleicht bin ich ja einer von denen, und der Hölle entstiegen? Denk nach, denk nach."

Ann versuchte sich verzweifelt zu erinnern, doch der Schmerz in ihrem Bein lenkte sie immer wieder ab. Du bist keiner von denen. Die sind alle tot!" Den letzten Satz hatte sie aus lauter Verzweiflung laut geschrien. Der Schmerz in ihrem Bein wich inzwischen einer gewissen Taubheit, was sicher am Blutverlust lag. „He Sie, Sie hatten doch Ihre Rache. Bitte lassen Sie mich aus dem Wasser." Tränen liefen ihr über das Gesicht. „Bitte! Ich will noch nicht sterben. Bitte!" „Sterben? Wer redet denn hier vom Sterben? Zumindest jetzt noch nicht." „Dann lassen Sie mich aus dem Becken?" „Oh nein, das habe ich nicht gesagt. Lass uns doch ein bisschen über deine Freunde hier reden. Ich meine die Haie!" Ann erschrak, was sollte das jetzt heißen?

„Wusstest du, dass man den Bullen-Hai oft auch als Gemeinen Grund-Hai oder Stier-Hai bezeichnet? Neben dem Tiger-Hai und dem Weißen Hai ist er weltweit für die meisten Angriffe auf Menschen bekannt. Viele Experten gehen sogar davon aus, dass die meisten tödlichen Angriffe nicht vom großen Weißen Hai sondern vom Bullen-Hai ausgehen."

In diesem Moment schalteten sich die Unterwasserscheinwerfer im Becken wieder an. Ann konnte trotz des Blutes im Wasser die Haie in der Glasröhre am Boden sehen. Aufgeregt schwammen sie hin und her. „Sie wittern das Blut. Dein Blut!" „Was soll das? Wollen Sie mir Angst machen?" Ein unheimliches Lachen war zu hören. „Du hast Angst, meine Liebe. Sicher. Sogar große Angst. Ich kann sie förmlich spüren, ja fast riechen. Und das können die drei da unten auch." Langsam wurde es Ann unheimlich. Sie ahnte, dass der Fremde irgendetwas mit den Haien vorhatte. Nur gut, dass es den Tieren unmöglich war, in das große Becken zu gelangen. Selbst durch die Fütterungs-Öffnung ging das nicht, denn die Haie müssten senkrecht aus dem Wasser schnellen, um, ähnlich Delfinen, im großen Becken zu landen. Doch das war unmöglich.

„Ich war heute schon mal hier. Allerdings als Badegast. Du hattest mich nicht bemerkt. Aber wie solltest du auch. Ich hatte dich beobachtet, wie du mit deinen Kollegen gelacht und herumgealbert hattest. Das Becken war voll. Und doch ist es niemandem aufgefallen, dass ich ein kleines Kästchen am Boden des Tunnels angebracht hatte. Gut, es hat die Farbe der Bodenfliesen, was ein bisschen unfair ist. Doch ich wollte ja nicht, dass irgendjemand es entdeckt. Drei kleine Saugnäpfe halten es seit Stunden bombenfest am Boden. Apropos bombenfest. Weist du, was in dem Kästchen ist? Ein klein wenig Sprengstoff. Nicht viel, keine Angst. Ich will ja nicht, dass den armen Tieren etwas passiert. Ach so, fast hätte ich es vergessen. Ich habe noch einen kleinen Funkempfänger mit eingebaut. Sozusagen das Gegenstück zu dem hier." Damit hielt der Fremde ein kleines Gerät in die Höhe. „Was soll das?", fragte Ann ängstlich. „Nun, kannst du dir das nicht denken?"
Ann schwante etwas. „Wenn Sie den Sprengstoff zünden, dann..." „Dann gibt es ein großes Loch im Tunnel. Richtig. Und was das bedeutet, kannst du dir sicher vorstellen." „Sie wollen die Haie freilassen. Aber, aber, das ist Wahnsinn!" „Ich nenne das Gerechtigkeit, meine Liebe. Ich habe lange darauf gewartet. Glaube mir, gegen das, was dir bevorsteht, war der Erstickungstod deiner Tochter geradezu ein Gnadenakt." „Aber vielleicht können wir uns aussprechen oder irgendwie einigen? Was ist, willst du Geld? Ich kann dir welches besorgen. Glaub mir, wir können uns doch irgendwie einigen." Ann hatte jetzt Angst. Panische Angst, wenn sie an die Haie dachte. „Geld? Was glaubst du eigentlich, was ich hier mache? Glaubst du, mit ein paar lumpigen Pfund kannst du dich freikaufen? Oh nein, meine Liebe, ich will, dass du leidest. Ich will die Angst in deinen Augen sehen, und ich will sehen, wie du stirbst. Und jetzt wird es Zeit. Verzeih, aber ich habe heute Abend noch etwas vor. Ich wünsche dir einen schönen Tod."
Damit hob er die Hand und drückte auf den Auslöser. Ein dumpfer Knall

war vom Boden des Beckens zu hören. Eine riesige Wasserblase stieg an die Oberfläche und zerplatzte mit einer kleinen Fontäne. Es dauerte einen Moment, und die erste Dreiecksflosse tauchte an der Oberfläche des Beckens auf. Kurz danach konnte Ann auch die anderen Bullen-Haie im Becken frei schwimmen sehen. Noch schienen die Haie verwirrt und schwammen ziellos durch das ganze Becken. Doch langsam begannen sie Anns Blut zu wittern und sie näherten sich ihr immer mehr. In ihrer Verzweiflung versuchte sie auf die andere Seite des Beckens zu gelangen. Inzwischen hatten auch die Seeschildkröten die scheinbare Freiheit genutzt und schwammen nun auch durch das Becken. Die Haie begannen jetzt wie wild durch das Becken zu jagen.

Und da passierte es. Plötzlich ging ein Ruck durch Ann und sie wurde unter Wasser gerissen. Doch rasch konnte sie sich wieder befreien und begann wie wild um sich zu schlagen. Der nächste Angriff ließ nicht lange auf sich warten. Ihre Schreie klangen entsetzlich. Jetzt griffen gleich zwei der Haie an. Sie verbissen sich im Nu in ihren Beinen und ihrer Hüfte. Das Wassert färbte sich blutrot. Ab und an sah man Ann auf den Kopf eines der Tiere einzuschlagen, doch es war ein ungleicher Kampf. Das Wasser schäumte von den wütenden Haien, die um die besten Stücke rangen und von Anns Todeskampf. Schließlich war alles vorbei. Das Wasser beruhigte sich und Anns Leiche sank auf den Grund des Bodens. Das Becken war jetzt großflächig rot gefärbt. Der Fremde machte die Videokamera aus, mit der er das Gemetzel gefilmt hatte. Dann streute er ein paar tote Schmetterlinge und eine Namensliste in das Becken. Lächelnd verließ er die Halle. Er wusste, dass die Haie nicht viel von Ann übrig lassen würden.

Donnerstag, 22.08. – Stabssitzung Edinburgh

Man hätte die sprichwörtliche Nadel zu Boden fallen hören können, wenn sie nicht im weichen Teppich des Sekretariats verschwunden wäre. Atemlos warteten die Abteilungsleiter der Edinburgher Polizei darauf, zu ihrem Chef vorgelassen zu werden. Vor über zehn Minuten hätte die wöchentliche Stabssitzung bereits beginnen sollen. Niemand der Anwesenden konnte sich daran erinnern, dass es je zu einer Verspätung gekommen war. Im Gegenteil, der Alte hasste es, unpünktlich zu beginnen.
„Was ist los, Karen?", flüsterte Brown, der Neue im Team. Der Sekretärin war es sichtlich unangenehm, im Beisein der vielen Männer ihrer Arbeit nach zu gehen. „Ja Karen, was ist los? So kennen wir den Alten ja gar nicht?" „Bitte Tom, fragen Sie nicht. Sie wissen doch, ich darf Ihnen nichts sagen. Und für Sie, Mr. Brown, immer noch ein gepflegtes Sie, wenn ich bitten darf." Hinter der dick gepolsterten Tür waren gedämpfte Stimmen zu hören, die heftig miteinander stritten. Plötzlich flog die Tür des Chef-Büros auf und Kathy stürmte wütend heraus. „Ich werde die Sache zu Ende bringen, ob sie nun wollen oder nicht, Sir! Und wenn es Ihnen nicht passt, dann können Sie mich ja feuern, Sir!" Damit stürmte sie durch das Vorzimmer in Richtung Flur. Mit einem Satz sprang Karen auf und eilte zu ihrer Bürotür. Diese hatte eine große Milchglasscheibe in der Mitte, und so wie Kathy die Tür warf, würde es sicher gleich Scherben geben. Kaum hatte sie das Büro verlassen, herrschte atemlose Stille in dem Sekretariat. Nach einem kurzen Moment hörten alle den Chief über die Wechselsprechablage. „Sie können die Herren jetzt herein schicken." „Sie haben es gehört, er erwartet Sie." Damit deutete sie auf die Tür zum Chief-Büro. Der stand mit den Händen in den Taschen am Fenster und starrte in den morgendlichen Verkehr. Man konnte förmlich spüren, dass er bemüht war sich zu beruhigen. Lautlos nahmen alle ihre Plätze ein. Nur ein Stuhl blieb frei, der von Kathy McGore.

Die Sitzung verlief wie immer. Monoton, sachlich und exakt. Und doch lag irgendetwas in der Luft. Nach einer knappen Stunde entließ der Alte seine Abteilungsleiter. Alle gingen schweigend aus dem Büro, da wurde Tom Morgan zurück gehalten. „Schließen Sie die Tür, Tom. Der hatte geahnt, dass so etwas passieren würde. „Sir?" „Setzen Sie sich. Kommen wir gleich zur Sache. Sie wissen, was vor knapp einer Woche in Aberdeen passiert ist?" „Kathys Freundin wurde auf einem Klassentreffen ermordet. Wie ich informiert bin, starb sie in ihren Armen. Das hat ihr sehr zugesetzt, Sir." Was wissen Sie noch?" „Nichts Sir, ehrlich." „Hören Sie, ich mache mir Sorgen um Kathy." Jetzt war Tom verblüfft. So kannte er den Alten nicht. „Wie ich informiert bin, hat Kathy bis heute keine heiße Spur zum Täter." „Aber Sir, Sie kennen sie doch. Ich bin mir sicher, dass, wenn Sie ihr ein paar Tage Zeit geben, dann wird sie das Schwein schon erwischen. Sie kennen ihre Erfolgsquote, Sir. Einhundert Prozent. Die beste in ganz Schottland." Chief Simmons setzte sich plötzlich neben den Superintendenten. Etwas, das er noch nie getan hatte. „Genau da sehe ich das Problem. Ich glaube, ihr fehlt diesmal die Objektivität, den Fall zu bearbeiten. Sie lässt sich zu sehr von ihrem Hass auf den Täter leiten. Und da wäre noch etwas. Ich habe Informationen von unseren Freunden vom Geheimdienst. Danach schwebt Kathy selbst in akuter Gefahr. In Lebensgefahr! Irgendein Irrer bringt Leute aus ihrem früheren Umfeld auf äußerst brutale Art und Weise ums Leben. Und es ist nur eine Frage der Zeit, wann er Kathy erledigt. Hier, die sind für Sie." Damit schob er dem verdutzten Morgan zwei Akten über den Tisch, die mit dem Aufdruck „Top Secret" versehen waren. Tom griff danach und wollte gerade deren Inhalt lesen, da legte der Chief seine Hand darauf. „Hören Sie. Ich weiß, dass Sie ihr nahe stehen. Und ich weiß, sie vertraut niemandem mehr als Ihnen. Ich möchte, dass Sie die hier lesen, und dass Sie für Kathy ab sofort zum Schatten werden. Ich kann offiziell nur wenig für sie tun. Und was Kathy von meiner Meinung hält, das haben Sie vorhin auf beeindruckende

Art und Weise erlebt. Ich gebe Ihnen hiermit jede Vollmacht, um diesen Fall zu lösen. Helfen Sie ihr bitte. Ich will sie nicht verlieren. Haben wir uns verstanden?" Tom musste schlucken. „Wenn Sie es wünschen, Sir."
„Sie werden mir direkt, und nur mir berichten." „Jawohl, Sir." „Und es wäre schön, wenn Kathy von unserem kleinen Arrangement nichts erfahren würde." „Jawohl, Sir." „Ich wusste, dass ich auf Sie zählen kann. Sie dürfen jetzt gehen." Tom erhob sich und war dabei das Büro zu verlassen. „Haben Sie nicht etwas vergessen? Die Akten.
Ach so, was ist das eigentlich da mit diesem Jungen?" Tom zuckte nur mit den Schultern, dann starrte er auf die gelben Mappen mit dem roten Aufkleber >Geheim<. „Ich weiß nur, er heißt Paul und ist der Junge ihrer besten Freundin. Ihrer toten besten Freundin." „Sagen Sie ihr, sie soll da keinen Mist bauen, sonst sind die von der Internen schneller hinter ihr her als sie denken kann. Und vor denen kann nicht mal ich sie schützen. Sie können gehen." Tom griff nach den Akten und verließ das Chief-Büro. „Viel Glück Tom." Karen drückte ihm beide Daumen und lächelte ihn zu. Auch etwas, das noch nie geschehen war.

Sein eigenes Büro lag nur ein paar Schritte von dem des Chiefs entfernt. Er nickte Betty, seiner Sekretärin, kurz zu, bestellte eine Kanne starken Kaffee und verbat sich jedwede Form von Störung. Dann setzte er sich an seinen Schreibtisch und vertiefte sich in den Inhalt der Dossiers. Die beschrieben auf jeweils knapp zehn Seiten zwei weitere Mordfälle. Ausführlich mit Fotos und Protokollen. Am Ende der Akte war eine Namensliste abgeheftet. Und darauf stand unter anderem der Name von Kathy McGore.

Was er da zu lesen bekam, ließ selbst ihn, als einem erfahrenen Kriminalisten, das Blut in den Adern gefrieren. Hier wurde nicht nur gemordet. Nein, hier schien jemand mit Phantasie, Talent und großem Vergnügen zu morden. Und dabei ließ er sich Zeit mit seinem Opfer. Tom begann sich in die Akten einzulesen. Nach einer halben Stunde stand eines fest. Irgendein Irrer machte Jagd auf Menschen aus Kathys Umfeld. Doch bevor er sie tötet, entführt er deren Kinder. Nur warum? Es gab keine Lösegeldforderungen. Beide Opfer waren alleinerziehend und nicht vermögend. Da war also nichts zu holen. Ja und dann tauchte das Kind plötzlich wieder auf. Völlig unverletzt, unterkühlt, hungrig und verstört. Also, wozu diese Entführung? Tom trank einen Schluck von Bettys „Medizin", wie er ihren Kaffee immer nannte. Dann öffnete er das Fenster und starrte in den Morgen.

Und wenn es dem Entführer gar nicht ums Geld ging? Was, wenn er das spätere Opfer lediglich in Angst und Schrecken versetzen und damit seelisch leiden lassen wollte? Es tagelang in der Ungewissheit zu lassen, wo sich das Liebste befand, was es besaß. Das schien ihm anscheinend ein besonderes, zusätzliches Vergnügen zu bereiten? Also war das Entführen der Kinder Bestandteil einer völligen Vernichtung seines Opfers. „Na bravo."

Was für ein Hass muss sich da bloß aufgestaut haben? Denn eines war sicher. Das war keine Spontantat. Diese Morde, wie auch der in Aberdeen, waren akribisch genau geplant und ausgeführt worden. Und, er war noch nicht fertig. Was an der Liste deutlich zu erkennen war, die man bei der Toten gefunden hatte. Und eines war Tom sofort klar, dieser Typ würde nicht zögern, eine Polizistin zu töten.

Aus den Akten

Am 10 Juli wurde Cindy McCoy in Angus gefunden. Sie war mit mehreren Pfeilen einer Armbrust an ein Scheunentor „geschossen" worden. Desweiteren hatten der oder die Täter mit roter Farbe an das Tor eine Art Botschaft gepinselt: „Die Welt mag untergehen, wenn ich mich nur rächen kann. (C. Bergerac)"

Ähnlich einer Kreuzigung hatte man ihr durch Hände und Füße geschossen. Die Ärzte hatten festgestellt, dass sie furchtbar und äußerst lange gelitten haben muss. Zwischen jedem der Schüsse müssen mindestens dreißig Minuten vergangen sein. Der Mörder hatte sie wohl auf einen Schemel steigen lassen. Das bewiesen die Blutspuren darauf. Der letzte Pfeil traf sie dann mitten ins Herz. Und als wenn das alles schon nicht genug war, hatte er ihr vor dem Tod noch die Augen und die Zunge entfernt. Laut Bericht des Pathologen war sie während der Tortur weder gefesselt noch betäubt worden. Aus irgendwelchen Gründen hatte sie nicht versucht, sich zu wehren oder gar zu fliehen. Aber warum? Was kann einen Menschen dazu bringen, solche Qualen über sich ergehen zu lassen? Auf jeden Fall hatte sich da jemand viel Zeit für sie genommen. Einen Tag später tauchte ihr Sohn (11) auf der Polizeiwache in Angus auf. Er war eine Woche lang verschwunden gewesen.

Bei den späteren Untersuchungen wurde festgestellt, dass das Opfer ursprünglich aus der Gegend um Paisley stammte und dort auch zur Schule gegangen war. Laut der Liste zusammen mit Kathy McGore. Der Name Cindy McCoy war durchgestrichen.

Der zweite Mord fand am 12. Juli in Moray, an der Ostküste Schottlands, statt. Lilly Forbes, die dort als Unterwasser-Biologin arbeitete, wurde am Morgen des 13. Juli tot in den Felsenklippen gefunden. Ihr war nicht nur der Atemschlauch durchschnitten worden, sondern zu allem Überfluss hatte man ihr mehrere Pfeile einer Armbrust in den Leib geschossen. Gefunden wurde sie von ihrer Tochter, die einen Nervenzusammenbruch erlitt und noch heute auf der neurologischen Station der Kinderklinik stationär behandelt wird. Bei der Toten wurden, wie bei der anderen, eine Namensliste und ein Vers gefunden. „Auge um Auge – Zahn um Zahn", stand da. Der Name Lilly Forbes war auf der Liste gestrichen. Mehrere getötete Schmetterlinge befanden sich in ihrer Maske. Bei der Obduktion stellte sich heraus, dass die Todesursache qualvolles Ertrinken war. Die

Pfeile aus der Harpune trafen dann lediglich einen Leichnam. Lilly Forbes wie auch Cindy McCoy waren in ihrer Jugend beide in Paisley zur Schule gegangen, und zwar in ein und dieselbe Klasse. Zusammen mit Kathy McGore. Und wenn dieser Zusammenhang nicht ein ganz großer Zufall war, dann hatte das Morden nicht erst vor einer Woche mit Amy Logan in Aberdeen begonnen.

Er musste unbedingt mit Kathy reden. Und das sofort! Tom griff zum Handy und wählte ihre Geheimnummer. Doch anstatt Kathy, meldete sich lediglich der Anrufbeantworter, und so konnte er ihr nur eine Nachricht hinterlassen. „Hallo meine Liebe, hier ist Tom. Wir müssen reden, dringend! Heute noch. Melde dich, bitte." Dann legte er auf. „Verdammter Mist." Aus irgendeinem Grund hatte sie das Handy abgestellt. Das war ungewöhnlich. Selbst, wenn sie mal ihre Ruhe haben wollte, hierüber war sie immer zu erreichen.

Tom begann sich Sorgen zu machen. „Und wenn ihr etwas passiert war? Was, wenn der Killer sie bereits in seiner Gewalt hatte?" Doch Kathy war eine taffe Frau, das hatte sie oft genug bewiesen. So leicht ging sie keinem ins Netz. Wahrscheinlich hatte sie sich nach dem Streit mit dem Chief einfach nur verkrochen. Egal, er musste dringend mit ihr sprechen.

„Äh Betty!", rief er seine Sekretärin, die gleich darauf das Büro betrat. „Ich benötige wieder mal Ihre tollen Kontakte zur Personalabteilung. Besorgen Sie mir doch bitte Kathys Adresse." Betty war verblüfft. „Aber Sir?" „Machen Betty! Nicht fragen! Und wenn es schnell ginge, wäre ich Ihnen sehr dankbar." „Jawohl Sir." Damit verließ sie das Büro ihres Chefs. Irgendetwas musste passiert sein. Denn so kannte sie ihn nicht. Sie wusste, dass es eine besondere Beziehung zwischen den beiden gab. Rein dienstlich natürlich. Aber sie wusste auch, dass es Kathy hasste, wenn jemand ihre Privatadresse bekam. Doch egal. Wie schon ihr Chef gesagt hatte: „Machen und nicht fragen." Gott sei Dank hatte sie einen guten Draht zur Personalabteilung. Ansonsten hätte sie dort auf „Granit" ge-

bissen. Die Adressen von Special-Superintendenten waren geheim. Nach gut fünf Minuten hielt sie die gewünschte Information in den Händen. „Bitte Sir." „Betty, ich danke Ihnen. Was würde ich nur ohne Sie machen?" „In der Personalabteilung auf Knien betteln." Tom war verblüfft, denn Humor war nicht gerade Bettys Stärke. „Noch mal, Danke." „Soll ich noch etwas für Sie tun?" „Schließen Sie diese Akten gut weg. Niemand außer mir darf die in die Hände bekommen." „Jawohl Sir."
Am Abend machte sich Tom dann auf den Weg in den Randbezirk der Neustadt von Edinburgh. Hier draußen wohnte Kathy im ehemaligen Haus ihres Vaters. Die Bezeichnung Neustadt war mehr als irreführend, denn deren Erbauung lag auch schon fast hundertfünfzig Jahre zurück.

Donnerstag, 22.08. – Kathy und Tom – später Abend

Es war schon dunkel, als Toms Dienstwagen vor dem Haus Nr. 11 in der Windich-Street hielt. Ein kleiner Vorort am Rande der Neustadt von Edinburgh.
Tom war noch nie in dieser Gegend gewesen. Im schwachen Licht der alten Gaslaternen strahlten die kleinen Häuser Ruhe und Geborgenheit aus. Hier war die Welt noch in Ordnung. So schien es zumindest. Kleine, liebevoll gepflegte Vorgärten erzeugten eine biedere Vorstadtidylle. Tom war jetzt klar, warum es Kathy hierher verschlagen hatte. Allein die Gegend war Erholung pur. Hierher würde er auch gern mit seiner Familie ziehen.
Das Haus von Kathy lag, im Gegensatz zu den anderen, in völliger Dunkelheit. Und was ihren Vorgarten betraf, so stellte der eine gewisse Ausnahme gegenüber den anderen dar. Auf jeden Fall gehörte Gartenpflege nicht zu ihren Hobbys.
Tom suchte an der windschiefen Pforte vergebens nach einer Klingel. Gerade als er wieder gehen wollte, entdeckte er Kathys Mini auf der

anderen Straßenseite. Also musste sie da sein. Plötzlich hörte er leise Schritte im Kiesbett, die aus dem Dunkel auf ihn zukamen. „Tom, was machst du hier?" „Kathy?" Ein Feuerzeug flammte auf, und für einen Moment konnte er seine Kollegin erkennen. „Ich muss mit dir reden. Jetzt." „Ich will jetzt aber nicht mit dir reden. Und woher, zum Teufel, hast du überhaupt meine Adresse? Doch egal, wir sehen uns morgen in der Zentrale."

Damit war Kathy im Begriff, wieder zurück ins Haus zu gehen. „Sagen dir die Namen Lilly Forbes und Cindy McCoy etwas?" Einen Moment herrschte völlige Ruhe. Dann war Kathy zurück. „Was ist mit ihnen?" „Wollen wir das hier draußen besprechen?" „Na gut, komm rein. Du hast zehn Minuten." „Ich brauche keine zehn Minuten." Tom öffnete die Tür und folgte Kathy in Richtung des Hauses. „Du solltest mal dringend mit deinem Gärtner reden." „Warum? Ich liebe es, so wie es ist." „Ja, ja, immer ein bisschen wild." Tom musste lächeln. „Wir setzen uns hier auf die Bank." „Wieso, hast du drinnen nicht aufgeräumt?" „Der Junge schläft. Und hier kann ich rauchen. Also, was ist? Willst du was trinken?" Kathy deute auf ein kleines Tablett, auf dem eine halbvolle Flasche Whiskey und zwei Gläser standen. „Danke, aber ich muss noch fahren." „Wie du meinst. Also? Was ist mit Cindy und der Hexe von Paisley passiert?" „Bitte?" „Nun, so haben wir Lilly früher immer genannt. Sie hing ständig mit ihren zwei Freundinnen, Elly Chattan und Grace Fraser zusammen. Ein wahres Trio Infernale, wenn du verstehst, was ich meine?" „Kein Wort." „Sie waren unsere drei Hexen von Paisley. Immer, wenn irgendwelcher Scheiß produziert wurde, konnte man sicher sein, dass die drei da mit drin hingen. Was haben sie jetzt wieder angestellt?" „Nichts, Lilly Forbes und diese Cindy McCoy sind Anfang Juli ermordet worden. Und es gibt Parallelen zur Ermordung deiner Freundin in Aberdeen." Gerade wollte sich Kathy eine Zigarette anzünden. Im Licht des Feuerzeuges konnte Tom sehen, dass Kathys Gesicht erstarrt war. Dann erzählte er ihr in kurzen Zügen, was in den Akten stand. Danach herrschte für einen Moment Stille. „Hör zu, davon darf der Junge nichts erfahren. Hast du mich verstanden?" „Geht klar. Was macht der eigentlich noch hier?" „Er hat einen Namen! Er heißt Paul. Und wo soll ich nach deiner Meinung, mit ihm hin?" „Nun, dafür gibt es staatliche Einrichtungen. Die kümmern sich um Kinder wie ihn." „Du meinst, ein Heim? Oh nein, ich gebe Amys Sohn in kein Heim." „Gut, aber hier kann er ja auf Dauer auch nicht bleiben, oder?" „Und warum nicht?" „Wie hast du dir das vorgestellt?" „Ich weiß es nicht. Zunächst mal ist er ein wichtiger Zeuge, und dann …" „Komm, hör auf. Ich bin es, Tom, dein Freund. Mir musst du solchen Mist nicht erzählen. Doch egal. Zurück zu unserem Fall." „Unserem Fall? Es ist immer noch mein Fall." „Jetzt nicht mehr. Der Alte will, dass ich dir helfe." „Ich brauche keine Hilfe!" „Oh, das sehe ich aber anders. Bei den Leichen wurden Namenslisten gefunden. Und da stehst du auch mit drauf, meine Liebe. Hast du das verstanden? Und falls du es immer noch nicht bemerkt hast, da bringt jemand Menschen um, die dir mal nahe gestanden haben. Und wer sagt uns denn, dass du nicht die Nächste auf seiner Liste bist? Willst du dich etwa hier draußen verkriechen?" Kathy goss sich ein Glas Whiskey ein. „Nun sei nicht so verbohrt und lass dir helfen. Keine Angst, ich mische mich nicht in deine Ermittlungen ein. Doch was hast du bis heute erreicht? Sei bitte ehrlich. Ich will dir helfen. So, wie wir es damals bei dem Kunstraub gemacht hatten. Und im Übrigen, so schnell wirst du mich sowieso nicht wieder los. Der Alte hat mich von allen anderen Fällen entbunden. Also?" „Der Chief weiß davon?" „Aber klar, was glaubst du, von wem ich die Akten habe? Er macht sich Sorgen um dich." „Das klang heute Morgen aber noch ganz anders." „Was hast du denn erwartet? Du hast dich seiner direkten Weisung widersetzt. Jeder andere hätte in dieser Situation seine Papiere nehmen können. Also, kennst du irgendjemanden, der einen solchen Hass auf dich und deine Mitschüler hat?" „Ich zermartere mir schon seit Tagen den Kopf, aber mir fällt nie-

mand ein." „Aber es muss jemand aus deinem früheren Umfeld sein."
„Das ist mir spätestens jetzt auch klar." „Die Frauen sind nicht nur
ermordet worden. Denn als Lilly schon tot war, hat der Täter noch mehrfach mit einer Harpune auf sie geschossen. Da war jemand sehr wütend.
Also, hier geht es nicht nur um Mord. Hier geht es um abgrundtiefen Hass.
Um Sadismus! Bis jetzt hat er nur Frauen getötet. Wer weiß, vielleicht hat
das irgendwas zu bedeuten? Vielleicht auch nur mit dir?" „Das glaube ich
nicht. Ich denke eher, es hat etwas mit unserer Schulzeit zu tun. Vielleicht
mit den Selbstmorden?" „Was für Selbstmorde? Ich glaube, ich brauche
jetzt doch einen Drink. Komm erzähl mir davon."

Drei Selbstmorde

„Also, das Ganze war so. Es war am Ende des zehnten und Anfang der elften Klasse. Der erste war Benjamin Gavon. Wir alle kannten ihn nur unter
Benny. Nicht einmal seinen richtigen Namen wussten wir ... Er war ein
stiller, dicklicher und schüchterner Junge. Und er war unser Klassenprimus. Die Jungs aus der Klasse schikanierten ihn, wo sie nur konnten.
Beim Sport und auf dem Schulhof war er immer der ‚Looser' der Klasse
und das Ziel ihrer ‚Spiele', wie sie es nannten. Harry Blain war der Chef
dieser Idioten. Ein widerlicher Kerl. Weist du, er war so ein leiser, hinterhältiger und schmieriger Typ. Nie laut oder selbst brutal. Aber er führte
die anderen an. Er war es auch, der sich immer wieder neue Schikanen
ausdachte. Benny wurde gehänselt, bespuckt und regelmäßig verprügelt.
Ständig haben sie ihm, wenn er nach dem Sportunterricht unter der
Dusche stand, seine Sachen geklaut. Mal hingen sie am Fahnenmast, mal
im Basketballkorb und mal im Mülleimer. Einmal haben sie damit die Aula
dekoriert und das während der Mittagspause. Vor allen Schülern. Und
manchmal versteckten sie die Sachen so, dass er sie gar nicht finden
konnte. Ein- oder zweimal haben sie diese sogar verbrannt. Harry nannte

das dann ‚Umstylen' und Benny sollte dafür auch noch bezahlen. Tja, und wenn er dann nach Hause wollte, musste er warten, bis es dunkel war. Einmal haben sie ihn nachts, nackt, mit ihren Mopeds durchs Dorf getrieben. Danach war er zwei Wochen nicht in die Schule gekommen. Die Einzigen, mit denen er Kontakt hatte, waren John und die dicke Brooke. Aber das schlimmste für ihn war, als sich seine Eltern scheiden ließen und beide auf das Sorgerecht verzichteten. Das musst du dir mal vorstellen. Keiner der Eltern wollte ihn. Soweit ich mich erinnere, hat er dann eine Zeit lang bei seiner Großmutter gelebt. Als die dann starb, setzte er sich in den Zug und fuhr nach Couston. Dort stürzte er sich von den Klippen. Fischer fanden seine Leiche, oder besser, das, was von ihm noch übrig war, Wochen später in ihren Netzen. Ein Anblick, den keiner von ihnen je vergessen sollte. Eine Obduktion fand nicht statt, denn es gab nicht viel zu obduzieren.
Der Zweite, der sein Leben gewaltsam beendete, war Jonny. John Grant. Auch er war über Jahre das Ziel des Gespötts seiner Mitschüler. Uns Mädchen hat das damals nicht interessiert. Wir hatten unsere eigenen Probleme, und Jungs aus unserer Klasse gehörten einfach nicht dazu. Bis auf Mike. Aber das tut hier nichts zur Sache. John's Notendurchschnitt in den naturwissenschaftlichen Fächern war herausragend. Damit galt er bei den anderen als echter Schwachkopf oder Fachidiot. Eben ein Nerd. Die anderen zwangen ihn regelmäßig, für sie die Hausaufgaben zu erledigen und sie bei Prüfungen abschreiben zu lassen. Mit ihm trieben sie es eigentlich noch toller als mit Benny. Und als der dann seinem Leben ein Ende setzte, war für Jonny klar ihm zu folgen. Er stahl seiner Mutter diverse Schlaftabletten und eine Flasche Whiskey. Dann betrank er sich und verschwand im Moor, südwestlich von Paisley. Seine Leiche wurde nie gefunden." „Und ihr Mädchen habt euch da rausgehalten?", fragte Tom. Kathy zuckte mit den Schultern. „Wie gesagt, mit den Selbstmorden von Benny und John hatten wir nichts zu tun." Damit goss sie Tom nach. „Aber da

gab es ja noch Brooke. Oh ja, Brooke Gordon. Bei der war alles anders. Sie war 1,55 m und wog in der zehnten Klasse schon fünfundneunzig Kilo. Sie war das Ziel der Mobbingattacken von uns Mädchen. Du kannst mir glauben Tom, ich bin nicht stolz darauf, aber wir waren halt dumme Kinder. Sie war unser ‚Opfer', und das ließen wir sie auch spüren. Aus heutiger Sicht glaube ich, dass jeder von uns froh darüber war, nicht selbst in ihrer Situation zu stecken. Und damit das auch so blieb, machte jeder mit. Die eine mehr, die andere weniger. Führend beim Quälen waren natürlich unsere drei „Hexen" sowie Cindy McCoy und Ann Hassex. Ständig überlegten sie sich neue Quälereien für Brooke. Und die machte es denen auch ziemlich leicht. So passte sie auf Grund ihres Übergewichtes in keine der normalen Schuluniformen und musste immer in irgendwelchen Übergrößen herumlaufen. Dann trug sie zu allem Überfluss eine dicke Hornbrille und eine hässliche Zahnspange. Und, sie vernachlässigte ihre Körperpflege. Kurz, sie stank! Niemand wollte neben ihr sitzen. Wie wir später erfuhren, waren ihre Eltern einfach nur arm und konnten sich keine teure Kosmetik leisten. Gut, wir auch nicht, aber wir klauten sie. Durch die Zahnspange lispelte sie stark, was nicht gerade ihre Sympathiewerte bei uns steigen ließ. Regelmäßig wurde sie von unseren drei „Damen" bestohlen und drangsaliert. Dem Unterricht konnte sie vor Angst nicht folgen, was letztendlich dazu führte, dass sie ständig schlechte Noten erhielt. Und so war sie für uns alle nur, die fette, dumme Brooke. Es gab sogar ein Spottlied auf sie, an dem sich selbst einige der Lehrkräfte beteiligten. Es muss für sie die Hölle gewesen sein. Nur bei Benny und John fand sie Zuspruch und ein wenig Selbstbestätigung. Nach deren Tod muss ihre Verzweiflung ins Unermessliche gestiegen sein. Und dann ist es passiert. Bei einer Klassenfahrt von Schottland nach Holland stürzte sie sich in der Nacht aus über zehn Meter Höhe vom Heck der Fähre in die aufgewühlte Gischt der riesigen Schrauben. Sie wurde nie gefunden, was aber auch niemanden verwunderte. Was einmal in den Sog dieser Schrauben geriet, würde unweigerlich zerfetzt werden. Und weißt du, was das schlimmste daran war? Ihr Tod hat niemanden von uns berührt. Niemanden, verstehst du? Keiner trauerte, keiner vermisste sie. Wir gingen einfach zur Tagesordnung über. Gott, was waren wir für Monster. Als wenn drei Fremdkörper aus einem ansonsten perfekten Organismus entfernt wurden. Das kann es doch nicht sein, Tom, oder?

Die Polizei, die damals die Fälle untersuchte, war lange Zeit der Auffassung, dass die drei Mitglieder einer obskuren Sekte waren, die ihre Jünger zum Selbstmord verführten. Unter dem Namen „Kinder des Lichts" fanden Jugendliche ohne Selbstbewusstsein und ohne soziale Bindungen Trost und Bestätigung. Zumindest nahmen sie das an. Letztendlich ging es dem Sektenführer, einem gewissen Joshua Smith, wohl nur darum, den Jugendlichen den ‚Weg zur Erleuchtung' so teuer wie möglich zu verkaufen. Erst, wenn nichts mehr zu holen war, predigte er den ‚letzten Weg'. Mr. Smith wurde damals lediglich zu einer Geldstrafe verurteilt. Zu einer Geldstrafe Tom! Das ist doch ein Witz. Diese Entscheidung, ja dieses Urteil, war letztlich der Grund für meine Polizeilaufbahn. So etwas sollte sich nie wiederholen. Das war's, Tom."

„Und jetzt werdet ihr also von der Vergangenheit eingeholt." „Wie meinst du das?" „Na, überleg doch mal. Alle Opfer waren Mitschüler von dir. Das ist doch kein Zufall. Und wer weiß, ob es nicht bereits noch mehr Opfer gibt? Kannst du dich an das Klassentreffen erinnern? Wie viele deiner Ehemaligen waren da?" „Keine Ahnung. Aber jetzt, wo du es sagst, von den „drei Hexen" fehlte eine, Lilly Forbes." „Kein Wunder." „Wir sollten uns dringend um Grace und Elly kümmern." „Na, da haben wir doch einen Ermittlungsansatz, meine Liebe. Ich werde mich gleich morgen früh daran setzen. Ich denke, dass der Mörder jemand aus dem Kreis deiner ehemaligen Mitschüler ist. Irgendwer, ist dabei, sich an dir den anderen zu rächen. Und das hängt entweder mit den Selbstmorden zusammen oder da muss noch etwas anderes dahinter stecken. Etwas, das wir bis jetzt

außer Acht gelassen haben. Wobei ich in die Richtung der Selbstmorde tendiere. Irgendein Verwandter oder Freund will sich da an euch rächen. Und deshalb denke ich auch, dass das Morden weitergehen wird."
„Und wenn es doch nur die Lust am Töten ist?" „Dann wird es kompliziert. Das weißt du. Diese Täter sind schwer zu finden. Erinnerst du dich noch an den Glasgow-Ripper?" „Wie sollte ich nicht? Ich habe ihn schlussendlich zur Strecke gebracht." „Richtig, nur hatte der sich durch seine Arroganz und Überheblichkeit fast selbst gestellt. Was deinen Erfolg in keinster Weise schmälern soll."
Kathy zündete sich eine neue Zigarette an. „Wir reden immer von ihm. Könnte das alles nicht auch von einer Frau begangen worden sein?" Tom überlegte eine Weile. „Du meinst, von dieser Brooke?" „Nein, die fällt aus. Ich hab sie selbst springen gesehen. Sie ist direkt vom Heck in der nächtlichen See verschwunden. Das Bild werde ich nie vergessen." „Ich denke, wir sollten uns auf die Männer aus deiner damaligen Klasse konzentrieren. Von denen ist bis heute noch niemand gestorben. Zumindest wissen wir von keinem, was nichts zu bedeuten hat. Und wir sollten ein besonderes Augenmerk auf diesen John Grant und diesen Benjamin Gavon legen."
„Auf Jonny und Benny? Aber die sind doch tot?" „Weißt du das genau? Hatten sie eventuell Geschwister, Onkel, Neffen oder Tanten?" „Keine Ahnung." „O.k. ich werde sie gleich morgen durch unsere Datenbank jagen. Wie auch all die anderen. Bis auf dich, natürlich. Aber wer weiß, was ich da alles erfahren könnte?" „Untersteh dich, mein Lieber!" „Schon gut. Aber zurück zu dir. Was machst du morgen?" „Ich habe früh einen Termin beim Psychologen. Mit Paul. Es geht nochmal um seine Entführung und den Tod seiner Mutter. Die Gespräche helfen ihm sehr. Er hat auch schon mit seinem Bruder gesprochen. Er ist in England bei den königlichen Special-Guards stationiert." „Oh, ein Elite Soldat." „Genau, mein Lieber. Eben ein echter Sohn von Amy." „Diese Amy muss ja eine Heilige gewesen sein." „Sprich nicht so von ihr. Aber du hast Recht. Sie war schon etwas

Besonderes. Jedenfalls bin ich danach beim Jugendamt. Mit meiner Mutter! Ich will, dass sie mich bei Paul's Erziehung unterstützt. Er braucht Normalität im Alltag und vor allem Ruhe. Und ich glaube, die könnte er hier finden. Ich bin das Amy einfach schuldig. Bitte Tom, sag jetzt nichts. Es ist schon spät. Du solltest jetzt gehen." „Wie du meinst. Ich melde mich morgen bei dir. Ach so, ich richte morgen früh in meinem Büro eine Art Zentrale ein, nur für diese Fälle. Dort wird dann auch ein Platz für dich sein. Also, lass dein Handy an und komm vorbei." Kathy begleitete Tom zur Gartenpforte. „Mach ich. Wenn ich Zeit habe. Versprochen, und danke dir noch mal." Damit küsste sie ihn auf die Wange und verschwand in Richtung des Hauses. „Pass auf dich auf", murmelte er, bevor er mit seinem Wagen in der Dunkelheit verschwand.

Kurz darauf wurde ein Motorrad gestartet, das sich mit hoher Geschwindigkeit stadtauswärts entfernte. Kathy, die immer noch im Dunkeln stand, konnte das Kennzeichen nicht erkennen. Die Maschine war völlig schwarz, wie auch der Anzug und der Helm des Fahrers. Wenn nicht der Junge im Haus schlafen würde, dann hätte sie bereits jetzt in ihrem Mini gesessen und wäre dem Motorrad gefolgt. Denn eines war ihr klar, dass sie gerade den Täter oder einen seiner Komplizen gesehen hatte. „Ich werde dich kriegen, und wenn es das Letzte ist, was ich tue! Das schwöre ich."

Das Besondere an dem Motorrad war, dass es sich um eine dunkle ausländische Beiwagenmaschine handelte. Und die waren in Schottland sehr selten.

Die Fabrik

Es war gegen 02.00 Uhr in der Nacht, als das Motorrad die Gegend südlich von Paisley erreichte. Es bog von der Autobahn ab und verschwand in einem kleinen Wäldchen bei Sulmor.

Die zusätzlich angebrachten Suchscheinwerfer beleuchteten einen Teil der Waldwege. Eventuelle Verfolger würden hier unweigerlich im Morast steckenbleiben oder ihre Fahrzeuge in den unendlichen Senken und Mulden kaputt fahren. Geschickt umfuhr die Maschine alle Gefahrenstellen und erreichte so ihr Ziel. Einen der vergessenen Bunker von Paisley. Ein Relikt aus der Zeit des letzten Krieges. Schwarz und mächtig erhoben sich die verschiedenen Betonklötze im Dunkel des Waldes. Sie alle gehörten einst zu einer Waffenfabrik der Deutschen.

Nur selten verirrten sich Jäger oder Wanderer in diese Gegend. Es hieß, hier spuke es in der Nacht. Das reichte den Menschen der umliegenden Dörfer, um das Gebiet zu meiden. Und genau hier war das Ziel unseres Gespanns. Der Fahrer lenkte die Maschine vor ein massives und verrostetes Eisentor. Dann stieg er ab, öffnete das Tor im Licht der Scheinwerfer und fuhr in eine Art Garage. Hier stand in der Mitte eine zweite, völlig identische Maschine. Er stellte den Motor ab, verschloss sorgfältig das Tor und verschwand durch eine kleine Metalltür ins Innere des Gebäudes. Grüne Lampen beleuchteten ein Labyrinth von langen feuchten und muffig riechenden Gängen, an deren Enden sich wieder Eisentüren befanden. Endlich erreichte er eine rostige Metalltreppe, über die man gut zehn Meter in die Tiefe steigen konnte. Vor ihm lag eine riesige gefliese Halle. In der Mitte standen ein paar Käfige. Knapp unter der Decke verliefen die Reste von zwei Laufkränen, die zu ihren besten Zeiten schwere Lasten transportiert hatten. Auch müssen hier mal riesige Maschinen gestanden haben, denn der Boden wie auch die Wände waren übersät mit Resten von Podesten, Anschlüssen, Regalteilen und unzähligen Eisenplatten.

Es wurde hinter vorgehaltener Hand erzählt, dass die Nazis hier an einer geheimnisvollen Wunderwaffe experimentiert und sie später auch gebaut hatten. Mit der wollten sie dem Führer den Sieg über Britannien garantieren. Im April 1944 stürmten ein paar mutige Schotten die Fabrik und erschossen jeden Deutschen, den sie dort antrafen. Leider waren auch einige jüdische Häftlinge darunter, weswegen später die Aktion verschwiegen wurde. Mit der Erstürmung war der Spuk zunächst vorbei. Nach dem Krieg wurden die Maschinen abtransportiert und verschrottet. Danach kehrte Ruhe ein, und der Mantel der Vergessenheit bereitete sich über die Fabrik. Bis vor gut einem Jahr mehrere Personen hier einzogen, und gut abgeschirmt von der Außenwelt die Räume zum Hauptquartier eines grausamen Rachefeldzuges machten. Und damit sind wir bei unseren Killern.

Der Mann eilte durch die Halle, an dessen Ende sich mehrere kleine Räume anschlossen, die von unzähligen flackernden schwarzen Kerzen beleuchtet wurden. Die Einrichtung der Räume bestand aus alten Feldbetten, einer riesigen Couch, zwei großen beleuchteten Schminkspiegeln mit alten Korbstühlen davor sowie einem großen Tisch mit fünf Stühlen. Darauf lagen eine abgesägte Schrotflinte, diverse Pistolen, zwei Kampfmesser und jede Menge an Munition. In einem hohen Glas stapelten sich mehrere Tote Schmetterlinge. An der Wand standen ein paar Regale und am Kopfende des Raumes war eine Tafel angebracht. Auf ihr klebten Fotos, Wegbeschreibungen, Fahrpläne und Notizen. Unter anderem Bilder von Cindy McCoy, Tim Patten, Ryan Henderson, Ann Hassex und Amy Logan. Alle diese Bilder waren mit einem dicken schwarzen Kreuz versehen. Darunter folgte eine Reihe von Männern und Frauen, die wohl noch lebten, aber deren Schicksal bereits besiegelt war.

Im Nebenraum stand ein Feldbett, ein Tisch mit zwei Stühlen und ein alter Schrank ohne Türen. An der Wand hingen zwei Zielscheiben, in denen mehrere Wurfmesser steckten. Auf dem Bett, unter einer Decke, schlief ein Junge, in schwarzer Kleidung.

Der Fahrer betrat den Raum, setzte den Helm ab und gab der Frau, die vor einem der Spiegel saß, einen Kuss. „Lass das. Du weißt, ich hasse das. „Wie du meinst." Er öffnete sich ein Bier und trank es in einem Zug aus. „Sie hatte Besuch." „Von wem?" „Kann ich nicht sagen, aber ich schätze, es war ein Bulle." „Du schätzt?" „Was soll ich sagen? Es war dunkel, sie saßen im Garten und flüsterten. Reicht das?" „Nun, wir werden ja sehen.

Hast du alles für morgen vorbereitet?" „Alles klar. Es wird ein Kinderspiel werden. Genau, wie du es geplant hast." „Planung ist eben alles. Und denke daran, dir Zeit zu lassen. Er soll die Angst spüren. Mache Fotos von ihm. Ich will die Todesangst in seinem Gesicht sehen." Der Mann saß am Tisch und ließ sich das Bier schmecken. „Entschuldige bitte, aber manchmal denke ich du hast ne Macke. Wie geht es Philipp?"
„Er schläft." Die Frau lächelte, als sie sich weiter im Spiegel betrachte. Dann fuhr sie fort, mit einem Pinsel vorsichtig Rouge aufzutragen. „Es ist keine Macke, sondern Hass. Ein tiefer, unstillbarer und stetig wachsender Hass." „Wenn man dich so reden hört, dann kann direkt Angst vor dir bekommen." „Das ist auch gut so, Benny. Und vergiss das nie, sollten dir mal Zweifel an unserer Mission kommen. Ich würde keine Sekunde zögern, auch dich zu töten. Aber, was sage ich da? Du bist ja schon tot." Damit drehte sie sich plötzlich in die Richtung der Tafel und warf mit tödlicher Treffsicherheit ein Wurfmesser mitten in das Gesicht eines Mannes, der morgen sterben würde.

Freitag, 23. 08. – Das neue Team

Es war Freitag früh, und Tom hatte bereits seinen ersten Termin beim Chief hinter sich. Dabei berichtete er von dem gestrigen Treffen mit Kathy und der Alte hörte erleichtert, dass sie sich jetzt aktiv an den Ermittlungen beteiligen wird. Auch, dass die Sache mit dem Jungen jetzt in geordnete Bahnen gerät, freute ihn. „Wenn Sie irgendetwas brauchen, dann sagen Sie es mir. Und jetzt ab mit Ihnen. Die Arbeit ruft." Damit hatte er Tom aus seinem Büro komplimentiert, was dem aber auch ganz recht war.
In seinem eigenen Büro, bestellte er eine Kanne Tee, zwei Tassen und seine Sekretärin zum Diktat. Kaum hatte Betty den Tee serviert, informierte sie ihr Chef über das Notwendigste. „Mein Büro, liebe Betty, wird

die zentrale Ermittlungsstelle. Die Jungs von der Technik bringen gleich noch eine starke Funkstation, damit wir mit den Polizeistationen in ganz Schottland in Verbindung stehen. Sie kennen das doch noch von den Ermittlungen im Fall des Juwelenraubes. Nur dieses Mal sitzt der Sergant bei mir im Konferenzzimmer. Des Weiteren brauche ich einen Kontakt zum Geheimdienst, einen schnellen Rechner mit Internetzugang und die Akte Amy Logan. Sie wissen, was ich meine. Dann noch die Unterlagen folgender drei Selbstmorde: Brooke Gorden, John Grant und Benjamin Gavon. Passiert vor gut dreißig Jahren in Paisley." Bei dem Wort Paisley wurde Betty ganz aufgeregt. „Oh Paisley, da ist es wunderschön. Ich fahre im Urlaub gern mit meinem Mann dahin. Eine nette kleine Stadt. Ich kenne da ein kleines, bezauberndes Hotel. Wenn Sie mal wollen, Sir, ich kann.." „Danke Betty, aber ich möchte nur die Akten. Dann hätte ich gerne gewusst, was aus einem gewissen Joshua Smith geworden ist. Er war vor dreißig Jahren als Sektenführer im Raum Glasgow unterwegs und wurde damals zu einer Geldstrafe verurteilt. Und das Ganze, wenn es geht, schnell. Dann ist hier die Namensliste der ehemaligen Schulkameraden von Kathy." „Von unserer Kathy?" „Genau. Geben Sie die Liste an alle Polizeistationen, und zwar landesweit. Ich will wissen, ob es mit jemanden von denen irgendwelche Vorkommnisse in letzter Zeit gegeben hat. Das bitte als Erstes. Ach so, wenn Ihnen in Paisley jemand Schwierigkeiten machen sollte, der Chief steht hinter Ihnen." „Der Chief persönlich?" „Genau. Und dann jagen Sie die ganze Truppe durch unsere Computer. Ich will alles wissen. Job, Familienstand, Schulden, Hobbys, und was es noch so alles gibt." „Ist das alles, Sir?" „Genau, erst mal." „Dafür brauche ich mindestens eine Woche." „Sie haben vierundzwanzig Stunden, maximal, meine Liebe. Ich werde Ihnen Unterstützung besorgen. Haben Sie jemanden im Auge?" Betty überlegte einen Moment. „Mit Liz Taylor vom Raub komme ich gut klar." „Das ist doch ein Witz, oder?" „Nun Sir, sie heißt halt so, weil ihre Eltern die Diva vergöttert haben."

Tom griff zum Hörer und ließ sich mit dem Chief verbinden. Er erläuterte ihm kurz das Personalproblem und legte dann zufrieden auf. „Ihre Freundin wird Sie gleich anrufen. Sorgen Sie schon mal für einen Arbeitsplatz in Ihrem Büro." Betty staunte nicht schlecht. „Das muss aber ein sehr ernster Fall sein, wenn das alles so schnell geht." In diesem Moment klopfte es kurz an der Tür, und zwei Beamte brachten die Funkstation und einen neuen PC. „Wo soll das hin, Sir?" „Stellen Sie alles auf den Beratungstisch, da nebenan." Tom hatte als Einziger einen separaten Raum für Beratungen. Die anderen Superintendenten beneideten ihn darum. Und dort richtete er jetzt seine Technik-Zentrale ein. „Sollen wir auch alles betriebsbereit machen, Sir?" „Blöde Frage. Denken sie ich setze mich jetzt daran? Also, und wenn es geht ein bisschen Tempo." Nach einer knappen halben Stunde war die Technik einsatzbereit. „Sie müssen hier nur noch quittieren." Damit verschwanden die Herren aus Toms Büro. Inzwischen war auch die Kollegin vom Raub bei seiner Sekretärin eingetroffen, und Betty war gerade dabei, ihre Freundin einzuweisen, da betrat ihr Chef das Büro. „Liebe Liz, darf ich vorstellen, Superintendent Tom Morgan. Mein Chef." „Und jetzt auch Ihrer, Miss Taylor. So war doch Ihr Name?" „Jawohl Sir. Es ist mir eine Ehre, hier mitarbeiten zu dürfen." „Das freut mich. Jetzt fehlt nur noch der Beamte für die Funkstation, dann kann es losgehen. Betty, sie wissen was zu tun ist? Also los." In diesem Moment klopfte es an seiner Tür und ein junger Sergant stand salutierend in Toms Büro. „Sergant Richard meldet sich wie befohlen zur Stelle." „Sie können damit umgehen?" Der junge Beamte musterte kurz die Geräte. „Und, Sergant?" „Ich denke schon, Sir. Das ist das Beste, was es derzeit auf dem Markt gibt." „Gut, dann ist das für unbestimmte Zeit Ihr Arbeitsplatz. Richten Sie sich ein, es geht sofort los. Und die Tür lassen Sie offen. Arbeitsbeginn ist morgen früh um 08.00 Uhr. Ende ungewiss. Willkommen bei der Spezialeinheit. Ach, wie heißen sie mit Vornamen?" „Peter, Sir" „O.k., Peter, ich will, dass Sie alle Mordfälle und merkwürdigen Unfälle, die täglich passieren, landesweit erfassen und mir vorlegen. Besonders die, die mit Personen zu tun haben, die hier auf dieser Liste stehen. Betty! Es handelt sich dabei um die Mitglieder einer Schulklasse vor dreißig Jahren in Paisley." Betty stürmte ins Büro. „Hier, Sir, ist die Liste." „Danke, meine Liebe. Eine Kopie geht an Peter." Betty sah ihn verwundert an. „An wen, Sir?" „Ich meine Sergant Richard. Da, unseren neuen Kollegen." Damit deutete er auf den jungen Beamten, der bereits an der Funkstation saß. Betty gefiel das, was die da sah. Sie ging zu dem jungen Beamten, der so in das Abhören der Nachrichten vertieft war, dass er sie gar nicht bemerkte. „Äh, Sergant?" Vorsichtig tippte sie ihm auf die Schulter. Der erschrak, sprang auf und salutierte vor ihr. „Äh, Sorry Mam." Tom musste grinsen. „Na, nun lassen Sie mal. Ich heiße Betty. Willkommen bei uns. Hier ist die Namensliste mit allen Geburtsdaten und den Adressen. Dann zeigen Sie mal, was Sie können, junger Mann. Ach so, und hier die Meldung über diesen Joshua Smith. Der Mann ist vor drei Jahren tödlich verunglückt. Fahrerflucht mit einem Motorrad. Soll ich der Sache weiter nachgehen?" Tom überlegte einen Moment, doch dann entschied er sich dagegen. „Lassen Sie, Betty, wir haben schon genug mit unseren Leichen zu tun." „Wie Sie meinen, Sir." Damit entschwand sie mit einem Lächeln aus dem Büro.

„Jetzt kennen sie unsere Betty. Keine Angst, sie ist eine ganz Liebe und sie macht einen fantastischen Tee. Also, durchforsten Sie die Polizeistationen, ob irgendjemand von dieser Liste in letzter Zeit einen Unfall hatte oder gar verstorben ist. Alle bis auf Kathy McGore." „McGore, Sir? Meinen Sie etwa die Kathy McGore? Special Superintendent McGore?" „Genau die. Sie gehört im Übrigen zu unserem Team." In diesem Moment klingelte das Telefon. Tom nahm ab, und auf der anderen Seite meldete sich Simon Cooper vom Geheimdienst seiner Majestät. Das, was er Tom zu sagen hatte, beunruhigte ihn sehr. „Tim Patten, meinen Sie? Warten Sie." Damit griff er nach der Namensliste. „Sie haben recht. Tim Patten gehört dazu. O.k., ich erwarte Sie in meinem Büro." Damit legte er auf. „Betty, ich

brauche alles über einen Tim Patten. Er ist Major der ‚Black Watch' in Paisley. Besser gesagt, er war es. Und zwar sofort! Verdammt, das sind die Besten der Besten in Schottland. Sie, Peter, setzen sich sofort mit der Polizeistation in Paisley in Verbindung. Ich will alles über den Mord an einem Major der ‚Black Watch' in diesen Jahr wissen." Peter nickte ihm zu und machte sich sofort an die Arbeit. Kurze Zeit später brachte Betty zwei Faxe ins Büro. Hier, Sir, das kommt von der Polizeistation in Moray. Dort wurde am 12. 07. dieses Jahres eine gewisse Lilly Forbes ermordet. Die Dame steht auf unserer Liste." „Ich weiß, Betty. Sagen Sie dem Chief vor Ort, ich will die Akte sofort auf meinen Tisch haben. Ab sofort übernehmen wir die Untersuchungen in dem Fall." „Man hat dieser Forbes zunächst in großer Tiefe den Luftschlauch zerschnitten und ihr dann mehrere Pfeile einer Harpune in den Körper geschossen, Sir." „Ich weiß, Betty. Was ist mit dem anderen Fax?" „Hier geht es um die Ermordung einer gewissen Cindy McCoy in Angus. Auch im Juli diesen Jahres. Gekreuzigt an einer Scheunenwand. Das ist ja ekelhaft, Sir." „Auch das ist mir bekannt, Betty." „Sind sie etwa unter die Hellseher gegangen, Sir?" Damit verschwand sie aus dem Büro. So mochte sie ihren Chef. Jetzt fehlte nur noch Kathy und dann war es mit der Ruhe vorbei. Nur eines wurmte sie: „Woher wusste er bereits von den beiden Morden und den dazugehörigen Details?"
Nach gut einer Stunde klopfte es an Toms Tür, und ein knapp vierzigjähriger Mann betrat das Büro. „Was kann ich für Sie tun?" „Ich glaube die Frage ist eher, was kann ich für Sie tun?" Damit nickte ihm der Fremde kurz zu. Tom war etwas verwirrt. Normalerweise stellen sich die Leute vor, die sein Büro betraten. Doch dieser Kerl nickte nur kurz, schloss die Tür zum Sekretariat und nahm dann an Toms Tisch Platz. „Ich glaube. Sie haben auf mich gewartet. Ich bin Cooper vom Geheimdienst." Tom nickte. Sie haben etwas für mich?" „Chief Simmons hat mir gesagt, Sie sind der richtige Mann dafür. O.k., hier ist die betreffende Akte. Es geht um den

Mord an Tim Patten. Major der ‚Black Watch'. Der Vorfall fand Anfang April in Paisley statt. Bis jetzt hatten wir keine greifbaren Spuren. Bis vor kurzem Kathy McGore, mit den Mord-Ermittlungen im Fall Amy Logan angefangen hat zu recherchieren." „Warum beschäftigt sich der Geheimdienst mit diesem Fall?" „Die Militärpolizei von Paisley hatte anfänglich die Untersuchungen übernommen. Da es sich jedoch um einen Offizier der königlichen Streitkräfte gehandelt hat, haben wir dann übernommen." „Wollen Sie einen Tee oder einen Kaffee?" „Ein Tee wäre nett." „Betty, bitte bringen Sie unserem Gast einen Tee." Während er darauf wartete, begann Tom die Akte zu studieren. „Also, wenn ich das hier recht verstehe, wurde Major Patten am 02.04. Auf dem Schießplatz der ‚Black Watch' in Paisley erschossen. Als Schütze wurde Lance Corporal Frank Scott ermittelt. Aber dann ist der Fall doch geklärt? Scott war der Täter und ihr habt ihn." „Nun Tom, das ist nicht ganz so einfach, Ich darf Sie doch Tom nennen, oder? Major Patten war an die Rückseite einer Mann-Attrappe gefesselt. Scott konnte ihn gar nicht sehen. Er zielte auf den Pappkameraden und traf sein Ziel, ohne zu wissen, dass er in Wahrheit auf einen Menschen schoss. Er hat seinen Dienst kurz danach quittiert." Tom, der sich inzwischen die Fotos vom Tatort betrachtete, musste tief schlucken. „Oh Gott, was ist denn das?" „Nun, es wurde mit einem neuen Gewehr großen Kalibers geschossen, das zur Panzerabwehr entwickelt wurde. Der Major hatte keine Chance. Es war schwer, ihn überhaupt zu identifizieren." „Also, wenn ich das recht verstehe, hat irgendjemand den Major in der Nacht an diese Attrappe gekettet und ist dann spurlos verschwunden." „Wissen Sie, wie es da nach dem Schießtraining ausgesehen hat?" „Das kann ich mir lebhaft vorstellen, Mr. Cooper. Wie heißen Sie Übrigends mit Vornamen?" „Simon." „Simon Cooper? Der richtige Name für den Geheimdienst. Wir dagegen haben eine Liz Taylor im Team."
„Danke, doch kommen wir zu der Aktion an dem Abend vor der Erschießung. Anscheinend wurde Major Patten erpresst. Irgendwer hatte seinen

Sohn fünf Tage vorher entführt. Soweit wir ermitteln konnten, ging es wohl um zehntausend Pfund. Die sollte er am Abend bereithalten, um seinen Sohn wieder zu bekommen. In Abstimmung mit dem Kommandanten und der Militärpolizei postierten sich Elite-Soldaten in der Nähe des Übergabepunktes. Selbst zwei Hubschrauber standen in Bereitschaft." „Und?" „Nichts. Gegen 22.00 Uhr brach der Major die Aktion selbst ab und die Soldaten rückten wieder in die Kaserne ein." „Wurde Major Patten danach noch mal gesehen?" Cooper deutete auf die Fotos mit der zerfetzten Leiche. „Wir nehmen an, dass der Major gezwungen wurde, die Befreiungsaktion selber abzubrechen." „Was wissen wir von dem Jungen?" „Kevin Patten, zwölf Jahre. Lebte seit der Scheidung seiner Eltern hauptsächlich bei der Mutter. Alle sagen, dass er ein sehr inniges Verhältnis zum Vater hatte. Er tauchte übrigens kurz nach der Ermordung auf dem Schießplatz auf. Die Sanitäter konnten gerade noch verhindern, dass er die Leiche seines Vaters zu sehen bekam. Er lebt inzwischen wieder bei der Mutter, wird aber psychologisch betreut. Über seine Entführung konnte er nur wenig sagen. Er hatte nach dem Sportunterricht in der Cafeteria der
Schule etwas getrunken. Danach wurde ihm schlecht und er schlief ein. Erwacht war er dann in einer dunklen, feuchten Halle, in einer Art Käfig. Dort wurde er über Tage wie ein Hund gefangen gehalten. Täglich brachte ihm jemand etwas zu essen und eine Flasche Wasser. Für seine Notdurft stand ein Eimer bereit. Geschlafen hatte er auf Stroh. Nach dem zweiten Tag brachte ihm einer seiner Wärter zwei Decken, denn es war wohl furchtbar kalt in der Halle." „Konnte er ihn beschreiben?" „Klein und schmächtig soll er gewesen sein. Sein Gesicht konnte er nicht erkennen, da er immer eine Art Kapuze trug. Am letzten Tag müssen sie ihm wieder etwas ins Wasser gemischt haben, denn er war erneut eingeschlafen. Aufgewacht ist er dann im Beiwagen eines Motorrades mit einer Art Leinensack auf dem Kopf. Irgendwann wurde er mit Handschellen an eine Platte

gefesselt. Er stand dabei im Schnee und hat gefroren. Nach der Fesselung war der Entführer dann verschwunden. Er glaubte schon, erfrieren zu müssen. Nach gut zwei Stunden hat er dann die Stimme seines Vaters gehört. Er hat laut nach ihm gerufen. Doch sein Vater war nicht allein. Irgendwer, mit einer merkwürdig verstellten Stimme, hatte mit ihm gesprochen. Wenig später wurde er wurde in ein Auto gesetzt. Dort wurde ihm ein stinkender Lappen vor das Gesicht gepresst und er schlief ein. Irgendwann ist er dann von ohrenbetäubendem Lärm in einem Waldstück erwacht. Er konnte sich von dem Sack befreien und ist dann in Richtung der Explosionen gelaufen. Zum Glück direkt in die Arme von zwei Sanitätern. Den Rest kennen Sie." Tom überlegte angestrengt. „Wissen Sie, was ich nicht verstehe, ist die Sache mit den Kindern." „Die Kinder?" „Nun, bei Lilly Forbes und Amy Logan war es genauso. Genau wie bei dieser Cindy McCoy. Fünf Tage vorher wurden ihre Kinder entführt und danach unversehrt wieder freigelassen. Warum entführt jemand die Kinder der späteren Opfer und fordert für deren Freilassung nicht mehr als eine Art Taschengeld?" „Taschengeld? Na, Sie sind gut." „Ich bitte Sie. Zehntausend Pfund, das ist doch ein Witz. Noch dazu für den Sohn eines Majors der Eliteeinheit Ihrer Majestät." „Vielleicht als Druckmittel? Aber wie ich höre, haben Sie inzwischen weitere Morde?" „Nun, da wären Lilly Forbes, die in der Nordsee ermordet wurde, Cindy McCoy und schließlich Amy Logan, die in Aberdeen auf einem Klassentreffen erschossen wurde." „Drei weitere Morde! Also haben wir bis jetzt vier Leichen und müssen daher von einem Serienkiller ausgehen?" „Das sind nur die, von denen wir bis jetzt wissen, Cooper." „Rechnen Sie mit mehr?" „Oh ja, das sieht so aus. Da mordet jemand mit Phantasie. Ist Ihnen aufgefallen, dass kein Mord dem anderen gleicht?" „O.k., ich rede mit meinem Chef, und wir sind dabei." „Wobei, wenn ich fragen darf?" „Nun, ich denke, dass der Geheimdienst Ihnen bei der Jagd auf einen Serienkiller nützlich sein kann" „Ich weiß nicht, Cooper. Das muss ich erst mit Chief Simmons besprechen." „Hören Sie, Morgan, es geht hier nicht um Kompetenzstreitigkeiten. Ich biete Ihnen unsere Hilfe an. Also?" „O.k., wenn der Chief zustimmt, dann sitzen Sie mit im Boot. Doch jetzt müssen Sie mich entschuldigen. Es wartet viel Arbeit auf mich. Darf ich die Akte behalten?" Cooper nickte. „Gut dann danke ich Ihnen. Sobald es etwas Neues gibt, melde ich mich. Ich wünsche Ihnen noch einen guten Tag." „Ich verstehe. Danke Sir. Bitte grüßen Sie Special Superintendent Kathy von mir." Tom war erstaunt. „Sie kennen Miss McGore?" Cooper musste lächeln. „Fragen Sie sie. Einen schönen Tag noch." Damit verließ er Toms Büro. „Merkwürdiger Typ. Eben Agent. Peter, kommen Sie zu mir. Ich möchte, dass Sie Folgendes recherchieren. Ich brauche die Bankunterlagen von unseren Ermordeten Lilly Forbes, dann von dieser Cindy und letztendlich auch von Amy Logan. Auf dem Rechner finden Sie die entsprechende Software. Ich brauche die Angaben von April bis heute. Ach so, und auch von einem gewissen Tim Patten. Ehemaliger Major der ‚Black Watch'. Gab es größere Abhebungen oder Überweisungen? Sie wissen, was ich meine." In diesem Moment klingelte sein Handy und Kathy meldete sich. Sie war immer noch beim Jugendamt mit ihrer Mutter und dem Jungen. Danach wollte sie dann im Revier vorbeikommen. „Gibt es etwas Neues?", wollte sie wissen. Tom überlegte kurz. „Kennst du einen Simon Cooper?" Kathy fing an zu lachen. „Simon? Aber der ist doch beim Geheimdienst. Was ist mit ihm?" Tom räusperte sich kurz. „Ich habe gerade mit ihm gesprochen. Wir haben einen weiteren Mord." „Wer?" „Tim Patten." „ Mist." „Was ist?" „Das verkläre ich dir nachher." „Gut. Komm erst mal her. Alles Weitere dann. Bye, bis dann, meine Liebe." Doch Kathy hatte noch eine Aufgabe für ihn. „Was soll ich recherchieren? Welche Beiwagenmaschinen es im Großraum Glasgow gibt? O.k., ich werde mich darum kümmern. Bis dann." Damit legte er auf. „Betty, ich brauche die Zulassungen aller Beiwagenmaschinen im Großraum Glasgow." In diesem Moment meldete sich der Sergant. „Sir, ich glaube, ich habe da was. Am Mittwoch, dem

14.09., wurde die elfjährige Elisa Henderson in Hamilton entführt. Sie war nach dem Besuch des Klavierunterrichts nicht mehr nach Hause gekommen. Ihr Vater ist Ryan Henderson. Chef des ansässigen Reiseunternehmens. Die Eltern sind geschieden. Ihre Mutter lebt mit ihrem neuen Lebenspartner irgendwo in den Highlands." „Und, warum denken Sie, dass das etwas mit uns zu tun hat?" Nun, erstens wegen der Entführung des Kindes und zweitens steht Ryan Henderson hier auf der Liste. Er war auch ein Mitschüler von Miss McGore." „Super, Sergant. Setzen Sie sich sofort mit der Polizei in Hamilton in Verbindung. Oder besser, fragen Sie bei den Kollegen in Glasgow nach. Ich will wissen, ob die Tochter wieder aufgetaucht ist, und ich möchte mit dem Vater reden. Sorgen Sie dafür, dass er hergebracht wird." „Und wann, Sir?" „Merken sie sich eines, Sergant. In diesem Fall meine ich immer sofort oder so schnell wie möglich. Denn, wenn mich nicht alles täuscht, geht es hier um Leben und tot." „Alles klar, Sir. Da ist noch was. Am 19.08. hatte ein Mike Godhill aus Dundee seine Tochter Susann als vermisst gemeldet. Sie ist einen Tag vorher aus ihrem französischen Internat abgereist. So wie es aussieht, ist sie von jemandem unter falschem Vorwand nach Schottland gelockt worden. Der Mann ist verzweifelt, zumal er seine Frau bei einem merkwürdigen Unfall am selben Tag verloren hat. Auch er steht auf unserer Liste, Sir." „O.k., schaffen Sie sofort diesen Godhill her. Und dann lassen Sie dass ewige Sir, Peter. Sie gehören jetzt zum Team. Das mit den beiden Mädchen gefällt mir ganz und gar nicht. Ich denke, wir sollten uns um die beiden Männer sofort kümmern. Leider haben wir mit Major Patten, Lilly Forbes und Cindy McCoy drei neue Leichen dazu bekommen. Damit sind wir jetzt bei vier. Und ich möchte nicht, dass es sechs Leichen werden. Denn, wenn das so weitergeht, dann gute Nacht. Da rottete jemand eine ganze Klasse aus. O.k., ich habe Hunger. Ich werde mir einen kleinen Snack aus der Kantine holen. Soll ich Ihnen etwas mitbringen?" Peter schüttelte den Kopf. „Danke Sir?" „Betty und Liz, wollen Sie auch etwas essen? Nachher kommt Kathy, und Sie wissen, dann wird es stressig." „Danke Sir, aber wir haben alles hier." Betty winkte mit irgendetwas, das sie wohl in die Mikrowelle schieben wollte. „Bin gleich wieder da." Damit verschwand Tom in die Richtung der Cafeteria. „Wenn Sergant Richard sich hier gut macht, dann wird das seiner Karriere nicht schaden." Liz lächelte ihrer Freundin vielsagend zu. Auf dem Rückweg vom Essen traf Tom auf Chief Simmons. „Und Tom, was gibt es Neues?" „Nun Sir, leider gibt es eine neue Leiche. Major Tim Patten, von den ‚Black Watch' in Paisley. Er wurde Anfang April erschossen. Und es gibt zwei weitere Entführungsfälle. Einen in Hamilton. Ein kleines Mädchen von elf Jahren und einen in Dundee. Ein vierzehnjähriges Mädchen ist seit einer Woche aus ihrem französischen Internat verschwunden. Offiziell ist sie abgereist. Ich habe beide Väter bereits herbestellt." „Und was haben die mit unseren Mordfällen zu tun?" „Nun Sir, beide waren Mitschüler von Kathy." „Apropos Kathy, hat sie sich schon gemeldet?" „Sie hat angerufen. Sie ist auf dem Weg hierher. Wollen Sie mit ihr reden?" „Oh nein. Ich denke es ist besser, wenn Sie das tun." „Wie Sie meinen. O.k., machen Sie weiter. Und denken Sie daran, wenn Sie was brauchen, rufen Sie mich an."

Inzwischen, kurz nach 14.00 Uhr und Tom war in das Studium der Unterlagen vertieft, die er von seinen beiden Damen bekommen hatte. Es war der erste Teil der Lebensläufe von Kathys Klassenkameraden. Betty und Liz hatten gute Arbeit geleistet und alles zusammengetragen, was sie bei jeder der Personen, in der Kürze der Zeit, zu ermitteln war. Bei einigen waren die letzten Jahre interessant und spannend verlaufen, bei anderen dagegen eher langweilig und stupide. Drei von ihnen hatten es vorgezogen, sich in schottische Gefängnisse einzuquartieren. Einige, wie Kathy und dieser Major Patten, hatten Karriere gemacht. Andere dagegen über Karriere nachgedacht. Plötzlich, ein kurzes Klopfen, und Kathy stand in der Tür. Im Gesicht ein Lächeln und die typische Gauloise im Mundwinkel. „Hallo Tom, hier bin ich." Beide fielen sich kurz in die Arme. „Und, was hast du beim Jugendamt erreicht?" „Der Junge darf bei mir bleiben. Vorerst!" „Und was heißt das?" „Nun, dass er bei mir bleiben kann, bis das Jugendamt anders entscheidet. Er wird bei mir im Haus leben, und wenn ich nicht da bin, passt meine Mutter auf ihn auf. Die beiden verstehen sich bereits blendend. Sie wollte doch immer einen Enkel. Jetzt hat sie einen." „Ich nehme mal an, dass deine Mutter das irgendwie anders gemeint hat. Aber egal, ich freue mich für dich. Darf ich dir Sergant Peter Richard vorstellen? Er verstärkt unser kleines Fahndungsteam. Apropos Team, ich soll dich herzlich vom Chief grüßen." „Der kann mir getrost den Buckel …". „Lass das, meine Liebe. Er unterstützt uns, wo er nur kann." In diesem Moment trat Sergant Richard an die beiden heran. „Äh, Sorry Sir und Mam, aber ich habe schlechte Nachrichten. Es gibt schon wieder einen Toten." „Ich tippe mal auf Ryan Henderson", sagte Tom. „Genau. Seine Leiche wurde gestern in seinem Haus gefunden. Bedeckt von Giftschlangen." „Und die Tochter?" „Ist gestern Morgen wieder aufgetaucht. Einfach so. Stand plötzlich vor dem Haus. Die Kollegen haben sie erst mal ins Krankenhaus gebracht und versuchen ihre Mutter ausfindig zu machen." „Wer hat den Toten gefunden?" „Der Gärtner, Sir. Henderson beschäftigte einen chinesischen Gärtner. Der sah durchs Fenster und da lag er. Tot und von Schlangen bedeckt. Ach so, die Schlangen waren auch tot. Danke, Peter." Tom beobachtete Kathy, bei der das Lächeln im Gesicht blankem Entsetzen gewichen war. „Ich mochte Ryan. Er war einer der fröhlichen Jungen in unserer Klasse. Sein Lieblingsfach war Geographie. Er träumte immer von großen Reisen und Safaris, die ihn in fremde Länder führen würden. Und jetzt? Getötet von Giftschlangen, und das mitten in Schottland." „Nun, das wissen wir noch nicht. In der Meldung hieß es nur, dass er leblos unter toten Schlangen gefunden wurde." „Wollen wir wetten, dass die Obduktion ‚tot durch Schlangengift' feststellen wird?" Plötzlich schüttelte sie sich angewidert. „Mir wird schon schlecht, wenn ich nur daran denke. Ich glaube, ich wäre vor Angst gestorben." „Nun, vielleicht wollte der Täter ja genau das erreichen?" Kathy zündete sich eine Zigarette an. Peter sah erstaunt zu ihr hinüber. „Was ist, Sergant? Wollen Sie irgendetwas bemerken?" „Äh, nein Mam. Ich dachte nur, ich wollte, äh nichts." „Dann ist es ja gut. Hören Sie, ich will wissen was das für Schlangen waren und wo man solche Biester herbekommt. Ich denke mal, nicht aus dem Supermarkt. Und das Ganze ein bisschen schnell." „Zu Befehl, Mam." Plötzlich bekam er eine neue Meldung rein. „Äh Sir, der gesuchte Mr. Godhill ist verschwunden." „Bitte? Was ist mit Mike?" „Du kennst ihn?" „Na klar, er war meine erste große Liebe. Leider, ich nicht seine. Was ist mit ihm?" „Mike Godhill hat seine Tochter als vermisst gemeldet. Jetzt ging ein Ruck durch Kathy. „Wann? Wann hat Mike seine Tochter als vermisst gemeldet, Sergant?" „Am 19.08., letzten Montag." „Verdammt, dann kann es sein, dass Mike längst tot ist. Der Killer behält die Kinder immer eine Woche in seiner Gewalt. Informieren sie sofort die Kollegen in Dundee. Großfahndung nach Mike Godhill. Geben Sie meine Dienstnummer durch, dann wissen die Bescheid. A0134." „Jawohl, Mam." „Und sagen Sie nicht immer Mam zu mir, das nervt." Tom hüstelte leicht. „Sei nicht so streng mit ihm. Er bemüht sich. Wer ist denn nun dieser Mike?" „Mike war unser Supersportler. Groß, blond und durchtrainiert. In den anderen Fächern nicht gerade eine Leuchte, aber ansonsten der Schwarm aller Mädchen." „Auch von dir?" „Nun, wenn ich ehrlich bin, ja. Nur hatte er an uns keinerlei Interesse. Er bevorzugte die Mädchen der höheren Klassenstufen. Er war auch der Grund, warum sich Amy und ich zum ersten Mal in den Haaren hatten. Da wir aber schnell merkten, dass er keine von uns bevorzugte, stellte er keine weitere Gefahr für unsere Freundschaft dar." „Interessant, was man so aus deiner Sturm- und Drangzeit erfährt." „Du bist blöd, mein Lieber." In diesem Moment meldete sich Sergant Peter. „Der gesuchte Mike Goodhill ist anscheinend spurlos verschwunden. Weder in seiner Firma noch in seinem Haus eine Spur von ihm. Aber hier ist in dem Zusammenhang eine Meldung über den Einsturz eines

Schuldaches vor ein paar Tagen in Dundee. Dabei gab es drei Tote und über fünfundzwanzig verletzte Kinder. Und wie ich der Meldung weiter entnehme, steht die Firma von Mr. Goodhill unter Verdacht, an dem Einsturz Schuld zu sein. Man redet von Pfusch beim Bau des Daches. Mr. Godhill war wohl der Hauptauftragnehmer." „Das kann ich mir nicht vorstellen. Sicher, Mike war immer auf Geld aus, aber das würde er nicht tun." „Du hast ihn dreißig Jahre nicht gesehen, Kathy." „Das ist wahr, doch in diesem Fall vertraue ich lieber meinem Bauchgefühl." „Wenn du dich da mal nicht irrst." „Hier ist noch etwas, Mam. Am Montag starb seine Frau bei einem mysteriösen Unfall mit einem Motorrad. Der Verursacher beging Fahrerflucht." „Was haben Sie gesagt? Ein Unfall mit einem Motorrad? Weiß man, was das für eine Maschine war?" „Nein, Mam. Zeugen haben nur erwähnt, dass es sich wohl um eine dunkle Beiwagenmaschine gehandelt hätte. Doch es gab weder eine Beschreibung des Fahrers, noch hatte sich jemand das Kennzeichen gemerkt." „Tom, das war Mord. Da wette ich mit dir. Jemand hat Mikes Frau am Montag getötet und dann seine Tochter entführt. Dasselbe Muster wie bei den anderen. Kannst du mir einen Hubschrauber besorgen? Ich muss sofort nach Dundee. Ich habe das ungute Gefühl, dass wir Mike nur noch tot finden werden. Wenn nicht, dann kann ich ihn vielleicht noch retten. Desweiteren brauche ich einen Fahrer vor Ort. Ich muss nur noch mit meiner Mutter telefonieren, damit sie sich um den Jungen kümmert." „Oh, wieder ganz die Alte. Willkommen an Bord." Während Kathy telefonierte, ließ er von Betty einen Helikopter und einen Wagen bereitstellen. Wieder in seinem Büro, konnte er noch hören, wie Kathy ihrer Mutter ein paar Anweisungen für den Jungen gab. „Und pass auf, dass er nicht soviel vor dem Fernseher sitzt. Ich will, dass er um neun im Bett liegt. Ja, ich weiß noch nicht, wann ich komme. Ich denke, es wird spät. O.k., ich danke dir, Mama. Einen dicken Kuss, und gib Paul auch einen von mir. Sorry, aber ich muss jetzt los." Tom musste schmunzeln. Kathy war das nicht entgangen. „Was? Was ist los?"

„Och nichts, meine Liebe, aber ich glaube, du gibst mal eine gute Mutter ab." „Was heißt hier mal? Wo bleibt der Heli?" „Steht in zehn Minuten für dich bereit." „Ich danke dir. Ich mache mich dann mal auf den Weg. Bye, Sergant Richard, und bye, den Damen. Fast schon aus der Tür, drehte sie sich nochmal zu Tom. „Es macht Spaß, wieder mit dir zu arbeiten. Auch wenn du dieses Mal der Boss bist. Danke." Sie warf im noch einen flüchtigen Kuss zu und verschwand dann aus der Tür. Betty, die mit Liz über irgendwelchen Papieren saß, lächelte ihren Chef süffisant an. „Wissen Sie, Sir, wenn ich Sie und Ihre Frau nicht schon so lange kennen würde, dann …?" „Was, dann?" „Nun Sir, Sie beide gäben ein hübsches Paar ab." „Ja, aber da Sie mich und Kathy kennen, wissen Sie auch, dass ich Ergebnisse brauche. Also los, Betty." Mit einem Lächeln im Gesicht ging Tom in sein Büro. "Er und Kathy, was für ein Blödsinn!"

Fr. 23.08 – Der Tod von Mike Godhill

Kathy fühlte sich nach dem Besuch in Toms Büro besser und voller Tatendrang. Endlich wich die Erfolgslosigkeit bei der Suche nach Amys Mörder dem planmäßigen Arbeiten eines perfekten Teams. Zu lange hatte sie verbohrt, wütend und ziellos im Nebel herumgestochert, doch das war jetzt vorbei. Sie hatte auch kein Problem damit, dass Tom die Ermittlungsgruppe leitet. Erstens war er ein guter Polizist und ein noch besserer Freund, zweitens musste sie die Wut aus dem Kopf bekommen und drittens hatte sie so mehr Zeit für den Jungen. Und die brauchte sie jetzt mehr denn je. Und so konnte sie zum ersten Mal wieder lächeln und spürte die lang vermisste Energie. Mit einer Zigarette im Mund stürmte sie an den Aufzügen vorbei in Richtung der breiten Treppe. Hier sprang sie leichtfüßig gleich mehrere Stufen auf einmal hinab. Und da passierte es. Eine der Putzfrauen hatte einen Wischeimer auf einem Treppenabsatz stehen gelassen. Zu spät bemerkte sie ihn und sprang, um nicht zu stürzen, einen ganzen

Absatz auf einmal hinunter. Dabei knickte sie mit dem linken Fuß um, konnte sich gerade noch abfangen und landete in den starken Armen des Wachhabenden am Eingang. „Sorry, Mam. Haben Sie sich verletzt?" „Nein, nein, Bob. Bin nur etwas gestolpert. Danke noch mal." Nie hätte Kathy vor dem jungen Beamten zugegeben, dass sie sich wahrscheinlich am Knie verletzt hatte. Schmerzverzerrt, doch mit einem Lächeln im Gesicht, verließ sie die Zentrale, um knapp fünfzig Meter weiter auf einem Stapel Paletten zusammen zu sacken. „Verdammt noch mal", fluchte sie verbissen. Ein stechender Schmerz, der sich von der Wade bis zum Oberschenkel hinzog, zwang sie auszuruhen. „Verdammt, ich werde alt. Noch vor kurzem hätte ihr so ein Sprung nichts ausgemacht. Doch sie hatte zwei Wochen nicht trainiert, und das rächte sich heute. Das Schlimmste daran war nicht der Schmerz. In der nächsten Woche stand der jährliche Gesundheitscheck an. Doch dieses Mal nicht der normale für den Außendienst, sondern diesmal ging es gründlich zur Sache. Kathy hatte den Antrag gestellt, die alleinige Vormundschaft für den Jungen zu bekommen. Und da sie nicht verheiratet und einen gefahrintensiven Job ausübte, testete die Behörde ihren Gesundheitsstatus, um zu sehen, ob diese Entscheidung im Sinne des Jungen war. Und da kam so eine Zerrung, oder was es auch immer war, nicht gerade im günstigen Moment. Doch jetzt musste sie weiter, denn der Kommandant des Hubschraubers wartete auf sie. Und so biss Kathy die Zähne zusammen und humpelte zum Heli-Landeplatz, der sich etwas versteckt hinter dem Polizeigebäude befand. Kaum war sie in Sichtweite des Hubschraubers, versuchte sie zu lächeln und nicht zu humpeln. „Na Mam, dann können wir ja starten", grinste der Pilot. „Ist was mit Ihrem Bein?" „Was soll denn sein? Ich habe etwas im Schuh. Also los, starten wir. Sie wissen wo es hingeht?" „Nach Dundee, zu meiner alten Einheit. Flugzeit so ca. fünfundvierzig Minuten." Kaum hatte Kathy im Heli Platz genommen, den Helm aufgesetzt und den Gurt angelegt, ging es auch schon los. Sie liebte es, mit dem Hubschrauber über

Edinburgh zu fliegen und die Stadt von oben zu betrachten. Von hier sahen die engen und verwinkelten Gassen und Straßen, die alten Stadtmauern bis hin zu Edinburgh Castle, wie einem Buch von J.K. Rowling entsprungen, aus. Plötzlich kippte der Heli nach rechts ab und verließ die Stadt in rasantem Niedrig-Flug. Irgendwo da unten saßen jetzt Paul und ihre Mutter zusammen beim Tee und machten Schulaufgaben. Kathy lächelte. Schade, sie wäre in diesem Moment gern dabei.

Paul war genau so, wie sie sich immer einen Sohn gewünscht hatte. Lebhaft, klug, nachdenklich doch aufgeschlossen, aber auch höflich und zuvorkommend. Und er liebte Fußball. Eben ein echter Junge. Amy hatte ihn gut erzogen, was so ohne Partner bestimmt nicht immer leicht gewesen war. Und was könnte sie ihm bieten? Gut, sie war materiell abgesichert, hatte genug Lebenserfahrung und ein schönes Heim. Doch reichte das schon? Der Junge brauchte Stabilität und ab und an auch mal ein Gespräch mit einem Mann. Und da haperte es bei ihr. So lange müsste Tom, ihr Kollege, den Job übernehmen. Doch das Wichtigste entwickelte sich gerade bei ihr. Vom Mitleid hin zur Liebe. War es zunächst nur das Gefühl einer Verpflichtung ihrer besten Freundin gegenüber, so wich es jetzt etwas tiefem, innigem, anderem… Sie spürte etwas einem anderen Menschen gegenüber, was sie so noch nie gefühlt hatte. Und sie ließ es zu. Das war etwas, worüber sie sich selbst am meisten wunderte. Bis jetzt war es der Job, der bei ihr immer an Nummer Eins stand. Und jetzt?

„Wir sind in zehn Minuten in Dundee," hörte sie die Stimme des Piloten. „Danke." Jetzt hieß es also, sich auf den Job zu konzentrieren und Mike zu finden. Und das, wenn möglich, lebend. Kurz danach setzte der Helikopter auf einer Wiese am Stadtrand von Dundee auf. Kathy bedankte sich bei ihrem Kollegen und stieg vorsichtig aus dem Hubschrauber. Dabei half ihr der Pilot mit einem vielsagenden Lächeln. „Danke. Und wenn sie davon irgendjemandem etwas erzählen, erschieße ich Sie!" „Alles klar, Mam." In knapp fünfzig Meter Entfernung wartete ein Polizeiwagen mit

rotierendem Blaulicht. Der Fahrer stand neben dem Wagen und salutierte, als er Kathys goldene Dienstmarke sah. „Wie ist Ihr Name?" Sergant Holmes, Mam. „O.k., Sergant Holmes. Ich möchte, dass Sie mich zunächst in Mr. Godhills Firma fahren. Was ist mit seinem Haus?" „Da steht ein Posten davor, der sich sofort meldet, wenn sich jemand blicken lässt." Etwas mühsam ließ sich Kathy in den Fond des Wagens fallen. Der Sergant bemerkte, dass Kathy stark hinkte. „Eine Verletzung im Dienst, Mam?" Gerade wollte sie ihm eine gepfefferte Antwort gegen, doch dann änderte sie ihre Meinung und nickte nur. „Ist bei einer Verfolgung passiert Doch jetzt lassen Sie uns fahren. Der Job muss schließlich weiter gehen." Insgeheim konnte sie über so viel pathetischen Mist nur lachen.
Der Sergant beobachtete sie ehrfürchtig im Spiegel. „Ich möchte auch mal zur Kripo. Ich stelle mir Verbrecherjagden äußerst spannend vor." „So? Wie lange sind Sie denn schon bei der Polizei?" „Knapp drei Jahre, Mam. Mache aber bis jetzt nur Bewachungs- oder Chauffeurdienste. Ich würde gerne mal an einem richtigen Fall mitarbeiten. So wie sie, Mam" „Nun, wer weiß Sergant, vielleicht sitzen Sie hier eines Tages im Fond und werden herumkutschiert." Der Wagen erreichte die ersten Fischereibetriebe von Dundee. Hier befand sich einst die größte Walfangflotte Schottlands. Noch heute verdienten Hunderte von Arbeitern ihr Geld in den zum Teil zweihundert Jahre alten Fabriken der Stadt. Und doch war Dundee heute eine moderne Stadt mit vielen neuen Einkaufs- und Kulturzentren. Weit über ihre Grenzen bekannt ist sie vor allem für die viel gerühmte britische Orangenmarmelade, die bei keiner englischen Teestunde fehlen darf. Plötzlich bremste Sergant Holmes abrupt. Kathy wurde nach vorn gedrückt und ihr entwich ein kurzer, Schmerzensschrei. „Was ist passiert?" „Nichts Mam, wir sind da. Hier ist die Firma von Mr. Godhill." „Und da
müssen Sie so bremsen?" „Sorry, Mam?" Soll ich Sie begleiten?" „Ich bitte darum." Kathy quälte sich aus dem Wagen und stand vor einem offenen

Metalltor. „Godhill Baustoffe" prangte auf einem verwitterten Schild über dem Tor. Dahinter führte eine staubige Betonstraße zu einem modernen Fabrikgebäude. Gesäumt wurde die Straße von Unmengen an gestapelten Baumaterialien, die zum Teil in offenen Containern lagerten. Neben Holz, Zement, Metallstangen standen hier auch jede Menge an Fenster und Türen in jeder nur erdenklichen Form und Größe. Kathy steuerte mit Sergant Holmes auf den Haupteingang zu. Hier wurden sie von einer freundlichen Blondine begrüßt, die gerade darüber nachgrübelte, welche Nagellackfarbe gerade „in" war. „Was kann ich für Sie tun?", nuschelte sie den beiden entgegen. „Mich zu Ihrem Chef bringen, falls es Ihre Zeit zulässt." „Is nich da. Sagen Sie mal, welcher gefällt Ihnen besser? Rot oder Pink?"

Kathy verstand nicht. „Was?" „Nun, Sie sind doch auch eine Frau und noch nicht so alt. Also? Rot oder Pink?" Damit streckte sie Kathy ihre Hand hin. „Nun hören Sie mal gut zu. Ich bin Special Superintendent McGore und will sofort mit Ihrem Chef sprechen. „Jeht nicht." „Und warum?" „Habe ick doch schon gesagt. Der Chef is nich da." „Und wo kann ich ihn finden?" „Ick denke, draußen bei de Mischer." „Bitte?" „Na bei den Betonmischern. Da wollte er hin. Hat er zumindest gesagt." „Und wo ist das?" Langsam wurde Kathy wütend. Und wenn ihr Bein nicht so schmerzen würde, hätte sie der Blondine längst eine gelangt. „Wissen Sie was, beschreiben Sie meinem Sergant den Weg zu den Mischern. Ach so, und nehmen sie Pink." Damit drehte sie sich herum und verließ das Gebäude. „Is ein bisschen nervös, die Dame, flüsterte die Blondine dem Sergant zu. „Also, bitte die Adresse." Die junge Dame schob dem Sergant eine Karte über den Tisch. „Hier, könn se behalten. Und Sie, wat meinen Sie?" Der Beamte sah sie fragend an. „Rot oder Pink?" „Ich würde Rot wählen." Damit verließ auch er das Gebäude und eilte Kathy hinterher. „Haben Sie die Adresse?" „Ja, Mam, wir können gleich los. Kaum saß sie im Wagen, heulte der Motor auf und der Sergant gab Gas. „Bitte Holmes.

Im Interesse meiner Verletzung fahren Sie etwas ruhiger. Ich danke Ihnen."
„Ich habe ihr Übrigends zu Rot geraten …"

Das Mischwerk befand sich etwas abseits von Dundee. Eine weite trostlose und staubige Gegend. Hier wurde schon seit über fünfzig Jahren Kies in jeder Größe hergestellt. Und so war das Gelände mit riesigen Gruben und Löchern übersät, die wie Wundmale den Boden zerrissen. Mehrere gewaltige gelbe Mischtürme verwandelten den Kies unter Zugabe von Wasser und Zement in Beton, der dann mit Mikes Speziallastern zu den unzähligen Baustellen transportiert wurden. Der Polizeiwagen steuerte auf das riesige Gelände und hielt dann mit quietschenden Reifen in der Nähe der Türme. Kathy atmete hörbar durch und schüttelte nur den Kopf. „Sorry, Mam." Draußen war es still. Merkwürdig still. Sie hatte erwartet große Maschinen zu sehen, die Steine mit ohrenbetäubendem Lärm zertrümmern und Kies herstellten, doch nichts. Alles stand still, und es war unendlich friedlich. „Hier ist keiner, Mam." „Haben Sie ein Fernglas im Wagen?" Der Sergant ging zum Kofferraum, und nach einem Moment der Suche zauberte er ein Glas hervor. Kathy suchte damit die Kiesgruben und das Gelände ab, doch konnte sie Niemanden entdecken. „O.k., lassen Sie uns fahren." Beide stiegen in den Wagen. Holmes wollte gerade wenden, da entdeckte Kathy einen Jeep hinter einem der Mischtürme. Einsam und verlassen stand er da. „Halt Sergant, fahren Sie da rüber." Gut fünfzig Meter vor dem Wagen ließ ihn Kathy anhalten. Vor ihnen stand ein völlig verdreckter Wagen. Sonst war nichts zu sehen. Zweifellos gehörte der Wagen zu Mikes Firma, was die Beschriftung an den Türen unschwer verriet. Und doch. irgendetwas an dem Bild, das sich ihnen bot, schien merkwürdig. Kathy konnte nicht sagen, was es war, doch ihr Bauchgefühl verriet ihr nichts Gutes. Vorsichtig stieg sie aus dem Wagen und zog ihre Dienstwaffe. „Sie, Sergant, bleiben hier." Langsam ging sie auf den Wagen zu. Nach gut fünfzehn Meter wusste sie, was sie die ganze Zeit gestört hatte. „Holen Sie die Spurensicherung und einen Krankenwagen", rief sie dem Sergant zu. Dann steckte sie ihre Waffe wieder in ihr Holster und ging weiter in Richtung Auto. Das, was Kathy sah, erschreckte sie, und doch hatte sie so etwas schon mal gesehen. In Italien. Der Wagen war bis ans Dach mit Beton gefüllt. Und eines war sicher. In dem Beton steckte Mikes Leichnam, qualvoll erstickt. Eine Methode, mit der die Mafia ihre Gegner zu entsorgen pflegte. Doch hier ist Schottland. Und das war sicher nicht die Mafia gewesen. Kathy ging vorsichtig um den Wagen herum. Auf der Motorhaube lagen ein paar tote Schmetterlinge und eine Liste mit Mikes Namen, durchgestrichen. „Das Markenzeichen", murmelte sie. Vorsichtig fasste sie an die Seitenscheibe des Wagens. Kälte strömte ihr entgegen. „Armer Mike." Sicher kein schöner Tod, im Beton zu ersticken. Falls es überhaupt einen schönen Tod gab. Kathy drehte sich ab und ging zurück zum Wagen. „Verbinden Sie mich mit der Polizeizentrale in Edinburgh und den Kollegen in Dundee. „Hallo, hier spricht Special Superintendent Kathy McGore. Ich befinde mich hier mit Sergant Holmes auf dem Kies-Mischplatz der Firma Godhill. Wir haben eine Leiche gefunden. Bitte schicken Sie das komplette Team. Nein, ein Krankenwagen ist nicht mehr nötig. Danke, Ende." So, und jetzt die Zentrale in Edinburgh. Superintendent Tom Morgan." Nach einem kurzen Moment reichte ihr der Sergant den Hörer. „Tom? Hier ist Kathy. Hör zu, ich habe Mike gefunden. Er ist tot. Das nehme ich zumindest an. Sein Wagen wurde mit Beton gefüllt. Ja, genau, wie bei unseren ‚Freunden' von der Mafia. Natürlich muss der Wagen erst noch geröntgt werden, doch ich verwette meine Marke darauf, dass er da drin steckt. Alles klar, mein Lieber, ich melde mich, wenn ich zurück bin. Bis dann." Damit reichte sie ihm den Hörer. „Die Kollegen sind gleich hier, Mam." Wortlos steckte sich Kathy eine Zigarette an und starrte zu dem Jeep. „Armer Mike. Das hast du nicht verdient. Was hatte Tom gesagt? Das Morden wird weiter gehen. Er hatte recht behalten. Es dauerte gut zwanzig Minuten, dann fuhren mehrere

Fahrzeuge der Polizei Dundee mit Blaulicht auf den Platz. Nachdem Kathy dem Einsatzleiter ihre Marke gezeigt hatte, hätte sie eigentlich fahren können. Die Kollegen begannen ihre Arbeit zügig und professionell. Und doch störte Kathy auch jetzt etwas. Nur wusste sie zu diesem Zeitpunkt nicht, was es war. Nach gut einer Stunde erreichte ein Schwerlasttransporter der Polizei den Tatort und lud den mit Beton gefüllten Jeep auf. Fast wäre der dabei zusammengebrochen, und so wurde das Fahrzeug mit speziellen Spannketten zusätzlich gesichert.

Die Spezialisten entdeckten später, dass der Beton erst ca. eine Stunde vor Kathys Ankunft in den Wagen gefüllt wurde. So, als wenn der Mörder auf sie gewartet hätte. Dadurch war er auch noch nicht komplett ausgehärtet. So konnte der Leichnam relativ leicht geborgen werden.

Die ganze Zeit wurde Kathy das Gefühl nicht los, von irgendwoher beobachtet zu werden. Sergant Holmes und Kathy standen beide an die Motorhaube ihres Wagens gelehnt und beobachteten die Arbeit der Kollegen. Nach gut zwei Stunden war der Einsatz vorbei. „Und, passiert Ihnen so etwas öfter?" „Was meinen Sie?" Na so etwas, mit Mord usw. Ich stelle mir das aufregend vor. Immer draußen, immer vorn. Mitarbeiter, denen man Befehle geben kann und so." „Nun passen Sie mal auf. Sicher geben mir die goldenen Sterne auf meiner Marke das Recht, jedem hier Befehle zu erteilen. Doch bringen würde das gar nichts. So einen Fall klärt man nur in und mit einem guten Team. Während wir hier herumstehen, arbeiten dort etwa fünfzehn Leute, und in Edinburgh in der Zentrale nochmal mindestens fünf Kollegen. Und bevor Sie irgendjemand Befehle erteilen können, müssen Sie viel Erfahrung besitzen und genau wissen, wovon Sie reden. So, und Ihnen gebe ich jetzt den Befehl, mich zum Hubschrauber zu bringen, und das Ganze bitte ohne abruptes Bremsen. Haben wir uns verstanden? Ich werde mich nur noch von dem Einsatzleiter verabschieden." Kathy ging zu dem Kollegen, und Holmes konnte beobachten, wie sich beide die Hände schüttelten und Visitenkarten austauschten. Kurz danach setzte sich Kathy auf den Beifahrersitz. „Wie geht es Ihrem Bein, Mam?" „Besser. Und jetzt ab." Die Räder des Wagens drehten beim Anfahren im Kiesbett durch. Nach einem dienstlichen Blick von Kathy begriff Holmes, dass er das jetzt besser lassen sollte. Und so bemühte er sich um eine entspannte Fahrweise. Nach dreißig Minuten erreichten sie den Landeplatz des Helikopters. „Bis dann, Sergant. Wer weiß, vielleicht sehen wir uns mal wieder." Dann stieg sie in den Hubschrauber und flog auf direktem Weg nach Edinburgh.

In gut dreihundert Metern Entfernung steckte ein Mann sein Fernglas mit einem breiten Grinsen in ein Futteral. Dann spukte er seine Zigarillo-Kippe in den Dreck, schloss seinen Helm und donnerte mit seiner Beiwagenmaschine zufrieden davon.

Inzwischen war es kurz nach 19.00 Uhr, und in Toms Büro herrschte immer noch Hochbetrieb. Ständig gingen Informationen und Berichte von Betty und Sergant Peter ein, die sich auf Toms Schreibtisch stapelten. Seit Kathys Anruf, dass Mike Godhill ermordet wurde, füllte sich die riesige Pinnwand mit den Fotos der Opfer. Gerade meldete Peter, dass der Heli mit Kathy in knapp zwanzig Minuten eintreffen wird, da brachte Liz die gewünschte Liste der zugelassenen Beiwagenmaschinen im Großraum Glasgow. „Hat ein bisschen gedauert, Sir." Tom überflog die hundertsechzehn Namen und legte sie dann auf den Berg mit den unerledigten Meldungen. „Äh, Miss Taylor, haben Sie die Namen mit denen der ehemaligen Klassenkameraden von Kathy McGore abgeglichen?" „Nein, Sir. Wird sofort erledigt." Schon rauschte sie herein, schnappte sich die Liste und verschwand wieder im Vorraum. „Patente Kollegin", dachte sich Tom. Plötzlich flog die Tür zu Toms Büro auf und ein Mann stürmte herein. „Ich muss sofort Kathy McGore sprechen. Sofort!" Betty versuchte sich dem Mann in den Weg zu stellen und ihn aus dem Büro zu drängen, doch vergeblich. „Hören Sie, Sir. Bitte, Miss McGore ist nicht da. So glauben Sie mir doch. Bitte. Das hier ist das Büro von Superintendent Morgan." „Bitte, lassen Sie mich zu ihr. Bitte. Ich muss dringend mit ihr reden." „Aber Sir, ich versichere Ihnen, dass das nicht das Büro von Kathy McGore ist." Jetzt reichte es Tom und er eilte in das Sekretariat. „Was ist das hier für ein Lärm?" „Verzeihen Sie, Sir, aber der Herr lässt sich nicht abweisen. Er will unbedingt Miss McGore sprechen." „Ich bin Superintendent Tom Morgan. Kann ich Ihnen helfen, Sir?" „Bitte Sir, ich muss mit Kathy sprechen." „Hören Sie, Kathy McGore hat hier kein eigenes Büro. Sie benutzt aber in dringenden Fällen meines. Ich kann Ihnen nicht sagen, wann sie hier eintrifft." Plötzlich sackte der Mann in einen der Besuchersessel und fing bitterlich an zu weinen. „Oh Gott, dann ist sie verloren." „Wer ist verloren, Sir?" Nach einem Moment flüsterte er: „Meine Tochter, meine Sarah, sie wurde entführt." „Bitte kommen Sie in mein Büro, Sir." Wie in Trance erhob er sich und folgte Tom in dessen Büro. „Bitte setzen Sie sich. Und jetzt erzählen Sie in Ruhe, was passiert ist. Zunächst brauche ich jedoch Ihren Namen." In diesem Moment wurde die Bürotür aufgerissen und Kathy stand im Raum. „Paul? He, Paul, was ist passiert? Das, Tom, ist Paul Brighton. Auch ein ehemaliger Mitschüler von mir. Wir hatten uns auf dem Klassentreffen wieder gesehen. Also Paul, was ist passiert?" „Kathy, du musst mir helfen. Meine Sarah ist verschwunden. Und das schon seit einer Woche." „Und da kommst du erst heute zu uns?" „Ich weiß erst seit heute, dass sie gar nicht in Deutschland war. Ich verstehe kein Wort." „Das Ganze war so." Dann erzählte er von dem Handball-Turnier in Deutschland und wie er seine Tochter am Donnerstagabend zum Zug gebracht hatte. „Und seit dem hast du nichts von ihr gehört?" „Kein Wort." „Ist das ungewöhnlich, dass sie sich nicht meldet?" „Eigentlich nicht. Aber diese verdammte Pubertät. Sie hält sich schon für Erwachsen, und da ist es eben uncool, wenn man ständig bei seinem Vater anruft." „O.k., du hast also keinen Verdacht geschöpft, bis du sie heute vom Zug abholen wolltest. Und statt deiner Tochter trafst du auf ihre Trainerin. Was genau hat sie gesagt?" „Sie wollte wissen, was mit Sarah los wäre und warum sie nicht mit zum Turnier gereist sei. Ich dachte, ich verliere den Boden unter meinen Füßen. Mir wurde schwarz vor Augen. Ich ließ alle stehen und fuhr auf direktem Weg hierher." „Wir brauchen den Namen und die Telefonnummer der Trainerin." „Bekommst du. Was noch? Du kriegst alles, was du brauchst." „Das ist zunächst alles. Wir werden auch mit den Mitspielerinnen aus dem Team reden müssen." „Hör zu, Kathy, ich weiß nicht, ob du Kinder hast? Sarah ist das Wichtigste in meinem Leben. Ich werde wahnsinnig, wenn ich nur daran denke, dass ihr irgendetwas passiert ist. Bitte, du musst sie finden. Bitte!" Wieder füllten sich seine Augen mit Tränen. „Ich werde dir helfen. Besser gesagt, wir werden dir helfen. Hat deine Tochter ein Handy?" „Selbstverständlich. Hier ist ihre Nummer. Damit schrieb er die Handynummer auf einen Zettel, den Tom an Sergant Peter weitergab. „Hier Peter, versuchen sie das Handy zu orten. Ich denke zwar, dass wir nach einer Woche kein Glück mehr haben, aber ein Versuch ist es wert. O.k., jetzt brauche ich noch die Nummer von der Trainerin." Paul suchte in seinem Handy nach der Nummer. Endlich fand er sie. „Hier, eine gewisse Miss McForbes. Das hier ist ihre Nummer." Kathy wählte die Nummer und erreichte die Dame sofort. Nachdem sie ihr erklärt hatte, dass sie von der Polizei war, wurde die Dame am anderen Ende der Seite gesprächig. So erzählte sie, dass Sarah kurz vor der Abfahrt des Zuges noch mal ausgestiegen sei, weil sie irgendjemand am Bahnsteig gesehen hatte. Danach war sie nicht mehr aufgetaucht. Da sie auch ihr Gepäck bei sich hatte, wurde niemand misstrauisch. Alle wunderten sich, doch letztendlich war es das auch. Sie würde schon ihre Gründe haben, dachten alle. Noch während Kathy mit der Trainerin sprach, erhielt Paul einen Anruf. Eine männliche Stimme erklärte ihm, dass, wenn er seine Tochter lebend wiedersehen möchte, er sofort das Polizeirevier verlassen und gegen Mitternacht mit zehntausend Pfund in einem Rucksack an der Princess-Street, Ecke Hampton Road warten soll. Weitere Anweisungen würde er dann erhalten. Doch wenn auch nur ein Polizist in der Nähe zu sehen war, könne er das

Geld für die Beerdigung seiner Tochter verwenden. Paul legte nervös auf. „Entschuldigt bitte, aber ich muss sofort weg." Verwundert sahen ihn Kathy und Tom an. „War das deine Tochter? Was ist, lebt sie?" Paul fing an zu stottern. „Ja, äh nein, entschuldigt bitte, aber ich muss sofort los. Und bitte, Kathy. Bitte unternehmt nichts. Bitte, das musst du mir versprechen." „Paul, komm sei ehrlich. Waren das die Entführer?" „Ich kann euch das nicht sagen. Entschuldigt bitte." Damit verließ er fluchtartig das Büro. Tom sprang ans Telefon. „Da verlässt gleich ein Mann das Revier. Fünfundvierzig bis fünfzig Jahre, braune Tweed-Jacke und schwarze Jeans. Unbedingt folgen. Aber mit Abstand. Er darf euch nicht bemerken. Ich will alle dreißig Minuten eine Meldung über den jeweiligen Standort. Danke, Morgan, Ende. Also, was meinst du?" Kathy steckte sich gerade eine neue Zigarette an. „Natürlich waren das die Entführer. Ich hoffe, deine Jungs stellen sich nicht zu blöd an." „Da kannst du sicher sein, meine Liebe." „Entschuldige bitte, aber hier geht es nicht nur darum, dass Paul sie nicht bemerkt. Oh nein, ich tippe mal darauf, dass die Entführer ihn längst observieren. Sergant Peter, ab sofort Handyüberwachung von Paul Brighton." „Geht klar, Mam. Übrigens, ich sollte doch das Handy seiner Tochter orten. Sie werden es nicht glauben, aber ich habe ein Signal. Und das Beste daran ist, es bewegt sich." Aufgeregt ließ sich Tom die Koordinaten geben. Die übertrug er auf die Karte. „Das ist in Paisley. Irgendwo am Rande der Stadt. Ganz in der Nähe des Regiments der ‚Black Watch', dem Tatort unseres ersten Mordes." Kathy stand neben Tom und starrte auf die Karte. „Die Gegend kenne ich. Das ist kurz vor Sulmor. Da sind nur Wälder und ein paar Sümpfe. Als Kinder haben wir dort oft gespielt. Auch wenn es verboten war. Irgendetwas Unheimliches ist da im Wald. Und in der Nacht soll es da spuken. Das erzählen zumindest die Alten
aus den umliegenden Dörfern. Mein Vater hat mich da oft hingeschleppt. Er brachte mir Spurenlesen und das Bestimmen von Pilzen bei." „Immerhin, meine Liebe." „Ich fand das ätzend. Aber wieso bewegt sich das

Handy der Kleinen in dieser Gegend?" „Was meinst du, wollen wir eine Einheit hinschicken?" „Auf jeden Fall." Tom ließ sich mit dem Chef der Polizei in Paisley verbinden. Der dortige Kommandant hörte sich in Ruhe an, was der Vertreter der Kripo-Zentrale aus Edinburgh für Wünsche hatte. „O.k., wir werden uns darum kümmern." Dann legte er auf. Kathy stand immer noch an der Kartenwand. „Findest du es nicht auch merkwürdig, dass das Handy seiner Tochter in einem Wald bei Paisley unterwegs ist, während sein Vater irgendwo in Edinburgh ein Stelldichein mit den Entführern hat?" „Das bedeutet?" „Das bedeutet, dass wir es mit mindestens zwei, wenn nicht mit noch mehr Tätern, zu tun haben. Und, dass die Kleine geflohen ist?" „Oder?" „Da veräppelt uns jemand gehörig." „Worauf tippst du?" Kathy überlegte angestrengt, was man am tiefen Inhalieren des Rauches sehen konnte. Plötzlich drehte sie sich ruckartig herum. „Los, die Jungs in Paisley sollen verstärkt nach dem Mädchen suchen. Es ist völlig egal, was ich denke. Wir müssen jede Chance nutzen, um das Mädchen lebendig zu finden. Was ist mit Paul? Sergant! Was ist mit Paul Brighton?" „Nichts, Mam. Er ist auf dem Weg nach Hause. Die Jungs melden sich sofort, wenn es etwas Neues gibt." „Was ist mit dir, Kathy?" „Nichts. Aber ich habe so ein ungutes Gefühl. Und du weißt, ich irre mich selten." „Was meinst du?" „Ich habe heute schon jemanden verloren." „Und du meinst, Paul schwebt in Gefahr?" „Oh ja. Ich denke, dass er der Nächste auf der Liste unseres unbekannten Killers ist." „Dann sollten wir ihn sofort in Schutzhaft nehmen." „Und mit welcher Begründung? Wegen meines Bauchgefühls? Oh nein. Wir müssen nur gut auf ihn aufpassen. Ich glaube, ich weiß jetzt, wie das Ganze abläuft. Eine Woche vor Ermordung der jeweiligen Person wird dessen Kind entführt. Damit erreichen die Täter, dass die Opfer in ständiger Angst leben. Angst davor, das Wichtigste in ihrem Leben zu verlieren. Danach gibt es eine an sich läppische Geldforderung, und es kommt zum Treffen des Mörders mit seinem Opfer. Das Spiel kann beginnen. Dem Killer geht es also nicht darum, dem Kind etwas an zu tun. Nein, er benutzt es ausschließlich als Druckmittel. Er will sein Opfer in dem Glauben lassen, es jeder Zeit töten zu können." „Deshalb wehren die sich auch nicht." „Der Mörder kann sich also mit der Hinrichtung viel Zeit lassen. Er kann sich genüsslich an dessen Angst weiden." „So brutal er mit den Erwachsenen auch umgeht, so behutsam behandelt er deren Kinder. Ich wette, dass Mikes Tochter spätestens morgen putzmunter wieder auftaucht." „Und was heißt das jetzt in dem Fall von Pauls Tochter?" „Das weiß ich noch nicht. Ich denke aber, da ist irgendetwas schief gegangen. Denn beide leben noch und beide bewegen sich frei." „O.k., fahre jetzt nach Hause." „Bitte, was?" Empört sah Kathy zu Tom. „Das kommt gar nicht in Frage. Ich lasse euch doch jetzt nicht im Stich." „Was heißt hier, im Stich. Schon vergessen, wir arbeiten im Team. Es ist kurz vor acht. Jetzt kannst du ohnehin nichts ausrichten. Du hast morgen einen schweren Tag." Kathy sah ihn irritiert an. „Was meinst du?" Tom lächelte. „Meinst du, ich weiß es nicht? Morgen ist Amys Beerdigung." „Woher…? Ach ist ja auch egal. Ja, du hast recht. Ich versuche es seit Tagen zu verdrängen. Paul schläft die letzten Nächte in meinem Bett. Er hat Angst. Ständig weint er. Es zerreißt mir das Herz. Was soll ich nur tun?" „Ich hätte da eine Idee." „Und was, bitte?" „Schenk ihm ein Haustier, einen Hund oder eine Katze. Er hätte dann eine Bezugsperson, mit dem er seinen ganzen Schmerz, seine Geheimnisse und seine Trauer teilen kann. Hunde werden dreizehn bis fünfzehn Jahre alt. Überleg mal, er könnte so etwas wie Geschwisterersatz sein." Kathy überlegte. „Ein Hund? Ich weiß nicht. Und eine Katze kommt mir eh nicht ins Haus." „Denk darüber nach, wenn du jetzt zu ihm fährst." „Und was ist mit unserem Fall?" „Bleib ganz ruhig, meine Liebe. Wir machen das schon. Oder hast du kein Vertrauen zu uns?" „Tom, ich würde dir mein Leben anvertrauen. O.k., ich werde nach Hause fahren. Vielleicht hast du ja recht?" „Natürlich habe ich recht. Und ich werde dich auf dem Laufenden halten. Versprochen. Wir haben hier alles im Griff. Ein Team beobachtet Paul

Brighton. Ein anderes durchforstet den Wald bei Paisley. Wenn irgendetwas Wichtiges passiert, melde ich mich sofort bei dir. Los, hau schon ab, zu Paul. Er braucht dich jetzt." Das Wort Paul wirkte beruhigend auf sie. Früher hätte sie bis zum frühen Morgen auf ein Ergebnis gewartet. Doch heute? Heute war da ein kleiner Junge, der ihre Hilfe braucht. „O.k., ich fahre. Wenn nichts passiert, sehen wir uns morgen auf der Beerdigung. Gute Nacht Tom." „Mach es gut. Ach so, und wundere dich nicht, denn ich habe angewiesen, dass du und der Junge ab sofort Personenschutz erhalten. Wundere dich also nicht, wenn du auf dem Friedhof ein paar Jungs von uns siehst." „Ich nehme mal an, dass ich das nicht ablehnen kann?" „Genau. Und jetzt schwirr ab." Im Sekretariat waren Betty und ihre Kollegin immer noch damit beschäftigt, die restlichen Mitschüler von damals zu erreichen. Über die Hälfte hatten sie bereits gesprochen. Sie ermahnten die ehemaligen Mitschüler zur Vorsicht, besonders was ihre Kinder betraf, und hinterließen Tom und Kathys Nummern. „Gute Nacht, ihr Lieben. Macht nicht mehr so lange. Morgen ist auch noch ein Tag." Damit verließ sie das Büro. Kaum hatte Kathy die Zentrale verlassen, griff Tom zum Hörer. „Special-Superintendent McGore verlässt jetzt das Gebäude. Sie wissen, was zu tun ist? Richtig. Und das Ganze, wenn es geht, unauffällig. Denkt daran, es ist Kathy. Danke." Damit legte er auf. Liz starrte indessen ungläubig ihre Freundin an und legte den Kugelschreiber zur Seite. „Morgen? Was bitte, hat sie damit gemeint?" Betty war bemüht, ihr Gesicht tief in einem Aktenordner zu verstecken. „Betty? Los, rede mit mir. Bedeutet das, was ich denke?" „Nun, meine Liebe, ich denke, du hast richtig verstanden. Der Samstag ist für uns ein ganz normaler Arbeitstag. Aber sieh mal hier, damit deutete sie auf ihren Bildschirm. Wieder einer, den wir lebend von der Liste streichen können." Liz sah sie immer noch ungläubig an. Das hattest du mir nicht gesagt, als du mich für diesen Job geködert hast." „Ja, du hast ja recht. Dafür ist es hier aber immer so herrlich aufregend, oder? Immerhin gehörst du jetzt zur Spezialeinheit."

„Pah, von wegen. Mit dir spreche ich kein Wort mehr." „Wie du meinst." „Ich meine privat." „Hab schon verstanden." Plötzlich stand Tom im Vorzimmer. „Na, meine Damen, machen Sie für heute Schluss. Betty, wir sehen uns morgen früh, wie immer. Eine Frage noch an Sie, Mrs. Taylor. Wäre es Ihnen möglich, uns Morgen ein paar Stunden zu unterstützen?" „Aber sicher, Sir." Die Antwort kam etwas spitz und mit einem süffisanten Grinsen. Betty sah ihre Freundin lächelnd über den Brillenrand an. „Irgendetwas, was ich wissen sollte?" „Aber nein," antworteten beide, wie im Chor. „Na, dann ist ja alles klar." „Komm Liz, wir gehen. Was ist mit Ihnen, Sir?" „Sie kennen mich. Ich habe noch ein bisschen zu tun. Sergant Peter wird mich dabei sicher gerne unterstützen. Nicht war, Sergant?" Der bekam einen roten Kopf und nickte nur. Es war inzwischen 20.30 Uhr.

Was sonst noch in dieser Nacht passierte

Gegen Mitternacht beobachtete das Observationsteam, wie sich Paul Brigthon mit einem Rucksack an die Princess Street Ecke Hampton Road stellte und wartete. Gegen 00.30 Uhr näherte sich aus östlicher Richtung ein Motorrad, auf dem zwei schwarz gekleidete Personen saßen. Zu spät sahen die Beamten, dass es sich um eine Beiwagenmaschine handelte. Nach einem kurzen Wortwechsel stieg Paul in den Beiwagen ein. Kaum saß er drin, bekam er einen heftigen Schlag mit etwas Schwerem, das ihn zusammensacken ließ. Die Beamten versuchten noch ihm zu Hilfe zu kommen und starteten ihren Wagen. Doch zwei Schüsse aus einer Schrotflinte auf ihr Auto vereitelten den Versuch. Der eine traf den Fahrer, der blutüberströmt zusammenbrach, der andere Schuss den Motorblock des Wagens, der daraufhin seinen Geist aufgab. Im Vorbeifahren des Motorrades konnte der zweite Beamte noch erkennen, dass der Sozius dabei war, seine Waffe nachzuladen. In letzter Sekunde konnte er sich gerade noch hinter einen Container retten, bevor ein weiterer Schuss die Seitenscheiben des Zivilwagens zertrümmerte. Mit donnerndem Motor verschwand das Motorrad in die Richtung der Autobahn.

Die Meldung von der Entführung löste blankes Entsetzen in der Zentrale aus. Tom schickte sofort ein paar Ermittler und mehrere Kriminaltechniker zum Tatort. Als die Beamten dort eintrafen, war der angeschossene Kollege auf dem Weg ins Krankenhaus seinen schweren Verletzungen erlegen. Der zweite Beamte wurde mit einem Schock und einem Streifschuss ebenfalls in ein Krankenhaus eingeliefert und war nicht vernehmungsfähig. Nur eines war zu diesem Zeitpunkt gewiss. Paul Brighton war, wie seine Tochter, in den Händen der Gangster. Und das war wohl sein Todesurteil …

Derweil in einem Waldstück bei Paisley

Sarah irrte seit über zwanzig Stunden ohne Essen und Trinken durch unwegsames Gelände, dichtes Unterholz und vorbei an gefährlichen Sümpfen. Jetzt in der Nacht konnte sie kaum die Hand vor Augen sehen, so dunkel war es. Irgendwie hatte sie das Gefühl, seit Stunden im Kreis zu laufen.

Doch alles war besser als in diesem engen, verrosteten Käfig zu hocken. Fast fünf Tage war sie dort eingesperrt gewesen. Wie ein Hund lag sie auf einer Lage von Stroh und einem Berg stinkender, urinversiffter Lumpen. Ekel erregend jedoch war dieser Metalleimer, den sie für ihre Notdurft verwenden musste. Nur alle zwei Tage durfte sie ihn entleeren. Ihr Essen bestand aus ein paar Stücken matschigem Brot und einer Flasche Wasser. Ab und an steckte ihr der Wärter einen Apfel oder eine Orange zu.

Das Schlimmste jedoch waren die Kälte und die Ungewissheit, was mit ihr passieren würde. Mehrmals am Tag kamen und gingen irgendwelche schwarz gekleideten Typen in Lederkombis durch die düstere Halle. Jeder

von ihnen trug eine abgesägte Schrotflinte bei sich, die Sarah Angst machte. Ab und an schoss einer von ihnen in die Luft. Nur so, zum Spaß. Der Widerhall war ohrenbetäubend, und Sarah fing an zu schreien und zu weinen. Der Schütze lachte dann laut. Die metallbeschlagenen Stiefel hallten auf der Eisentreppe wider und ließen sie nicht zur Ruhe kommen. Trotz der Versicherung, dass ihr nichts passieren würde, hatte Sarah entsetzliche Angst. Irgendwann schlug einer der Entführer mit dem Kolben seiner Waffe gegen den Käfig. „Hör auf zu heulen. Sonst gebe ich dir einen Grund dazu. Hast du mich verstanden?" Sarah starrte in die entstellte Fratze eines Mannes. „Was wollen Sie von mir? Warum halten Sie mich hier fest?" Plötzlich durchzog ein eiskaltes Lächeln sein Gesicht. „Das wirst du schon noch früh genug erfahren. Wir wollen uns ein wenig um deinen Vater kümmern. Es gibt da noch ein paar alte Rechnungen, die es zu begleichen gilt. Und du solltest beten, dass dein Alter keinen Fehler macht, etwa zur Polizei rennt. Denn dann wirst du dafür bezahlen." Damit verschwand der Mann mit einem bösen Lachen. Sein Gewehr trug er lässig über der Schulter. Sarah war verzweifelt.
Lediglich der Typ, der ihr das Essen brachte, hatte wohl Mitleid mit ihr. Er hockte oft stundenlang auf dem Boden vor ihrem Käfig und beobachtete sie. Dabei sprach er kein Wort. Als er sah, dass sie vor Kälte zitterte, besorgte er ihr eine zusätzliche, vor allem saubere Decke. Und er war es auch, der gestern früh plötzlich den Käfig öffnete und sie durch das Labyrinth der Gänge zum Ausgang führte. „Los verschwinde." Dann schob er sie in den nächtlichen Wald hinaus und warf ihr das Handy hinterher. Sofort verschwand er wieder in der Fabrik. Während des ganzen Weges hatte Sarah das Gefühl, dass es sich bei der vermummten Gestalt um einen Jungen handelt. Lediglich das Wurfmesser, das er in einem Futteral am Gürtel trug, hinderte sie daran, zu fragen. Ohne sich nochmal umzusehen, rannte sie in den Wald hinein. Da sie sich bemühte, sich von irgendwelchen Wegen fern zu halten, fiel sie mehr als dass sie lief. Äste peitschen

ihr ins Gesicht und zerkratzten ihr die Arme. Verzweifelt versuchte sie sich zu schützen, indem sie ihre Hände vor ihre Augen hielt. Doch nützte das nicht viel, da sie in der Dunkelheit irgendetwas sehen musste, wollte sie nicht gegen jeden Baum rennen. Plötzlich fiel ihr ein, dass sie ja ihr Handy dabei hatte. Sarah machte es an, musste dann jedoch feststellen, dass sie hier keinen Empfang hatte. Und so irrte sie viele Stunden durch den Wald, stürzte in morastige Tümpel und landete endlich irgendwo am Rand einer Lichtung. Da sie weder wusste, wo sie sich befand, noch in welche Richtung sie gehen musste, sank sie erschöpft zu Boden und schlief auf der Stelle ein.

Sa 25.08. – Lebendig begraben

Gegen 02.00 Uhr in der Nacht hielt das Motorrad mit dem bewusstlosen Paul im Beiwagen endlich vor der alten Fabrik. Nachdem der Fahrer das Tor geschlossen hatte, betätigte er einen Hebel an der Wand, und der ganze Raum begann sich zu senken. Der Lastenfahrstuhl hielt auf Höhe der unterirdischen Halle. Kaum angekommen, startete das Motorrad und fuhr in die Mitte der Halle. Hier stand, auf mehrere Holzböcke gestellt, ein offener Sarg.
Bevor die beiden Paul aus der Maschine hoben, verpasste ihm einer der beiden eine Spritze, die ihn weiter bewusstlos hielt. Danach hievten sie ihn in den Sarg. Rechts und links von ihm standen mehrere schwarze Kerzen, die angezündet wurden. Am Kopfende lehnte ein Porträtfoto von Paul, das mit einer großen schwarzen Schleife versehen war. Mehrere große Lilien-Sträuße und zwei Kränze vollendeten den Eindruck, dass es sich hier um die Aufbahrung eines frisch Verstorbenen handelt. Zwei Stühle, die vor den Sarg standen, vollendeten diese Illusion. Der Junge hatte ganze Arbeit geleistet. Noch während sich einer der Entführer an den Blumen und Kränzen zu schaffen machte, schob der andere eine Art

Sichtschutz zwischen den Sarg und den Käfigen. Plötzlich bemerkte er, dass der Käfig, in dem sich Sarah befinden sollte, leer war. Wütend stürzte er in den Raum, in dem der Junge auf dem Bett lag. Er riss ihn hoch und fauchte ihn wütend an. „Wo ist das Mädchen? Was hast du mit ihr gemacht?" Dann schlug er ihn so heftig gegen den Kopf, dass er über das Bett gegen den Schrank schleuderte und bewegungslos liegen blieb. Gerade wollte er erneut zum Schlag ausholen, da wurde sein Arm plötzlich fest gegen den Schrank gedrückt, und ein Messer durchbohrte seinen Handrücken. Vor Schmerz brüllend, versuchte er das Messer aus seiner Hand zu entfernen, doch der andere drückte weiter fest dagegen. „Wage es noch einmal deine Hand gegen den Jungen zu erheben, dann werde ich dich töten. Hast du mich verstanden?" „Der Bengel hat das Miststück von dem Kerl da laufen gelassen. Da werde ich doch wohl …" Erneut schrie er schmerzverzerrt auf, denn der andere hatte das Messer, das immer noch seinen Handrücken durchbohrte, gedreht. „Du hast mich immer noch nicht verstanden, oder?" Lass den Jungen in Ruhe. Ich kümmere mich darum." Damit zog sie ruckartig das Messer aus der Hand, was dazu führte, dass Benjamin schmerzverzerrt zu Boden fiel.

„Jetzt zu dir." Damit wendete sie sich dem Jungen zu. „Was hast du mit dem Mädchen gemacht?" Mit der einen Hand hielt sie den Jungen im Genick wie einen Hund, mit der anderen das Kampfmesser unmittelbar vor seinem linken Auge. „Also? Ich zähle jetzt bis drei. Eins!" Der Junge bekam es furchtbar mit der Angst zu tun. „Ich habe, ich wollte …" „Zwei!" „Ich …, sie tat mir leid." „Drei!" „Ich hab sie im Wald ausgesetzt." Der Griff lockerte sich, und das Messer flog in die Mitte einer Wurfscheibe. „Wer gab dir das Recht dazu? Dieses Mädchen ist Teil meines Planes, um mich an ihrem Vater zu rächen. Ich habe dir oft genug erzählt, was diese Schweine damals mit uns angestellt haben. Schon in der Bibel steht: Die Rache ist mein! Ich denke, es wird wieder mal Zeit, ein wenig die Schrift zu studieren. Trotzdem hast du Glück. Da noch keine Polizei im Anmarsch ist, hat sie sich wahrscheinlich verlaufen oder ist in einem der Moorlöcher verreckt. Solltest du das noch einmal machen, dann folgst du ihr. Hörst du?"

In diesem Moment war ein tiefes Stöhnen aus der Richtung des Sarges zu hören. „Komm jetzt Benny, wir haben ein kleines Rendezvous mit Mr. Brighton." „Kann ich mir wenigstens noch die Hand verbinden?" „Aber sicher, wir wollen doch nicht, dass du alles mit deinem Blut beschmutzt. Aber beeile dich, schließlich bist du selber daran Schuld."

Paul war inzwischen erwacht und brauchte eine Weile, bis er realisierte wo er sich befand. Er lag in einem Sarg. Angst durchfuhr ihn. Wie er aus den Augenwinkeln heraus sehen konnte, war er aufgebahrt und umgeben von Blumen und Kerzen. Das Ganze musste ein schlechter Traum sein. Paul kniff die Augen fest zusammen und riss sie nach einem Moment wieder auf. Doch noch immer befand er sich fest verschnürt in einem Sarg. Furchtbare Kopfschmerzen quälten ihn. Jetzt fiel ihm wieder ein, dass er in den Beiwagen eines Motorrades einsteigen musste, und ein wenig später einen heftigen Schlag auf den Kopf erhalten hatte. An mehr konnte er sich nicht erinnern. Und jetzt lag er hier in einem offenen Sarg. Das konnte doch alles nicht wahr sein. Machte sich jemand da einen Scherz mit ihm? Wenn ja, war er mehr als makaber. Sein Mund und seine Zunge waren trocken und so fiel ihm das Reden schwer. „He? Was soll das? Hallo! Ihr hattet euren Spaß. Könnte mir mal jemand hier raus helfen? Und überhaupt, mit dem Tod macht man keine Scherze." Nichts passierte. Niemand ließ sich sehen. Nur etwas abseits waren Stimmen zu hören. Plötzlich schrie jemand vor Schmerzen. „Hallo? Ist da jemand? Bitte, ich brauche Hilfe." Wieder nichts. Paul wurde es jetzt doch etwas mulmig. Mit aller Kraft versuchte er sich aufzurichten, doch sein Oberkörper war fest im Sarg fixiert. Jetzt versuchte er seine Beine aus der Kiste zu heben, doch ein Quer-Steg, der in Knie-Höhe angebracht war, verhinderte das. „Verdammt noch mal, ich will hier raus!" Plötzlich beugte sich jemand über ihn, der einen schwarzen Motorradhelm trug. „Endlich. Bitte, Sie müssen mir helfen. Ich komme hier nicht heraus. Bitte!" Doch der Typ mit dem Helm hob plötzlich den Arm, und Paul konnte erkennen, dass er eine Spritze in der Hand hielt. „Nein, bitte, was soll das? Keine Spritze, verdammt noch mal. Hören Sie, ich will keine Spritze!" Das war das Letzte, was er rufen konnte, denn man hatte ihm ein Beruhigungsmittel in die Halsvene gespritzt, die ihn äußerlich völlig lähmte. Er konnte weder reden noch sich bewegen. Doch er konnte alles hören und verstehen. Wie gelähmt lag er in dem Sarg und musste abwarten, was nun weiter mit ihm geschah. Plötzlich ertönte Musik von irgendwo. „Amazing Grace", eines der schönsten Trauerlieder der Welt. Aber eben ein Lied, das hauptsächlich auf Beerdigungen gespielt wird. Doch warum hier und warum jetzt? Er war doch noch nicht tot. Oder doch. War er gestorben, und waren das hier Bilder, die er nach seinem Tod sah? War das hier bereits das Jenseits, der Himmel? Wenn ja, dann hatte er sich den aber anders vorgestellt. Heller, freundlicher und außerdem roch es hier feucht, muffig und irgendwie nach Rost und Abgasen. Mehr wie eine riesige Garage. Ist der Himmel etwa eine große Garage? Jetzt musste er fast lachen. „Also Paul, du bist nicht tot. Das Ganze hier ist ein perverser Scherz. Und der Geruch kam irgendwie aus diesem Raum. Muss ein alter Keller sein", dachte er sich. „Wenn es nur nicht so eng wäre, in dieser Kiste." Er war bestimmt kein Mensch, der unter Klaustrophobie litt, aber das hier ...? Paul konnte weder Arme noch Beine bewegen. Und was hatten sie ihm da bloß gespritzt? Irgendein Mittel zur totalen Lähmung. Langsam stieg nun wieder die Angst in ihm hoch. „Hey ihr, hört sofort damit auf!", wollte er rufen, doch seine Stimme versagte. Nur seine Augen konnte er bewegen. Und das, was er da sah, beunruhigte ihn doch sehr. „Los, denk an was Schönes, das beruhigt." Doch statt an seine verschwundene Tochter zu denken, erschien Belle vor seinem geistigen Auge. „Ach Belle, meine Liebe, wenn du mich jetzt so sehen könntest. Du glaubst nicht, wie sehr ich mich nach dir sehne, mich verzehre." Er dachte an die Nacht nach dem Essen bei ihm zu Hause. Nach unendlich vielen Jahren hatte er endlich wieder eine Frau in den Armen gehalten, sie berührt, sie gerochen. Diesen Geruch würde er sein ganzes Leben nicht mehr vergessen. Man sagt ja, dass sich Menschen einander riechen können müssen. Wenn das nicht mehr geht, ist das ein sicheres Zeichen dafür, dass die Beziehung am Ende ist. Doch bei ihm und ihr hatte sie gerade erst begonnen. Jene erste Nacht würde ihm immer im Gedächtnis bleiben.

Plötzlich hörte er lautes Scharren und Rumpeln. Dann bemerkte er, wie zwei Personen einen Sargdeckel über ihn setzten. „Was, um alles in der Welt, sollte das jetzt bedeuten?" Paul bekam furchtbares Herzrasen. Sein Puls jagte hoch, zumindest nahm er das an. „Halt, nein, nicht doch. Das könnt ihr doch nicht machen. Hey, hört ihr? Ich bin noch nicht tot." Doch kein Laut kam über seine Lippen. Völlige Dunkelheit umfing ihn. Im Bruchteil einer Sekunde war alles um ihn zu Ende. Leises Quietschen von außen ließ ihn ahnen, dass jetzt der Deckel verschraubt wurde. Langsam wurde die Luft stickig, und er spürte, er musste hier raus. Sofort! Doch er konnte sich noch immer nicht bewegen. Weder Arme, Hände noch Beine. Nichts regte sich, so sehr er sich auch mühte. Nach gefühlten unzähligen Minuten wurde plötzlich in Gesichtshöhe eine Art Fenster geöffnet und er hörte eine Männerstimme: „Wir wollen doch nicht, dass er uns jetzt schon krepiert." An irgendjemanden erinnerte ihn diese Stimme. Doch er konnte sie niemandem zuordnen. Höchstens einem Jungen, den er das letzte Mal vor dreißig Jahren gesehen hatte. Benjamin Gavon, genannt Benny. Doch der war längst tot. Selbstmord. Wieder war die Stimme zu hören. Dieses Mal schien sie sich mit jemandem zu streiten. „Du hast mir meine Hand zerstört. Spinnst du? Wie soll ich damit Motorrad fahren? Und meine Flinte kann ich damit auch nicht halten." „Bist selbst schuld, mein Lieber. Ich hatte dich gewarnt. Doch jetzt hör auf zu jammern, wir müssen los." In Pauls Kopf überschlugen sich die Gedanken. „Wer war der andere? Mit wem redete der Kerl da?" Sicher, die andere Stimme klang verstellt, und doch glaubte er, sie schon mal gehört zu haben. An irgendjemanden erinnerte sie ihn. Plötzlich kam ein fürchterlicher Gedanke in ihm hoch. Doch nein, das konnte nicht sein. Seine Sinne mussten ihm einen Streich spielen. Konzentriert lauschte er, doch nichts war mehr zu hören. Die Kerle mussten verschwunden sein. Durch das Fenster konnte er einen kleinen Teil der Decke sehen. Eisenträger liefen da entlang, und in der Mitte befand sich etwas, das wie ein Kran aussah. Vielleicht eine verlassene Fabrik? Plötzlich war da wieder ein leises Scharren. Nein, diesmal waren es Schritte. Irgendwer lief da herum. Wieder wollte er losschreien, doch das Betäubungsmittel wirkte noch immer. Langsam schob sich ein Gesicht vor das Sichtfenster. Es war vermummt mit einer Art Sturmhaube. Nur die Augen sahen ihn durch die Sehschlitze an. Es waren freundliche Augen. Paul versuchte sich irgendwie zu bewegen. Vielleicht dachte der andere da draußen, dass er längst tot sei. Und wenn es ihm gelänge, sich irgendwie verständlich zu machen, könnte er ihm helfen und zumindest diesen schrecklichen Sargdeckel entfernen. Doch, noch während er darüber nachgrübelte, legte der Mann mit der Sturmhaube seinen Finger vor den Mund. Mit dieser Geste wollte er ihm wohl klar machen, sich ruhig zu verhalten. Doch warum? Wollte er ihm helfen, was die anderen nicht bemerken sollten? Oder waren die noch gar nicht weg und lauerten noch irgendwo in dem Keller? Oder sollte das Leise sein nur bedeuten, seine Kräfte zu sparen? Was? Was? Was? Keine Antwort. Paul war allein und verzweifelt. Er hatte unvorstellbare Angst, nie wieder lebend aus diesem Sarg zu kommen. Und dann waren da noch diese bohrenden Fragen: „Warum? Warum das alles? Warum wurde Sarah entführt? Und warum wurde er in diesen verdammten Sarg gesteckt?" Fragen über Fragen, und es gab keine Antwort. Inzwischen war es kurz vor sechs.

Sa 25.08 – Amys Beerdigung

Kathy war extra früh aufgestanden. Sie wollte in Ruhe ihren Kaffee trinken und dabei eine Zigarette rauchen, was sie im Beisein des Jungen natürlich nicht tat. Zumindest nicht im Haus. Heute war es also so weit. Heute würden sie Amy zu Grabe tragen. Ein schlimmer Tag für sie. Aber was war er erst für Paul? Sie hatten in den letzten Tagen mehrmals darüber gesprochen was das für alle bedeuten würde. Und was es bedeutet, tot zu sein. Doch ob das wirklich geholfen hat? Auf jeden Fall würde heute ein Abschnitt im Leben von Paul und Kathy zu Ende gehen. Und danach wird das Leben ein neues Kapitel beginnen. Hoffentlich ein besseres … Und Amy würde natürlich dazugehören.

Die Beerdigung wird heute um 11.00 Uhr hier in Edinburgh stattfinden. Da sie keine weiteren Angehörigen, bis auf den großen Sohn ausfindig machen konnte, und sie davon ausging, dass der Junge bei ihr blieb, sollte das Grab seiner Mutter in der Nähe sein. So könnte er es später jederzeit besuchen, wenn er das wollte.

Hier, in Edinburgh sollte sein Neubeginn sein. Kathy hatte bereits nach einer Schule für ihn gesucht und auch eine gute Privatschule ausfindig gemacht. Doch das hatte noch Zeit. Heute stand erst mal die Beerdigung an. Tom hatte versprochen, ihr kurz nach zehn einen Wagen zu schicken. Er würde dann vor dem Friedhof zu ihnen stoßen. Dort würde sie auch Pauls Bruder treffen.

Leise schlich sie zu Pauls Zimmer. Nichts war zu hören. Sicher schlief er noch. Vorsichtig öffnete sie die Tür, doch zu ihrem Erstaunen saß er bereits vollständig angezogen auf seinem Bett. „Hey, so früh schon auf?" Kathy konnte sehen, dass er wieder geweint hatte. „Komm her, mein Lieber." Damit nahm sie ihn in den Arm. Es dauerte nicht lange und er fing erneut an zu weinen. „Weine ruhig, Paul. Tränen schaden nicht." „Aber ich will nicht weinen. Ich will stark sein. Für sie. Sie soll stolz auf mich sein." „Aber das ist sie doch." „Meinst du wirklich?" „Aber sicher. Pass auf, du musst den Tag heute anders sehen. Heute wird deine Mutter endlich ihre Ruhe finden. Heute hört diese ganze seelische und physische Quälerei für sie endlich auf. Und egal, wo sie in der Zukunft auch sein wird, sie wird immer an dich denken und über dich wachen. Und ihre ganze Liebe ist ab jetzt immer bei dir." Paul schluchzte noch ein wenig. Dann sah er Kathy ins Gesicht. „Ich glaube, ich habe Hunger." „Gut, du gehst dir dein Gesicht waschen und ich mache uns Frühstück." Paul nickte und verschwand in Richtung Bad. Kathy wusste, dass das noch lange nicht vorbei war. Aber wie sollte es auch. Für sie selbst bedeutete es nachher auf dem Friedhof, stark für sie beide zu sein. Gut, jetzt wird erst mal gefrühstückt.

Und vielleicht sollte sie ihm tatsächlich einen Hund besorgen?
Nach einem ausgiebigen Frühstück mit frischen Eiern, viel Speck, ein paar Tomaten und Toast saßen beide im Garten auf der Bank. Kathy konnte hier in Ruhe ihre geliebte Zigarette rauchen und dabei noch einen großen Becher Kaffee schlürfen. Sie hatte ihren Arm um Pauls Schulter gelegt und ihn ganz fest an sich gedrückt. „Weist du was, Paul? Wir haben noch ein wenig Zeit. Ich möchte dir ein bisschen von deiner Mutter und mir erzählen. Aus der Zeit, wo ich sie kennengelernt habe.
Ich lebte damals am Rand von Paisley mit meinen Eltern in einem sehr schönen Haus. Meine Mutter hatte in den königlichen Gärten gearbeitet und mein Vater war bei der Polizei. Als ich eingeschult wurde, schenkten mir meine Eltern keine Schultüte, sondern einen Werkzeugkasten. Sie fanden das wohl witzig, doch ich fand das cool. In der ersten Klasse dann, war ich das einzige Kind, das nie von der Schule abgeholt, geschweige denn am Morgen hingebracht wurde. Bei deiner Mutter war das alles anders. Sie fuhr jeden Morgen in einem schicken großen Auto vor, und alle beneideten sie darum. Ich hatte erst später erfahren, dass ihr Vater, also dein Opa, in einer Leihwagenfirma arbeitete und die Autos immer morgens zur Waschstraße fuhr. In der Klasse saß deine Mutter allein in einer Bank dicht am

Fenster und strahlte dort wie ein Engel. Sie war schon damals eine echte Schönheit mit ihren langen blonden Haaren und ihren kristallblauen Augen. Und so kam es, dass jeder großen Respekt vor ihr hatte und sich niemand traute, ihr zu nahe zu kommen. Vielleicht hatten aber auch alle nur Angst, sie irgendwie kaputt zu machen. Sir wirkte wie eine menschgewordene Puppe. Ich dagegen, mit meiner schwarzen Strubbelfrisur, den blauen Flecken und den ewig schmutzigen Fingernägeln, wirkte da eher wie einer der Jungs in der Klasse. Immerhin habe ich noch drei Brüder. Und da galt es sich zu behaupten. Und das gelang mir auch ganz gut. Deine Mutter litt sehr darunter, denn sie fühlte sich ausgegrenzt. Bei mir war das anders. Ich habe nie mit Puppen oder solchem Kram gespielt. Ich kickte lieber mit den anderen beim Fußball oder spielte Verstecken im Wald. So manches Mal musste mein Vater mit seinen Kollegen am Abend ausrücken, um mich zu finden. Dann hatte ich mich wieder mal so gut versteckt, dass mich niemand gefunden hatte. Und ich dachte nicht im Traum daran, aus meinem Versteck zu kommen. Doch nach einer gehörigen Tracht Prügel änderte ich mein Verhalten und meine Einstellung zum Wald.

Ich verschaffte mir unter den Jungs in meiner Klasse rasch Respekt. Ähnlich wie „Robin Hood", verteidigte ich die Schwächeren und verprügelte die, die es nach meiner Meinung verdient hatten. Dabei war mir völlig egal, ob die größer und stärker waren. Meine Eltern mussten des Öfteren bei unserem Direktor antreten. Das führte meistens dazu, dass meine Mutter weinte und mein Vater brüllte. Doch ich glaube heute noch fest daran, dass er unheimlich stolz auf seine Tochter war. Ich war sein vierter Sohn.

Irgendwann war es unserer Lehrerin leid und sie setzte mich um. Fortan musste ich neben deiner Mutter sitzen. Sie ging davon aus, dass ihr ‚reines Wesen' auf mich abfärben würde. Und du wirst es nicht glauben, es war tatsächlich so. Amy, also deine Mutter, war die Sanftmut in Person. Nie ein lautes Wort, nie balgte sie sich um das bessere Frühstücksbrot, nie hatte

sie ihre Hausaufgaben vergessen oder gar ein Schulbuch verloren. Kurz gesagt, sie war genau das Gegenteil von mir." „Und doch wurdet ihr Freundinnen?"
„Ja, aber nicht gleich. Das dauerte noch fast ein halbes Jahr. Denn in den Pausen flüchtete ich weiterhin zu den Jungen, bis die beschlossen, Amy zu zwingen, für sie die Hausaufgaben zu erledigen. Das ging mir dann doch zu weit. Mein innerer Gerechtigkeitssinn sagte mir, dass das nicht richtig sein konnte. Und so begann ich sie zu beschützen. Natürlich, ohne das sie es bemerkte. Und da, dazu auch der Heimweg gehörte, bot ich ihr an, sie zu begleiten. Ihr Vater hatte seine Stelle bei der Leihwagenfirma verloren, und so konnte er sie nicht mehr mit dem Auto abholen.
Inzwischen gingen wir in die vierte Klasse, und ich verbrachte fast die gesamte Freizeit mit deiner Mutter. Meinen Eltern gefiel das. Vor allem meiner Mutter. Jetzt mussten sie nicht mehr in irgendwelchen Verstecken im Wald nach mir suchen. Ein Anruf bei Amy, und sie wusste, wo ihre Tochter war. In den nächsten Monaten lernten wir uns immer besser kennen, und bald waren wir, wie man so schön sagt, unzertrennlich. Sie half mir in einigen Fächern und wie man sich als junges Mädchen kleidet, und ich zeigte ihr, wie man in der Natur überleben kann. Bald interessierten wir uns für Jungs aus anderen Klassen. Die in unserer Klasse waren uns alle zu doof." „Wie bitte?" Paul musste lachen. „Na ja, du weißt schon, wie ich das meine. Jedenfalls blieben wir zusammen bis zum Ende der Schule. Hier, das habe ich von ihr bekommen." Damit zog sie eine kleine silberne Kette mit einem halben Anhänger aus der Tasche. „Die andere Hälfte hat deine Mutter. Ich habe die Kette heute Nacht aus einer kleinen Schachtel voller wunderbarer Erinnerungen gekramt." Pauls Augen leuchteten, wie er die Kette sah. „Ich erinnere mich, meine Mutter hat die Kette fast immer getragen. Ich hatte sie mal gefragt, von wem sie die hat? Doch sie hat nur gelächelt und gemeint, von einem, für sie, sehr wichtigen Menschen." Jetzt musste Kathy gegen Tränen ankämpfen.

In diesem Moment hupte ein Polizeiwagen auf der Straße. „Komm Paul, wir müssen los." „Darf ich die Kette tragen?" „Natürlich." Damit legte sie ihm die Kette um den Hals, und beide gingen Arm in Arm zum Wagen. Ein junger Sergant salutierte, wie er Kathy kommen sah. „Lassen Sie das. Sie wissen wo es hingeht?" „Jawohl Mam. Highgrove Friedhof!" „Gut, dann los."

Die Fahrt dauerte gut fünfundzwanzig Minuten. Am Eingang, entdeckte Kathy zwei Beamte in Zivil, mit denen sie schon einige Male gearbeitet hatte. Sie nickte den beiden kurz zu, dann begrüßte sie Tom, der heute in Zivil auf die beiden wartete. „Gut siehst du aus, mein Lieber. Solltest du öfter tragen." „Guten Tag, ihr beiden. Dort geht es zur Kapelle." „Ist in der Nacht etwas Neues passiert?" „Bitte Kathy, lass uns nachher darüber reden." „Also ist etwas passiert." „Komm, wir müssen." Damit geleitete Tom die beiden in die Kapelle. Vor dem Eingang wartete ein junger Mann in der Uniform eines Feldwebels der schottischen Guards. Es war Mike, Pauls älterer Bruder. Kaum hatte er Paul entdeckt, fielen sich die beiden in die Arme. Nach einem Moment der Tränen streckte er Kathy die Hand hin und wollte gerade vor ihr salutieren, da umarmte sie ihn. „Lass das. Ich bin Kathy für dich. Ich möchte mich ein wenig um euch kümmern, wenn dir das Recht ist? Du bist ja schon ein ausgewachsener Mann, aber dein Bruder soll in keinem Heim aufwachsen. Ich war die Freundin deiner Mutter, und sie ist in meinen Armen gestorben. Es ist für mich selbstverständlich, mich um ihn und um dich zu kümmern. Du kannst jederzeit zu mir kommen. Ach so, und noch eins. Ich werde den Mörder deiner Mutter finden. Das verspreche ich dir. So, und jetzt sollten wir in die Kapelle gehen." Mike sah Kathy an, dann lächelte er. „Danke." Er fasste Paul an die Hand. „Darf ich?", fragte er Kathy. „Aber natürlich." Mike atmete tief durch und beide schritten langsam in die Kapelle. Außer ihnen waren noch einige ehemalige Mitschüler gekommen, die sich von den Plätzen erhoben. In der Mitte der Kapelle stand

Amys Sarg. Er war geschlossen und umgeben von einem wahren Blumenmeer. Vier dicke Altarkerzen brannten. Am Kopfende lächelte Amy von einem Porträtfoto, das mit einem dicken schwarzen Rahmen auf einem Stativ stand. So sollte jeder Amy in Erinnerung behalten. Wunderschön und engelsgleich. Leise setzten sich Kathy, Paul und Mike in die erste Reihe und lauschten der wunderbaren Musik. Paul lehnte sich an Kathy und begann leise zu schluchzen. Auch Mike hatte mit den Tränen zu kämpfen. Nach der Musik betrat Pfarrer Sullivan den Raum und hielt eine sehr zu Herzen gehende Rede.

Derweil auf dem Friedhof.

Das offene Grab, das für den Sarg von Amy vorgesehen war, lag etwas abseits vom Hauptweg. Kathy hatte ihre ganzen Beziehungen spielen lassen, um noch eine Grabstelle für ihre Freundin zu erhalten. Der Westgrove Friedhof sollte Ende des Jahres, was Beerdigungen betraf, geschlossen werden. Die Stadt plante, an anderer Stelle einen neuen Friedhof zu eröffnen. Hier war man am Rande seiner Kapazität angekommen. Und so konnte es sein, dass Amys Beerdigung eine der letzten auf diesem Friedhof war.

Schon vor Stunden hatte eine Beiwagenmaschine mit Glasgower Kennzeichen in der Nähe der Friedhofsmauer am Südeingang geparkt. Hier befand sich ein kleiner Nebeneingang, den nur Eingeweihte kannten. Zwei Biker hatten an dieser Stelle den Friedhof betreten und hatten sich sofort in einem Gebüsch versteckt. Hier warteten sie darauf, dass Amys Sarg in der Erde versenkt würde. Kurz vor 10.00 Uhr trennten sich die beiden, um das Gelände von verschiedenen Punkten besser einsehen zu können. Dabei waren ihnen die Zivilbeamten aufgefallen, die mit ihrem Knopf im Ohr das Gelände observierten. Unauffällig war anders.
Benny, der seinen Helm abgesetzt hatte, fluchte vor sich hin. „Verdammte

Bitch. Was für ein Aufwand für das Miststück. Aber wartet, noch ist das Schauspiel hier nicht zu Ende. Den letzten Akt gestalten wir." Benny hatte heute statt seiner doppelläufigen Flinte seine 9 mm Beretta dabei. Seitdem das Messer in seiner Hand gesteckt hatte, war es ihm unmöglich, ein Gewehr zu halten. Doch auch dafür würde er sich noch rächen. Benny hatte furchtbare Schmerzen. Das Blut in seiner Hand „puckerte", und es drückte immer stärker. Vielleicht würde er heute doch in der Notaufnahme vorbei sehen. Er hatte keine Lust, wegen dieser Wahnsinnigen seine Hand zu verlieren. Und den Ärzten würde er schon eine Geschichte erzählen. Denn ansonsten waren die gezwungen, die Polizei zu rufen. So langsam wurde ihm auch schwindlig. Hoffentlich ging das hier bald los, damit er wieder verschwinden konnte. Mühsam überprüfte er seine Waffe. Wie immer blieb die Drecksarbeit bei ihm hängen. Er sollte heute Rafael Mellow zu erschießen. Der stand als Nächster auf der Liste. Andererseits war es für ihn ein Vergnügen, ihm die Lichter auszublasen. Denn auch er gehörte damals zu Harrys Terror-Bande, die ihnen das Leben zur Hölle gemacht hatten. Und jetzt waren sie dieser Hölle entstiegen und würden sich dafür rächen.

Wenn er ihn erledigt hatte, sollte er durch die verdeckte Gartenpforte wieder verschwinden. Der Boss würde draußen bereits mit laufender Maschine auf ihn warten. So war der Plan. Es konnte also nichts schiefgehen. Er musste bloß auf die Zivilbeamten achten. Doch um die wollte sich der Boss persönlich kümmern. Was das bedeutet war ihm klar. Deren Ende war Programm … Auch wenn Benny nicht zimperlich war, so fand er es nicht gut, jeden, der ihrem Ziel im Weg stand sofort zu töten. Ein Betäubungsmittel würde es auch tun. Doch da war ihm der Boss heftig angegangen. Er sollte sich um seine „Arbeit" kümmern. Das Denken und Planen ginge ihn nichts an.

Und Skrupel war ein Luxus, den sie sich nicht leisten konnten.

Für ihn war der Boss einfach nur wahnsinnig. Und er wusste, dass er nur aufpassen musste, nicht zwischen die Fronten zu geraten. Denn dann war sein Leben keinen Pfifferling mehr wert.

Zu diesem Zeitpunkt lagen zwei Beamte bereits mit durchschnittener Kehle in einem Seitenweg des Friedhofs. Jetzt befanden sich noch drei weitere Polizisten im Gelände, doch auch darum würde sie sich kümmern. Wie schon gesagt, sie ist wahnsinnig.

In der Kapelle war die Zeremonie inzwischen beendet, und die Trauergäste machten sich auf, Amys Leichnam mit samt dem Eichenholzsarg der Erde zu übergeben. Vier Friedhofsmitarbeiter in schwarzen Anzügen hoben den Sarg auf einen Wagen und schoben ihn langsam aus der Kapelle. Für Kathy war das der Moment, der sie davon abhielt, an Beerdigungen teilzunehmen. Diese Sargträger in ihren schmierigen, ja abgewetzten Anzügen, machten jede Beerdigung zu einer Farce. Man sah ihnen die aufgesetzte, künstliche Trauer deutlich an. Und wenn man Glück hatte, waren sie zu diesem Zeitpunkt sogar noch nüchtern. Doch heute konnte sich Kathy nicht einfach davonstehlen. Heute gehörte sie zu den Trauergästen. Und so folge sie dem Sarg neben dem Pfarrer, Paul, Mike und Tom sowie den restlichen Trauergäste, die in gebührendem Abstand folgten. Nachdem der Trauerzug knapp hundert Meter von der Kapelle entfernt war, stürzte einer der Zivilbeamten auf Tom zu und nahm ihn bei Seite. Irgendetwas musste passiert sein. Tom schickte den Beamten in Richtung der offenen Grabstelle. Dann näherte er sich Kathy. „Was ist passiert?", flüsterte Kathy. „Ich weiß auch nicht. Zwei der Beamten melden sich seit gut zehn Minuten nicht mehr. Hast du deine Waffe dabei?" Kathy sah in erstaunt an. „Was soll das, Tom? Sind wir etwa in Gefahr?" „Ich kann es dir nicht sagen. Also, hast du deine Waffe nun dabei? Egal, hier ist eine. Damit drückte er Kathy unauffällig seine Zweitwaffe in die Hand. „Nur für alle Fälle." „Was ist los? Sind die Jungs etwa in Gefahr? Los, rede mit mir!" „Ich weis es nicht!" Der Trauerzug war inzwischen vom Haupt- in einen der Seitenwege eingebogen, an dessen Ende die Grabstelle für Amy lag. Je näher sie ihr kamen, desto nervöser wurde Kathy. Immer wieder sah sie sich um und passte auf, dass Paul ständig von ihr gedeckt war. Knapp zehn Meter vor der Grabstelle passierte es dann. Zwei Schüsse, die von irgendwo aus den Büschen abgefeuert wurden trafen Rafael in der Brust, der tödlich getroffen zu Boden stürzte. „Runter! Sofort alles runter," hörte man Kathy und Tom schreien. Beide hatten sich schützend über die Kinder geworfen. Kathy zog ihre eigene Waffe und schob sie Mike zu. „Hier, kannst du damit umgehen?" Der nickte nur und entsicherte die Waffe. „Aber nur im Notfall, hörst du. Schnapp dir deinen Bruder und lasst euch in das offene Grab fallen. Dort seid ihr erst mal sicher. Ich zähle bis drei, dann geben wir euch Feuerschutz. Alles klar? Also los. Eins, zwei. drei" Während Mike mit Paul in die Richtung der offenen Grabstelle stürzten, feuerten Kathy und Tom in die Richtung, in der sie den oder die Schützen vermuteten.

Beide Jungs erreichten das Grab und verschwanden in der Tiefe. Jetzt mussten Kathy und Tom nur noch von diesem Präsentierteller verschwinden. Kathy gab Tom ein Zeichen, und beide warfen sich hinter zwei riesige Grabsteine. Kaum hatten sie sich dahinter verschanzt spürten, sie das Splittern des Marmors. Irgendwer hatte sie jetzt unter Feuer genommen. Tom drückte Kathy ein neues Magazin in die Hand. „Sei mal leise. Hörst du das auch? Da startet jemand ein Motorrad. Los, die wollen verschwinden." „Gibt es hier irgendwo einen Hinterausgang", fragte Tom einen der Beamten. „Auf neun Uhr von Ihnen, Sir, in ca. fünfzig Metern Entfernung. Ungeachtet der Gefahr sprangen beide auf und rannten gebückt und im Zick Zack Kurs in Richtung des Ausganges. „Halt, Polizei! Stehen bleiben. Sofort!", rief Kathy. Insgeheim hoffte sie jedoch, dass der Täter das ignorieren würde. Und schon feuerte sie in die Richtung der Pforte. Trotzdem sie niemanden sehen konnte, musste sie jemanden getroffen haben, denn plötzlich hörte sie einen kurzen Schrei. Tom und Kathy erreichten gemeinsam die Tür und rissen sie auf. Beide wollten gerade auf die Straße stürzen, da schoss der Fahrer des Motorrades mit seiner Schrotflinte auf die beiden. Noch während sie zu Boden stürzten, sahen sie jemanden humpelnd in die Richtung des Motorrades laufen. „Na warte, du entkommst mir nicht. Noch im Fallen riss sie ihre Waffe hoch und feuerte ein ganzes Magazin auf den Fliehenden. Kurz vor dem Erreichen des Beiwagens brach der getroffen zusammen. Der andere gab Gas und verschwand in der Ferne. Da kein Polizeiwagen in der Nähe war, hatte es wenig Sinn die Verfolgung aufzunehmen. Tom und Kathy rannten zu dem am Boden Liegenden und rissen ihm die Waffe aus der Hand. Dann drehten sie ihn auf den Rücken und sahen in das blutige, aber zufrieden lächelnde Gesicht von Benjamin Gavon. Als er Kathy sah, fing er an Blut zu spucken. Mit letzter Kraft flüsterte er ihr zu."Auch du wirst deiner Strafe nicht entgehen." Dann lächelte er und stöhnte noch einmal tief auf. Danach fiel sein Kopf auf die Seite. Benny war tot!

Tom hatte bereits über Funk die Kollegen gerufen. Und so dauerte es nur wenige Minuten, und die ersten Funkwagen trafen mit Blaulicht und Sondersignal ein. Kathy drückte ihm die Waffe in die Hand, mit der sie auf Gavon geschossen hatte. „Hier, für die Techniker. Ich bin gleich wieder da. Ach so, ich brauche einen Wagen." Tom nickte einem Sergant zu. „Kathy! Der Sergant hier, steht dir zur Verfügung." „Danke, Tom. Fahren Sie zum Haupttor und warten dort auf mich." Dann rannte sie zurück auf den Friedhof. Paul und Mike saßen immer noch zitternd in dem offenen Grab. Die anderen Trauergäste hatten sich inzwischen um den Sarg versammelt und diskutierten aufgeregt miteinander. Rafael lag erschossen auf dem Kiesbett. Irgendjemand hatte ihn mit einer Decke bedeckt. Gott allein weiß, woher er die hatte. Kathy half den beiden Jungs, aus dem Erdloch zu steigen. Ohne weiter mit ihnen zu reden, schritt sie mit den beiden zügig in Richtung des Haupttores. Dort setzte sie Paul in den Polizeiwagen. „Gib mir die Waffe zurück." Mike zog die immer noch entsicherte Pistole aus der Tasche. „Hier, bitte." „Mike, ich möchte, dass du mit Paul jetzt zu mir nach Hause fährst, und, dass du bei ihm bleibst. Hörst du? Ich brauche dich jetzt. Meine Mutter wird euch etwas zu essen machen. Ich habe hier noch zu tun. Ich weiß nicht, wie lange es dauern wird, aber ich komme dann gleich zu euch. Hast du mich verstanden?" Mike nickte. „Hat er meine Mutter erschossen?" „Das kann ich dir noch nicht beantworten. Sobald ich etwas weiß, rufe ich dich sofort an. Doch jetzt brauche ich deine Hilfe. Bitte kümmere dich um deinen Bruder." Mike lächelte sie an. „Du kannst dich auf mich verlassen." Damit stieg er zu Paul in den Wagen, der völlig apathisch aus dem Fenster starrte. Kathy flüsterte dem Sergant eine Adresse zu, und der Wagen verschwand in die Richtung von Kathys Haus. Er würde sie nicht nur nach Hause bringen, sondern auch die erste Wache übernehmen. Ab sofort erhielten die Jungs Polizeischutz.

Inzwischen waren die Kriminaltechniker am Tatort eingetroffen. Auch hatte man die beiden ermordeten Polizisten hinter einer Gruft gefunden und in die Pathologie überstellt. Ja, selbst die geflohenen Sargträger waren wieder aufgetaucht. Und noch während Polizisten die ersten Aussagen der Trauergäste aufnahmen, senkten die vier auf Kathys Befehl hin Amys Sarg in ihre letzte Ruhestätte. Die Sargträger wollten zunächst ablehnen, doch da kannten sie Kathy nicht. Die zog ihre Waffe und bedrohte die Männer. „Mir reicht es! Sie senken jetzt diesen Sarg in dieses Grab! Und zwar sofort!" Inzwischen hatte sich Tom dazu gesellt. Auch er hatte noch seine Waffe in der Hand. „Sie haben die Dame gehört, also?" „Sie soll endlich ihren Frieden finden." Und so stand neben Kathy nur ihr Freund Tom, als Amys Sarg in der Tiefe verschwand. Beide warfen etwas Erde nach, und Kathy erneuerte ihr Versprechen: „Liebe Amy. Ich werde deinen Mörder finden und ich werde mich um deinen Sohn kümmern. Darauf kannst du dich verlassen." An die Sargträger gerichtet: „Sorgen Sie dafür, dass das Grab noch heute geschlossen wird." Diese nickten ängstlich und machten dann, dass sie davon kamen. In diesem Moment trugen Mitarbeiter der

Gerichtsmedizin den Leichnam von Rafael Mellow an dem Grab von Amy vorbei. „Mein Gott, hört das denn niemals auf?" „Oh doch, Tom. Genau jetzt! Es wird Zeit, zurück zu schlagen. Ab jetzt nehme ich die ganze Sache persönlich. Benny war der Erste. Und jetzt suchen wir nach John Grant. Du hattest Recht. Die beiden haben ihren Selbstmord nur vorgetäuscht. Und mag es damals auch verständlich gewesen sein, doch das gibt ihnen nicht das Recht, heute reihenweise Menschen umzubringen.

Die Ermittlungen vor Ort dauerten bis in den frühen Nachmittag hinein. Sie brachten keine neuen Erkenntnisse. Tom berichtete Kathy noch von Paul Brightons Verschwinden. Auch, dass bei der Aktion ein Kollege erschossen und ein anderer schwer verletzt wurde. „Weißt du, was mir bei diesem Fall so zu schaffen macht? Es ist die Brutalität der Täter. Da wird rücksichtslos auf Polizisten geschossen. Auch vorhin. Es war dem Typen auf dem Bike doch völlig egal, was mit uns passieren würde. Tom, das ist eine neue Dimension des Verbrechens. Das gab es früher nicht." „Natürlich nicht. Früher gab es bei Polizisten-Mord die Todesstrafe. Doch seit dem diese liberale Regierung diese abgeschafft hat, besitzt kein Ganove mehr Skrupel. Ich kenne da ein russisches Sprichwort: „Wenn Rache und Zorn heiraten, entsteht die Grausamkeit. Und mit der haben wir es hier zu tun." „O.k. Tom, aber wie du siehst, schießen wir auch manchmal zurück. Und dann treffen wir auch. Hör zu, ich würde jetzt gerne nach Hause fahren und mich um die Jungs kümmern. Hast du was dagegen?" „Auf keinen Fall. Wir telefonieren, sobald ich etwas von Paul Brighton erfahre. Und grüße die Jungs von mir. Ich hoffe, die Schießerei hier auf dem Friedhof hat bei Amys Sohn nicht zu einem weiteren Trauma geführt. Ich lasse den Sergant vor deiner Tür gegen 20.00 Uhr ablösen. Mach's gut, meine Liebe." Damit umarmten sie sich kurz, und Kathy ließ sich in einem Polizeiwagen nach Hause fahren.

In der Fabrik

Das Motorrad erreichte die Fabrik gegen 15.00 Uhr. Kaum hatte der Lastenfahrstuhl den Boden erreicht, hielt das Bike in der Mitte des Kellers. Der Boss stieg von der Maschine, zog seine Handschuhe aus und ging in die Richtung des Sarges. „Das war nicht vorgesehen", hörte man sie murmeln. Mit einem Ruck schloss sie das Fenster, das sich am Kopfende befand. Dann ging sie in einen der hinteren Räume, in dem sich der Junge befand. „Benny hat's erwischt. Die Bullen haben ihn erschossen." „Benny war ein Schwein." „Das mag sein, aber ich entscheide, wann wer stirbt."
Aus der Richtung des Sarges war dumpfes Poltern zu hören. Es war Paul, der immer noch auf Rettung gehofft hatte und nun begriff, dass er qualvoll ersticken würde. Verzweifelt versuchte er sich mit Händen und Füßen zu befreien. Nach gut zwanzig Minuten wurde das Poltern schwächer und schwächer, und schließlich hörte es ganz auf. Paul Brighton war bewusstlos. Plötzlich sprang der Boss auf und öffnete das kleine Fenster in dem Sarg. „So leicht will ich es dir nicht machen. Sicher, Benny konnte manchmal ein Arschloch sein. Aber das hatte er nicht verdient. Von Polizeikugeln zersiebt auf dem Pflaster vor dem Friedhof. Na warte, Kathy. Dafür wirst du teuer bezahlen. Und wenn du die Letzte bist, die ich töten werde." Mit einem kräftigen Ruck zog sie die herabhängenden Zugketten weiter runter und schlang sie um den Sarg. Dann hob sie ihn etwas an, so dass er frei im Raum hing. Jetzt schob sie einen Transport-Wagen darunter und senkte ihn darauf ab. Der Boss war wütend, das konnte man ihren hektischen Bewegungen entnehmen. Endlich stand der Sarg auf dem Wagen. Mit aller Kraft schob sie ihn in den Aufzug. „Bin gleich zurück!", rief sie dem Jungen zu. Dann fuhr der Aufzug nach oben. Sie öffnete das Tor und sah sich kurz um. Dann schob sie den Sarg um die Ecke des Bunkers. Hier hatte Benny schon vor Tagen eine Grube ausgehoben. „So, mein Freund, jetzt ist es soweit. Und damit du weist, wer dir das angetan hat, hier, sieh

hin!" Damit hob sie das Visier, und Paul blickte in ein vertrautes Gesicht. „Du? Aber warum? Was habe ich dir getan? Komm, bitte lass uns reden." „Oh nein, es ist schon viel zu viel geredet worden. Damit schloss sie das Fenster und stieß den Sarg in die Grube. Die schwere Kiste fiel so hinein, dass das Fenster nach oben zeigte. „Das ist ja besser, als ich dachte. Dann hast du mehr davon." Damit begann sie den ausgehobenen Waldboden auf den Deckel zu schippen. Paul schlug in seiner Verzweiflung mit aller Kraft gegen die Seitenwände. Da passierte es. Erste Erdbrocken landeten auf dem kleinen Fenster. Die weit aufgerissenen Augen versuchten noch etwas von dem Tageslicht zu erhaschen. Doch zwei Schippen weiter war es endgültig zu spät. Es dauerte knapp zehn Minuten, und das Grab war geschlossen.
„So, mein Freund, das war's." Damit verließ sie den Tatort und ging zurück in den Bunker. Noch eine ganze Weile war das dumpfe Poltern aus der Tiefe zu hören. Doch irgendwann war damit Schluss. Paul Brighton war tot. Lebendig begraben und verscharrt in dem Wald, in dem er als Kind oft verstecken gespielt hatte. Doch aus diesem Versteck würde er sich nie wieder befreien können …

Kathys Haus

Als Kathy endlich zu Hause ankam, lief ihr schon ihre Mutter entgegen. „Paul hat sich in seinem Zimmer eingeschlossen und kommt nicht mehr raus. Sein Bruder Mike sitzt vor der Tür auf dem Boden und redet ununterbrochen auf ihn ein. Er ist ein guter Bruder. Was ist, habt ihr Amys Mörder bekommen?" „Das weiß ich noch nicht. Es sind auf jeden Fall zwei Täter. Der, den wir jetzt suchen, ist John Grant. Da bin ich mir jetzt sicher." „John, der kleine schmächtige Johnny. Den kenne ich noch von damals. Den hast du doch ein paar Mal verteidigt. Wir mussten dafür zum Direktor. Und der Johnny soll euer Mörder sein? Und überhaupt, ich denke der ist tot?" Da siehst du, wie man sich irren kann. Der andere Täter, der, den wir heute erschossen haben, war Übrigens Benjamin Gavon. Ich glaube, den kennst du auch." „Jetzt verstehe ich gar nichts mehr. Tote, die gar nicht tot sind, ermorden nach dreißig Jahren Menschen. Aus heiterem Himmel." „Nun, sie denken, dass sie dafür jedes Recht haben. Denn schließlich haben wir sie, nach ihrer Auffassung, damals in den Tod getrieben." „Amy und du, ihr beide habt niemanden in den Tod getrieben." „Genau, und deshalb wird es jetzt Zeit, dem Spuk ein Ende zu machen." „Mike muss zurück nach England." „Danke Mam, ich werde mich verabschieden. Ach so, da wäre noch etwas. Was hältst du davon, wenn ich Paul einen Hund schenke?" „Einen Hund? Oh Gott, dann habe ich ja noch mehr zu tun." „Aber wieso denn?" „Na was glaubst du, wer ihn füttert, mit im Gassi geht und ihm Manieren beibringt?" „Na Paul." „Das glaubst aber auch nur du." „Gewöhne dich besser daran, denn wir werden einen Hund bekommen, Oma." Damit küsste sie ihrer Mutter auf die Wange und ging ins Haus. Kaum war sie im Flur, sah sie Mike, der immer noch vor Pauls Zimmertür saß und beruhigend auf ihn einredete. Als er Kathy sah, zuckte er nur mit den Schultern. „Ich weiß nicht, was ich noch sagen soll. Dazu kommt, dass ich zurück zu meiner Einheit muss. Ich habe nur für die Beerdigung frei bekommen." „Ist schon gut Mike, geh ruhig, wenn du musst. Ich werde mich um deinen Bruder kümmern. Versprochen. Wir haben Übrigens Amys Sarg noch bestattet. Nicht ganz freiwillig, doch ich konnte die Herren von der Notwendigkeit überzeugen. Ich fand, dass es besser so wäre. Jetzt habt ihr einen Platz zum Trauern. Schade, dass ich dich erst heute und dann unter diesen Umständen kennengelernt habe. Du bist ein guter Junge." Mike sah sie lächelnd an. „Ich glaube, dass ich dich schon etwas länger kenne. Meine Mutter hat oft von dir und von euch beiden erzählt. Und dabei strahlte sie immer etwas. Ich glaube, dass das Einzige, was sie in ihrem Leben wirklich bereut hat, war, nicht nach dir gesucht zu haben. Ich muss jetzt los. Auf Wiedersehen"

Damit umarmte er sie einen Moment. Dann verabschiedete er sich noch von seinem Bruder. „Ich muss los, Paul. Ich hoffe, wir werden uns bald wiedersehen. Ich denke, du wirst es bei Kathy gut haben. Also Tschüss." Gerade, als er das Haus verlassen wollte, öffnete sich Pauls Tür, und der Junge rannte ihm hinterher.

Beide lagen sich schluchzend in den Armen. „Mach's gut Kleiner. Ich muss jetzt los. Und hör auf das, was Kathy sagt. Sie will dir nur helfen, uns helfen." „Danke Mike. Der Sergant bringt dich zum Bahnhof." „Danke." Damit stieg er in den Polizeiwagen, der ihn mit Blaulicht zum Edinburgher Hauptbahnhof brachte. Kaum war Mike verschwunden, umarmte Kathy Paul. „Wir haben deine Mutter beerdigt", flüsterte sie ihm ins Ohr. Paul sah sie traurig an. „Stört es dich, wenn ich noch ein bisschen allein sein möchte?" „Aber nein. Nimm dir Zeit, solange du möchtest. Nur lass deine Zimmertür offen. Nur für den Fall. Versprochen?" „Versprochen!" „Möchtest du einen Kakao?" Paul nickte, bevor er in seinem Zimmer verschwand.

Kathy setzte sich mit einem Pott Kaffee auf die kleine Bank vor dem Haus. Hier konnte sie in Ruhe rauchen und nachdenken. Noch immer steckte ihr der heutige Tag in den Gliedern. Was als friedliche Beerdigung, ja als Verabschiedung von einer geliebten Person begonnen hatte, endete in einem Blutbad. Warum nur dieser Hass? Sie versuchte sich an Benny und John zu erinnern. Zwei, damals schwächliche Jungen, die von Harry und seiner Clique gemobbt und schikaniert wurden, die sich immer duckten, niemals wehrten und alles akzeptierten, was man ihnen angetan hatte. Aber das?

Wie es damals hieß, dass beide tot sind, war unser erster Gedanke: „Gut, jetzt kehrt Ruhe ein." Natürlich war das nicht nett. Nicht nett, was für eine blödes Wort für zwei Selbstmorde. Sie hätte nie gedacht, dass diese beiden sich zu solchen Bestien entwickeln könnten. Wobei, die notwendige Intelligenz besaßen sie. Denn immerhin waren sie damals die Klassenbesten. Was muss sich da in den Jahren angestaut haben? Wie viel Zorn, wie viel Wut ist da gewachsen? Kathy zog tief an ihrer Zigarette und sah dem Rauch hinterher. So viele Tote. So viele Leben ausgelöscht. So vielen Kindern die Mutter oder der Vater genommen. Wer weiß, vielleicht entwickeln sich die heutigen Waisen zu morgigen Rächern? Wer kann schon in ihre Seelen schauen. Möglich ist alles. Auf jeden Fall würde sie sich bei Paul darum bemühen, dass er vernünftig aufwächst. So wie Amy es gewollt hätte.

So 26.08. – Der Tag danach

Tom war an diesem Sonntag bereits um 07.30 Uhr im Büro. Das gestrige Gemetzel auf dem Friedhof war ihm ziemlich an die Nieren gegangen. Zwei getötete Polizisten, Rafael Mellow ermordet und ein erschossener Täter. Und das alles auf Amys Beerdigung. Die Kriminaltechniker waren noch bis spät am Abend auf dem Friedhof, um alle Spuren zu sichern. Immerhin handelte es sich um vier Tatorte. Interessant waren die Spuren auf der Straße. So konnten die Reifenspuren des flüchtenden Motorrades mit den Spuren, die in Aberdeen nach der Ermordung von Amy sichergestellt wurden, verglichen werden. Und es konnten zehn von vierzehn Übereinstimmungen festgestellt werden. Das würde vor Gericht als Beweis ausreichen. Dazu kamen dann die leeren Patronenhülsen. Bei den Schüssen auf Kathy und Tom wurde dieselbe Waffe verwendet, wie bei der Ermordung von Amy Logan und bei den Schüssen auf die beiden Polizisten. Damit konnte eindeutig bewiesen werden, dass es sich um ein und denselben Täter handelt. Und es war nun endlich für alle klar, dass es sich um zwei Täter handelt. Und da es sich bei dem einen erschossenen Täter eindeutig um Benjamin Gavon handelte, ist zu vermuten, dass der zweite Täter John Grant war. Der Zweite, der sich damals angeblich das Leben genommen hatte. Tom musste lächeln. Er hatte also doch recht gehabt,

als er Kathy nahelegte, sich um die Selbstmörder zu kümmern. Bis auf diese Brooke Gordon, bei deren Selbstmord Kathy selbst anwesend war, wurden
die beiden anderen nie gefunden. Sie verschwanden einfach. Still und mysteriös. „Liz, ist Betty schon da?" „Nein Sir, aber sie muss jeden Augenblick kommen." Das war von ihr wohl mehr als kleine Spitze gedacht. Dafür, dass sie ihr nichts von der Wochenendarbeit gesagt hatte. In diesem Moment flog die Sekretariats-Tür auf, und Betty stürzte atemlos in das Büro. „Sorry, Sir, aber der Bus ist ausgefallen." „Schon gut, meine Liebe. Ist schon irgendetwas von Paul Brighton reingekommen?" „Nichts, Sir. Er ist und bleibt spurlos verschwunden." „Das ist nicht gut. Das ist gar nicht gut." In diesem Moment stürmte Sergant Richards das Büro. „Sorry, Sir, aber mein …" „Bus ist ausgefallen." Der Sergant war erstaunt. „Woher wissen Sie das, Sir?" Tom musste lächeln. „Nun, ich habe da so meine Quellen. So, meine Damen und Herren, hier der Plan für heute. Erstens will ich alles über John Grant wissen. Angeblich ist er ja damals ums Leben gekommen. Seit gestern glauben Kathy und ich fest daran, dass er der mysteriöse Fahrer der Maschine war. Und nicht nur das. Er ist wahrscheinlich auch der Kopf dieser Killertruppe. Er gilt zwar offiziell als tot, aber ich glaube nicht daran. Notfalls erwecken sie ihn. Zum Zweiten will ich alle Ergebnisse der gestrigen Schießerei auf meinem Tisch haben. Und es ist mir völlig egal, das heute Sonntag ist. Zum Dritten möchte ich wissen, ob sich die restlichen noch lebenden Mitschüler von Kathy heute immer noch bester Gesundheit erfreuen. Und sie Peter klären als Erstes, ob die Kollegen aus Paisley Sarah Brighton nun endlich gefunden haben." Damit klatschte er kurz in die Hände, und sein Team begann mit der Arbeit. Die Uhr zeigte kurz nach acht.
In diesem Moment öffnete sich die Tür seines Sekretariats und Chief Simmons schaute herein. „Darf ich, Tom?" „Aber sicher, Sir. Kommen Sie rein. Betty, machen Sie bitte Tee." Der Chief setzte sich in Toms Zimmer.

„Na, das war gestern ja ein turbulenter Tag, nicht war? Äh, Sergant, Sie können sich wieder setzen." Damit war Peter gemeint, der seit dem Eintreten des Chiefs in strammer Haltung neben seinem Funkgerät stand. „Wie geht es Kathy und dem Jungen?" „Nun, ich denke, es geht ihr gut, Sir. Was den Jungen angeht, so kann ich das nicht mit Bestimmtheit sagen. Aber sie kommt nachher zum Dienst, Sir." „Wie geht es jetzt weiter? Wir müssen endlich das Morden stoppen. Das Ganze entwickelt sich zu einem apokalyptischen Alptraum, und es fällt mir immer schwerer, die Presse da heraus zu halten. Besonders seit der Sache in Glasgow." „In Glasgow? Entschuldigen Sie Sir, aber von welcher Sache sprechen Sie?" „Wie, mein bester Mann weiß davon nichts? Am 21. August wurde im ‚New Ocean' Ann Hassex von Bullenhaien angegriffen und getötet." „Sorry Chief." Damit stürzte er in Bettys Büro. „Was ist mit dem Vorgang Ann Hassex? Der Chief erzählt mir gerade, dass die Dame vor vier Tagen in Glasgow ermordet wurde. Von Bullenhaien!" „Warten Sie, Sir, ich habe da einen Vorgang, den ich Ihnen heute noch rübergeben wollte." Betty durchsuchte nervös die beiden Aktenstapel, ohne das Gewünschte zu finden. Entschuldigen Sie, Sir, aber man sieht bei der ganzen Anzahl von Morden schon nicht mehr durch." Plötzlich zog Liz eine Akte hervor. „Hier, Sir, da ist sie." Tom riss ihr die Mappe aus der Hand. „Darüber sprechen wir noch, Betty. Danke Liz." Damit stürzte er zurück in sein Büro. Mit einem dumpfen Knall flog die Tür ins Schloss. Kaum war der Chef raus, sah Betty ihre Freundin lange an. „Liz, du hast doch nicht etwa …?" „Aber was denkst du von mir?" „Mir ist noch nie ein Vorgang abhanden gekommen." „Wie du schon sagtest, bei der Menge an Morden kann man schon mal den Überblick verlieren. Komm, lass uns weiter arbeiten." „Hier ist der Vorgang, Chief." „Kennen Sie das ‚New Ocean', Tom? Ich war erst vor kurzem mit meiner Frau und meinen Enkeln da. Es war ein herrlicher Ausflug. Doch wenn ich heute daran denke, ich habe diese, diese Viecher gesehen. Ja, ich bin sogar über sie hinweg geschwommen. Und jetzt das." Tom hatte inzwischen die ersten Berichte überflogen. „Nein, Sir, ich war noch nicht da. Und wenn ich das hier lese, werde ich es auch in absehbarer Zeit nicht besuchen. Zumindest nicht mit meinen Kindern." „Hören Sie, Tom, ich weiß aus gut informierter Quelle, dass die Zeitungen in Glasgow morgen über den Mord berichten werden. Ich wollte erreichen, dass die Medien von einem tragischen Unfall ausgehen. Doch der Betreiber hat das entschieden abgelehnt. Er ist der Auffassung, dass, wenn die Besucher von einem Unfall erfahren, wäre er in der Haftung, und die Menschen würden denken, dass die Sicherheit nicht gewährleistet ist. Und dann könnte er seinen Schwimm-Tempel gleich zumachen. Und wenn ich so darüber nachdenke, dann hat der Mann Recht. Also, Morgen wird über einen Mord in Glasgow berichtet, der in unsere Ermittlungen gehört. Wir müssen aufpassen, dass die Jungs von der Presse nichts von den anderen Fällen erfahren. Zumal die Presse von den Listen und diesen Racheversen weiß." „Dann wollen wir nur hoffen, dass sie das gestrige Gemetzel nicht in Verbindung mit Glasgow bringen." „Aber nein, Tom. Für die Presse sind das zwei getrennte, zweifellos tragische Fälle. Noch! Haben Sie mich verstanden? Wir haben keinen Serienmörder, merken Sie sich das. Und jetzt viel Erfolg. Ich erwarte bis morgen früh 09.00 Uhr Ihren Bericht auf meinem Schreibtisch, für die Presse. Ach so, das ‚New Ocean' wird morgen um 10.00 Uhr wieder eröffnet." „Wieder mit Haien?" „Oh ja. Der Nervenkitzel soll schließlich bleiben. Und grüßen sie Kathy von mir." Damit erhob er sich und verließ Toms Büro. „Auch das noch. Die Presse. Das am schlechtesten zu kontrollierende Monster. Aber es war nur eine Frage der Zeit, wann die von der Sache Wind bekommen würden. Aber vielleicht konnte sie uns auch nützlich sein. Denn wenn die Kollegen aus Paisley die kleine Sarah bis heute Abend nicht finden können, sollte ein Suchaufruf in den Medien hilfreich sein. In diesem Moment klopfte es an der Tür und Betty trat mit dem Tee ein. „Ich wollte mich nochmal entschuldigen, Sir. Aber der Bericht kam gestern erst herein.

Und da waren sie schon zur Beerdigung. Und danach habe ich den in der ganzen Aufregung vergessen." „Das darf nicht passieren, Betty. Zumal, wenn der Chief schlauer ist als wir, seine Ermittler. Nun machen Sie sich keinen Kopf und gehen wieder an die Arbeit." „Danke, Sir." Damit verließ sie sein Büro. „He Peter, wollen Sie auch einen Tee?" „Nein Danke, Sir." „Oh, Sie wissen nicht, was Ihnen da entgeht." „Die Kollegen haben die Suche nach Sarah Brighton in der Nacht abgebrochen. Sie werden sie heute ab 10.00 Uhr wieder aufnehmen. Hundestaffel, Hundertschaft, Hubschrauber, das ganze 3H-Programm. Leider ist das Handy der Kleinen verstummt. Vielleicht der Akku leer oder sie hat es verloren. An das Schlimmste möchte ich erst gar nicht denken, Sir." „Hier, schauen Sie sich das an." Damit reichte er ihm ein paar Fotos aus dem Mordfall Ann Hassex. Dort waren rasende Haie zu sehen, die ein großes Schwimmbecken aufwühlten, dessen Wasser blutrot war. Peter war entsetzt. „Das ist ja schrecklich. Ein Alptraum. Und da war wirklich ein Mensch drin?" „Ann Hassex, angestellte Tiertrainerin, wurde in der Nacht vom 21.08. zum 22.08. von drei Bullenhaien angefallen und getötet. Auf einigen der Bilder können Sie sehen, wie die Tiere um Teile der Leiche kämpfen." „Mir wird schlecht, Sir." „Den Gang runter, zweite Tür rechts." Peter hielt sich ein Tuch vor den Mund und stürzte aus dem Büro. Im Bericht der Spurensicherung war man zunächst von einem Unfall ausgegangen. Doch bei näherer Sichtung des Unterwassertunnels wurde festgestellt, dass dieser mit einer Sprengladung zerstört wurde. Danach hatten sich die Haie auf Ann gestürzt. An einer Stelle des Beckenrands fand man mehrere getötete Schmetterlinge, eine Namensliste und einen Zettel mit folgendem Text: „Der Hölle Rache kocht in meinem Herzen." (Schihaneder 1758)
Am Beckenrand sowie an einem der Ein- und Ausgänge wurden Fußspuren gesichert, die eindeutig vom Täter stammen müssen. Denn der war wohl, nachdem er den Todeskampf der Frau beobachtet hatte, durch das Wasser-Blutgemisch gelaufen, das sich am Beckenrand gesammelt hatte.

Die Spuren deuteten auf kräftige Stiefel in der Größe 38 hin. Für einen Mann relativ klein, für eine Frau wohl passend. Da aber alles auf einen Mann als Täter hindeutete, musste der nicht größer als 1,65 m sein. Und da er für eine Tat wie diese nur wenig Kraft benötigt wird, tippte Tom auf John Grant als Täter. Benjamin Gavon war über 1,78 m und hatte Schuhgröße 45. Damit schied der als Täter aus. Desweiteren wurden keine Fingerabdrücke oder andere Spuren gefunden. Um den verstümmelten Leichnam von Ann Hassex zu bergen, mussten die Tiere narkotisiert und in ein separates Becken geschafft werden. Drei der Schildkröten hatten den Angriff nicht überlebt und wurden eingeschläfert.
Bei der Befragung der Sicherheitsbeamten wurden etliche Sicherheitsmängel aufgedeckt. In der fraglichen Zeit, in der der Täter in die Halle gekommen sein muss, saßen die beiden gemütlich mit den Kollegen der Technik beim Fußballspiel. Überhaupt wurde es von den Mitarbeitern des Wachschutzunternehmens mit der Sicherung des Objekts nicht so genau genommen. Bei der Überprüfung der Listen der letzten Kontrollgänge wurde festgestellt, dass diese nur äußerst schlampig oder gar nicht durchgeführt wurden. Die Alarmanlage der äußeren Türen war seit Wochen defekt und von den Überwachungskameras auf den Gängen funktionierte nur jede dritte. Alles in allem gab es praktisch keine Sicherheit in der Anlage. Bis auf die drei Kameras in dem großen Beckenbereich. Da es sich hier um die der Rettungsschwimmer handelte, waren diese zum Glück nicht an das zentrale Überwachungssystem angegliedert. Und auf diesen Bändern war der Mord zu sehen. Tom atmete tief durch. „Endlich ein Fortschritt. Nur, wo waren die Bänder? In den Unterlagen befanden sie sich jedenfalls nicht. „Äh, Betty, eine Frage: Befanden sich bei den Unterlagen einige DVDs mit Aufnahmen der Überwachungskameras?" Betty eilte sofort in das Büro ihres Chefs. „Nein, Sir. Da bin ich mir sicher. Die Akte kam per Bote und enthielt nur das, was die da sehen." Danke Betty."
Äh, soll ich mich mit der Polizeizentrale in Glasgow in Verbindung setzen

und nachfragen?" Betty war darauf aus, ihre Scharte von vorhin wieder auszumerzen. „Danke Betty, aber das war es. Peter, setzen Sie sich umgehend mit der Zentrale in Glasgow in Verbindung. Ich will den diensthabenden Chief sprechen." Nach einem kurzen Moment war die Stimme von Superintendent Flynn zu hören. „Einen Moment Sir, ich verbinde Sie mit Superintendent Tom Morgan." „Stellen Sie durch, Peter. Hallo Flynn. Ich hätte mir denken können, dass ich dich heute antreffe." „Hallo Tom, wie geht es dir? Lange nicht mehr gesehen. Das letzte Mal, das muss Ende letzten Jahres bei euch gewesen sein." „Genau. Das war zum Geburtstag des Chiefs. Wie geht es dir, mein Lieber?" „Gut, gut. Viel zu tun. Und da ihr in der Zentrale ja der Meinung seit, wir müssten noch etwas mehr arbeiten, bekommen wir nun noch Arbeit von euch." „Na, na, mein Lieber. Ein bisschen Amtshilfe sollte doch wohl drin sein, oder?" „Also gut, was kann ich für dich tun." „Nun, zum Ersten, habt ihr die kleine Sarah schon gefunden?" „Du meinst Sarah Brighton? Das Mädchen, dessen Handy ihr geortet habt? Leider noch nicht. Aber die Jungs rücken gleich aus. Ich sage dir Bescheid. Was noch?" „Ich habe hier die Akte der Sache Ann Hassex im New Ocean." „Ah, der Mord mit den Haien. Schreckliche Sache." „Mir fehlen in den Unterlagen die Bänder der Kameras." „Sehr unappetitlich, mein Freund. Aber ich werde mich sofort darum kümmern. Noch etwas?" „Im Augenblick nicht. Bitte grüße deine Frau von mir." „Du auch. Bis bald."

Damit war das Gespräch beendet. „Tja Peter, es ist immer gut, Freunde zu haben." „Jawohl, Sir." Liz kam in Tons Büro. „Sir, die Jungs von der Technik haben sich gemeldet. Sie haben an den Stiefeln und an der Kleidung dieses erschossenen Benjamin Gavon Spuren einer merkwürdigen Substanz gefunden, die sie nicht zuordnen können. Sie hatten zunächst angenommen, dass es sich um stinknormalen Rost handelt, aber weit gefehlt. Da sind noch Verbindungen dabei, die ihnen nicht geläufig sind." „Wer weiß, wo der Typ durchgelaufen ist?" „Nun, wenn sie wüssten, was das für ein Zeug ist, wären sie unter Umständen in der Lage, seinen Aufenthaltsort zu bestimmen." „Sie meinen, wir wüssten dann, wo sein Versteck war?" „Wahrscheinlich." „Das wäre ja sensationell. Was kann ich tun, um den Kollegen zu helfen?" „Sie sollen sich bitte mit Inspektor Fley von der Technik in Verbindung setzen. Er erwartet Ihren Anruf, Sir." „O.k., verbinden Sie mich, Liz." Der Inspektor war erfreut, einen der Chefs sprechen zu können. „Hören Sie, Sir, leider sind wir in unseren Laboren nicht in der Lage, diese Substanz zu analysieren. Da fehlt uns ein Massenspektrometer." „Und wer kann das, Fley?" „Der Geheimdienst seiner Majestät verfügt über ein entsprechendes Labor. Doch da sind uns die Hände gebunden." „Nun Fley, ich denke, da kann ich Ihnen weiter helfen. Lassen Sie mich ein paar Anrufe tätigen. Ich melde mich bei Ihnen." „Äh, Betty, verbinden Sie mich mit unserem Freund vom Geheimdienst." „Sie meinen diesen Simon Cooper?" „Genau. Wollen wir doch mal sehen, ob die Jungs so gut sind wie ihr Ruf." Es dauerte nur knapp zehn Minuten, dann meldete sich Cooper per Telefon. „Na Tom, wie kann Ihnen der Geheimdienst Seiner Majestät helfen." „Ich brauche Zugang zu ihren Laboren." „Bitte?" „Wir haben an einem Toten ein paar Spuren gefunden, bei denen sich unsere Techniker die Zähne ausbeißen." „Hat das was mit unserem Serientäter zu tun?" „Ach Cooper, wir verwenden diesen Begriff nicht gern. Aber ja. Wir konnten gestern einen der Täter aus dem Verkehr ziehen und haben an dessen Kleidung diese merkwürdigen Substanzen gefunden." „Ah, die Sache auf dem Friedhof, nicht war? Weiß ihr Chef davon, dass Sie sich an den Geheimdienst wenden?" „Noch nicht. Ich dachte, ich könnte das auf dem kleinen Dienstweg regeln." Ein Moment war Ruhe am Telefon. „Wie geht es eigentlich Kathy?" „Nun, ich denke, sie hat die gestrige Schießerei einigermaßen weggesteckt." „Gut, ich werde Ihnen helfen. Schicken Sie die Probe an unser Labor. Die Adresse ist bekannt?" „Äh, Simon, ich dachte, dass der Chef unseres Labors vielleicht heute noch zu Ihnen kommen könnte? Sie können sich sicher vorstellen, das die Sache etwas drängt?" „O.k., er soll mich anrufen. Wie ist sein Name?" „Inspektor Fley. Ich werde ihm Ihre Nummer geben. Es wäre schön, wenn Sie …?" „Alles klar, Superintendent. Es wird dem Geheimdienst eine Ehre sein, Ihnen zu helfen. Also bis dann, Tom. Und grüßen Sie Kathy von mir." „Ich danke Ihnen, und entschuldigen Sie, dass ich mich wie ein Arschloch benommen habe." Cooper hatte längst aufgelegt. Inspektor Fley blieb fast das Herz stehen, als er hörte, dass er in ein Labor des Geheimdiensts darf. Für ihn ging da wohl ein Lebenstraum in Erfüllung.

Betty war verzweifelt. Egal, welche Datenbank sie auch suchen ließ, John Grant war und blieb verschwunden. Nach seinem Tod vor gut dreißig Jahren tauchte er nirgends wieder auf. Sollte er tatsächlich noch leben und als wandelnder Rächer unterwegs sein, dann jagte die Polizei ein Phantom. Tom war darüber nicht erfreut. „Das heißt, Betty, wir wissen von ihm nichts, bis auf seine mutmaßliche Größe von ca. 1,68 m und seine Schuhgröße von 38. Na das ist doch schon was." Jetzt kam Liz in sein Büro. „Der Abgleich der Fingerabdrücke hat ergeben, dass es nicht Benny Gavon gewesen ist, der das Gewehr geladen hatte, sondern der Unbekannte." „Also haben wir jetzt auch seine Fingerabdrücke. Na, der Nebel lichtet sich. Jetzt noch ein nettes Bild von ihm und der Fall ist gelöst." Tom amüsierte sich. Plötzlich klingelte das Telefon und Kathy war dran. „Hör zu, mein Lieber. Ich habe gerade einen beunruhigenden Anruf von Grace Fraser aus Aberdeen erhalten. Dort finden heute Nachmittag die Ausscheidungsrennen der Quads, bis 1000 m³, statt. Ab 18.00 Uhr gibt es zwei Rennen der Frauen, an denen auch Grace teilnimmt. Sie hat heute Morgen einen Anruf bekommen, und eine männliche Stimme hat ihr ein vorzeitiges Ableben für den heutigen Tag prophezeit." „Ich nehme mal an, dass Grace ebenfalls zu deinen ehemaligen Mitschülern gehört?" „Genau. Sie war die zweite der „drei Hexen", von denen Lilly ja schon ermordet wurde." „O.k., was soll ich unternehmen?" „Du informierst erstens die dortigen

Kollegen vor Ort. Einige von denen habe ich während den Ermittlungen bei Amys Ermordung kennengelernt. Sind sehr gute Leute. Ich will, dass Grace Polizeischutz erhält, soweit das bei so einem Spektakel überhaupt möglich ist. Desweiteren brauche ich einen Hubschrauber und einen Wagen vor Ort. Ich bin in ca. fünfzig Minuten bei euch. Was gibt es sonst Neues?" „Ann Hassex ist in Glasgow ermordet worden. Sie wurde von Haien zerrissen." „Wie bitte? Wie ist das denn möglich?" „Das erzähle ich dir nachher. Ach so, wir haben eine vielversprechende Spur. Wenn wir Glück haben, wissen wir bald, wo das Versteck unserer Killer ist." „Na wunderbar. Endlich ein Durchbruch. Jetzt muss es mir nur noch gelingen, Grace vor dem Killer zu schützen und wer weiß, vielleicht kann ich dabei ja Grant erwischen. Ich muss jetzt los. Wir sehen uns. By!" „Betty, Kathy braucht in neunzig Minuten einen Hubschrauber. Flugziel ist Aberdeen. Dann verbinden Sie mich mit dem dortigen Polizeichef. Und dann noch was. Wissen Sie, was ein Quad-Rennen ist?" „Oh ja Sir. Das sind diese vierrädrigen Motorräder, mit denen Jugendliche den Strand unsicher machen und die Luft verpesten." „Aber in Aberdeen gibt es keinen Strand." „Die fahren auch Cross und Downhill, also halsbrecherische Pisten hinunter." Tom seufzte. „Na, ist ja genau das Richtige für Kathy." Der Polizeichef von Aberdeen, Chief Graham, versicherte Tom seine volle Unterstützung. Und er freue sich schon auf das Wiedersehen mit Kathy, wenn auch das erste Treffen einen so unglücklichen Hintergrund hatte. Selbstverständlich würde sie jede Unterstützung erhalten, die sie bräuchte. Er müsse jetzt nur noch aus der Wanne steigen und in seine Uniform schlüpfen. Sofort danach würde er in das Revier fahren. „Wo habe ich Sie denn gerade erwischt, Sir?" „Sage ich doch, zu Hause in der Badewanne. Schließlich ist heute Sonntag. Und er wisse ja nicht, wie das bei ihm in Edinburgh ist, aber hier auf dem Land ist der Sonntag noch heilig." „O.k., ich danke Ihnen, Sir." Damit legte Tom auf und musste grinsen. Der hat es gut. Um diese Zeit in der Badewanne entspannen. „Betty, wie wäre es denn mit einer guten Kanne Tee?" Wenn schon keine Wanne in Sicht war, dann doch wenigstens Bettys Tee. „Und machen Sie eine Tasse mehr, denn Kathy wird gleich eintreffen." „Ok., Sir." Wenige Minuten später erfüllte der Duft von bestem schottischem Tee das Büro. Dieses Mal ließ sich Sergant Peter nicht lange bitten, und so kam es, dass alle vier an Toms Tisch saßen und genüsslich Tee tranken. Gut fünfzehn Minuten später öffnete sich die Tür des Sekretariates und Kathy stand im Raum. „Na, das lob ich mir. Betty, haben Sie für mich …?" „Aber selbstverständlich. Setzen Sie sich." Sie holte für Kathy eine frische Tasse und schob ihr, etwas versteckt, einen Aschenbecher zu. „Ich danke Ihnen. Doch ich will mit dem Rauchen kürzer treten." „Na dann sind ja deine aufkeimenden mütterlichen Gefühle auch für uns zu etwas gut. Ich meine frische Luft." „Also, was ist mit Ann und den Haien in Glasgow? Wo kommen diese Viecher überhaupt her?" „Hier." Damit schob er ihr die Akte hin. „Die Filme der Überwachungskameras kommen noch. Der Superintendent in Glasgow ist ein alter Freund von mir." Kathy war völlig in das Studium der Akte vertieft und steckte sich dabei mechanisch eine Zigarette an. Als sie fertig war, schaute sie in die amüsierten Gesichter ihrer Kollegen. „Was? Was ist los? He, warum grinst ihr so?" Plötzlich bemerkte sie die Zigarette in ihrer Hand. „Entschuldigt bitte, aber das war …" „Lass mal Kathy, wir haben vollstes Verständnis für dich. Doch jetzt wieder an die Arbeit." Sofort verschwanden die beiden Damen in das Sekretariat und Peter in seinen Technikraum. „Und ich bin ihr noch auf dem Klassentreffen begegnet. Und jetzt das? Sie war weiß Gott keine Heilige, aber so etwas? Von Bullenhaien zerrissen, igitt." „Zumindest gehen unseren Mördern nicht die Ideen aus." John und Benny waren schon damals unsere Klassen-Genies. Und dass sie was drauf haben, beweisen sie uns jetzt. Ich will die Videos sehen, wenn sie da sind." „Geht klar. Der Heli steht für dich in dreißig Minuten bereit. Und bitte, nimm dieses Mal den Fahrstuhl." „Wer hat gequatscht? Der Pilot oder der Sergant vom Einlass?" „Ich bitte dich,

ich werde dir doch den Namen meines Informanten nicht verraten. Wer weiß, vielleicht, haben wir dann ein nächstes Opfer." „Gut, ich mache mich auf den Weg. Ich will vorher noch zu Rufus in die Waffenkammer. Ich brauche Munition und eine handlichere Zweitwaffe." „Tja, so ist unsere Kathy. Immer brandgefährlich." „Wünsche mir Glück. Wer weiß, vielleicht erwische ich Grant heute. Dann ist der Spuk vorbei. Was ist das mit der vielversprechenden Spur, von der du vorhin am Telefon gesprochen hast?" „Die Kriminaltechniker haben an der Motorradkleidung und an den Stiefeln von diesem Gavon eine Substanz gefunden, die sie sich nicht erklären können. Sieht wohl aus wie Rost, ist aber mit irgendetwas vermengt. Unser Freund vom Geheimdienst, dieser Mr. Cooper, hat sich nun angeboten, uns bei der Analyse zu unterstützen. Wenn das klappt, wissen wir spätestens Morgen wo das Versteck der Killer ist." „Na also, es geht doch voran. Bleibe an der Sache dran und grüße Simon von mir. Ach, ich habe übrigens eine E-Mail von Uwe Kauler aus Deutschland bekommen." „Kauler sagt mir irgendwas, kann ich aber im Moment nicht einordnen." „Erinnerst du dich an meine Ermittlungen in Berchtesgrund? Kauler war der Kommandant des Kreuzers der Hamburger Polizei, die nach den Leichen in der Nordsee getaucht sind. Ohne ihn und seinen Vater hätte ich den Fall nie lösen können. Und besagter Uwe nimmt mit seinem Schiff zur Zeit an Polizeimanövern vor unserer Küste teil. Länderübergreifende Polizeiarbeit nennt sich das. In diesem Zusammenhang ist er morgen für einen Tag in Edinburgh und ich werde ihn treffen. So, jetzt muss ich aber los. See you." Damit verschwand sie aus Toms Büro." „See you?" Ich denke, bei ihr setzt der Jugendwahn ein. Sagen Sie, Betty, gibt es schon eine Rückmeldung von Mr. Cooper und unserem Inspektor Fly?" „Nein Sir, und ich denke, das wird eine Weile dauern. Für Fly ist allein der Eintritt in das Labor wie ein Besuch im Phantasia-Land." „Na Super. Sind wir eigentlich bei der Identifizierung des Motorrades irgendwie weiter?" „Nein, Sir. Keiner der Halter, die auf der Liste standen, konnten mit unse-

rer Opferliste in Verbindung gebracht werden." „Nun, ich dachte dabei mehr an die Täterliste?" „Sir, die Selbstmörder gehören doch dazu." „Peter, was ist mit Ihnen? Seit dem wir heute hier sind, haben Sie sich bis jetzt noch gar nicht gemeldet." „Verzeihen Sie, Sir, aber wir haben keine neue Meldung, über Unfälle oder etwas Ähnliches mit Personen von unserer Liste. Verspricht ein ruhiger Tag zu werden."
Wenn er sich da nur nicht irren sollte.
Denn genau in diesem Moment steckte Elly Chattan bis zum Hals im Moor von Doulon, und es war nur eine Frage der Zeit, wann sie endgültig versinken würde. Doulon ist ein winziges Nest, das in der Nähe von Perth liegt und von einem üppigen „Nichts" umgeben ist. Hier lebten einige Aussteiger und was sich so Hippie nennt sowie ein paar Bauern, die dafür sorgten, dass diese Weltverbesserer nicht verhungerten. Elly war hier schon vor Jahren hingezogen und vertrieb sich die Zeit mit dem Malen von Landschaftsbildern, die sie dann in Perth, in einer kleinen Galerie verkaufte. Da sie weder bekannt noch bedeutend für die schottische Kunstszene war, würde ihr plötzliches Verschwinden nur wenigen auffallen. Das muss ihr Mörder gewusst haben, als er sie hierher ins Moor verbrachte. Nicht, ohne ihr vorher noch die Zunge heraus zu schneiden und sie an einen Baum zu nageln. Danach begann er ihren verzweifelten Überlebenskampf zu filmen und übertrug dabei die Bilder per Funk an jeden, der sie empfangen konnte. Und so stand derzeit eine einsame Videokamera auf einem Stativ am Rande eines Moorloches. Es könnte Wochen, ja Monate dauern, bis jemand diese Stelle im Wald entdecken würde. Und dann war da nur eine Kamera auf einem Stativ. Elly war zu diesem Zeitpunkt längst im Moor verschwunden. Und eines war sicher. Was da einmal verschwand, blieb für lange Zeit verschollen …

In der Waffenkammer

Kathy war kurz bei Rufus, dem Leiter der Waffenkammer und hatte sich eine kleine halbautomatische Pistole besorgt. Ihre alte hatte diverse Ladehemmungen und das konnte in ihrem Job den Tod bedeuten. Warum Sergant Frank Knox von jedem nur Rufus genannt wurde, wusste keiner genau. Aber es war halt so, und selbst der Sergant hatte sich damit abgefunden. „Hier ihre neue Waffe. Eine 22er. Liegt gut in der Hand und hat einen leichten Abzug. Ist ein völlig neues Modell. Kommt direkt aus Deutschland. Und hier sind noch fünf gefüllte Magazine für ihre 9 mm Smith & Wesson, Mam."
„Sie sollen das doch lassen." „Verzeihen Sie, aber ich komme hier nicht oft raus. Geht es wieder auf Verbrecherjagt?" Kathy nickte ihm freundlich zu. „Genau, wie immer." Damit gab sie ihm einen flüchtigen Kuss und verschwand aus dem Keller. Sie mochte den kauzigen Kerl. Am Eingang steuerte sie auf den Posten zu. „Na, Bob, haben Sie mir nicht irgendwas zu sagen?" Der sprang auf und nahm stramm Haltung an. „Nein, Mam. Ich wüsste nicht, was Sie meinen?" „Sie werden ja ganz rot im Gesicht. Und Sie schwitzen ja." „Nun, es ist heiß, Mam." „Haben Sie Superintendent Morgan von meinem kleinen Unfall erzählt? Von unserem kleinen Geheimnis?" „Nein, Mam. Ich habe ihn nur gefragt, wie es Ihnen gehen würde." In diesem Moment bemerkte er, welche Dummheit er begannen hatte. „Ihre Laufbahn bei den Ermittlern ist gerade in weite Ferne gerückt, mein Lieber. Und jetzt stehen Sie bequem." Damit verschwand sie in Richtung Hubschrauber-Startplatz. Nach einem einstündigen Flug landete Kathy etwas außerhalb der Grafschaft Aberdeen, wo sie von einem Sergant mit Auto empfangen wurde. Nach einer knappen Stunde Fahrt erreichten sie die örtliche Dienststelle der Polizei, wo sie bereits von Chief Graham erwartet wurde. „Herzlich Willkommen in Aberdeen, Special Superintendent McGore! Das letzte Mal hatten wir ja nur miteinander telefoniert."

„Sorry, Sir, aber belassen wir es bei Miss McGore oder einfach Kathy. Meine Goldsternmarke behalte ich in der Tasche. Versprochen." „Wie geht es Ihnen? Ihr letzter Besuch bei uns endete ja in dieser Katastrophe. Noch dazu mit ihrer besten Freundin? Und jetzt bahnt sich anscheinend etwas Ähnliches an, wenn ich da richtig informiert bin?" „Nun Sir, ich hoffe, dass wir das gemeinsam verhindern können. Wir sind, was den Fall Amy Logan betrifft, inzwischen schon ein ganzes Stück weiter. Doch inzwischen hat sich das Ganze zu einer Mordserie entwickelt. Es sind nach unseren Erkenntnissen mindestens zwei Täter. Zum einen Benjamin Gavon, den wir gestern aus dem Verkehr gezogen haben, und ein gewisser John Grant. Leider gibt es von dem Kerl kein Foto oder Ähnliches, denn der Typ existiert offiziell nicht. Er ist vor gut dreißig Jahren bei einem Selbstmord ums Leben gekommen, wie sein Komplize. Doch wie wir jetzt wissen, waren diese Selbstmorde nur fingiert. Was Grant betrifft, wissen wir nur, dass er ca. 1,65 m groß ist und Schuhgröße 38 trägt. Das ist alles. Desweiteren gibt es noch ein paar unscharfe Bilder einer Überwachungskamera, auf der er immer eine Motorradkombination trägt. Ach so, und er fährt eine schwarzgraue Beiwagenmaschine mit gefälschtem Glasgower Kennzeichen. Ich denke, das es sich um ein russisches Modell handelt. Als ich sie das letzte Mal sah, musste ich mich zu Boden werfen, den der Killer schoss mit einer Schrotflinte auf mich." „Und was hat das nun mit dem heutigen Rennen zu tun?" „Heute Morgen hat Grace Fraser, sie ist Teilnehmerin des Rennens, einen Anruf erhalten. Eine männliche Stimme kündigte ihr an, dass heute ihre Zeit abgelaufen wäre und sie sterben würde. Leider müssen wir diesen Anruf ernst nehmen." „Sie sind sich also sicher, dass John Grant diese Grace Fraser während des Rennens ermorden wird?" „Ob nun während des Rennens, davor oder danach, das kann ich nicht sagen. Aber ich bin mir sicher, dass es einen Anschlag geben wird." „Was erwarten Sie von mir? Wie kann ich ihnen helfen?" Bevor Kathy ihre Wünsche äußern konnte, telefonierte er mit dem Einsatzleiter der

Polizei vor Ort. „Einen Moment noch. Dann bekommen Sie unsere jetzige Einsatzstruktur für das Rennen. Darf ich Ihnen inzwischen eine Tasse Tee anbieten?" „Ich danke Ihnen, aber ein starker Kaffee wäre mir jetzt lieber, und wenn ich hier irgendwo eine rauchen dürfte?"
„Das ist kein Problem." Sofort wies er seine Sekretärin an, Kaffee zu kochen. Dann öffnete er sein Fenster, holte einen Aschenbecher aus der Schrankwand und steckte sich genüsslich eine Zigarre an. „Gott sei Dank, mal eine Raucherin. Mir geht dieses ganze ‚Nichtrauchen' auf den Keks." „Wem sagen Sie das, Sir." Als seine Sekretärin kurze Zeit später mit dem Kaffee in der Hand den Raum betrat, bekam sie einen Hustenanfall. „Aber Sir, ich denke Sie haben damit aufgehört?" „Eine Ausnahme, Mrs. Floyd. Ich danke Ihnen." Kopfschüttelnd lief sie aus dem Büro. „Normalerweise ist es hier am Sonntag ruhig. Aber an so einem Tag wie heute müssen alle ran. Es ist nicht viel los in Aberdeen. Da sind diese Motorrad-Rennen das gesellschaftliche Großereignis des Jahres. Wir rechnen im Übrigen mit über zwanzigtausend Besuchern. Da wird es schwer sein, ihren Mörder zu finden." „Ich weiß, Sir." In diesem Moment bekam er die geforderten Unterlagen herein gereicht. „Machen Sie diesen Stumpen aus, sonst kündige ich." Damit stolzierte sie aus dem Büro. „Ich weiß. Das ist in dieser Woche bereits das dritte Mal." „Na, Sie verstehen sich ja blendend, Sir." „So, das hier sind die Geländekarte und die Einsatzpläne. Wie Sie sehen, sind wir mit zehn Kräften vor Ort. Unterstützt werden wir durch den Sicherheitsdienst des Veranstalters, der mit über dreißig Personen im Einsatz ist. Dazu kommen zwei Fahrzeuge der örtlichen Feuerwehr, drei Krankenwagen mit zwei Notärzten und zehn Sanitätern." Kathy nickte zufrieden und versuchte sich die Karte einzuprägen. „Sagen Sie Sir, kann ich die hier behalten? Aber sicher, Mrs. McGore." „Oh, bitte nicht Mrs. McGore. Das macht mich so alt. Sagen Sie bitte Kathy. Sind sie in der Lage, noch ein paar zivile Kräfte einzusetzen?" „Nun, wir haben unsere mobile Reserve. Wenn ich die jetzt alarmiere, dann bekomme ich ca. zwanzig

zusätzliche Männer. In Zivil." „Das wäre ja fabelhaft. Sagen Sie, Sir, könnte ich mal kurz an Ihren Rechner? Ich hoffe, dass ich da an die Teilnehmerliste mit Fotos komme." „Lassen Sie das. Trinken wir noch in Ruhe einen Kaffee. Wir haben da unsere PC-Spezialisten. Mrs. Floyd, schicken Sie mir mal einen unserer Spezies! Und noch mal, bitte zwei Kaffee." Kurze Zeit später meldete sich ein junger Sergant. „Hier, ich brauche von dieser Dame ca. fünfzig Fotos. Sie finden sie in der Starterliste für das heutige Motorradrennen. Und bitte mit Tempo. Der Sergant verschwand und Mrs. Floyd brachte den Kaffee. Ihr zorniger Blick verriet den beiden, dass es ihr gar nicht recht war, dass hier geraucht wurde. „Sagen Sie nichts, Mrs. Floyd. Heute ist Sonntag. Entspannen Sie sich." „Wann beginnen denn die Wettkämpfe?" Ab 15.00 Uhr gibt es ein freies Training, bei der sich die Fahrer mit der Strecke vertraut machen können. Ab 16.30 Uhr starten die Männer in den Kategorien 600, 800 und 1000 m³ und ab 18.00 Uhr dann die Frauen. Der Lauf mit Grace soll gegen 18,30 Uhr starten. Nun, da haben wir also noch etwas Zeit." „Entschuldigen Sie, Sir, aber das sehe ich nicht so. Es wäre mir lieber, wenn Sie die Männer der Reserve jetzt alarmieren könnten und auch alle anderen informiert sind. Da wir nicht wissen, wie John Grant dieses Mal zuschlagen will, sollten wir die Strecke ständig unter Beobachtung halten. Ich selber werde Miss Fraser bewachen." „Alles klar, Mrs. Floyd, drücken Sie mal die Knöpfe und jagen sie die Reserve aus den Betten. Treffpunkt in sechzig Minuten am Start- und Zielbereich der Rennstrecke. Anzugordnung in Zivil und bewaffnet. Leitender Beamter vor Ort. Mrs. Special Superintendent Kathy McGore. So, jetzt brauchen wir nur noch die Fotos und dann kann es los gehen." In diesem Moment erschien der Beamte mit den Bildern. „Liebe Kathy, ich wünsche Ihnen viel Glück und eine gute Jagd. Blasen wir das Hallali für Mr. Grant." „Ich danke Ihnen, Sir." Sie verabschiedete sich von ihm und seiner Sekretärin. Dann setzte sie sich in den Wagen. Nach einer gut halbstündigen Fahrt stoppte der vor einer Schranke. Dahinter begann das Renngelände. Ein dicker, unfreundlich dreinschauender Mann steuerte auf sie zu. „Wat' los. Is hier keen Parkplatz." Kathy zeigte ihm ihre Marke. „Schon mal gesehen? Hören Sie zu. Hier sind ein paar Bilder. Ich will, dass, wenn jemand von Ihnen diese Frau sieht, wir sofort benachrichtigt werden. Dieser Wagen ist ab sofort die Einsatz-Zentrale der hiesigen Polizei. Stimmen Sie die Frequenz ihrer Funkgeräte mit unseren ab. Noch Fragen?" Der Dicke wirkte jetzt ziemlich nervös und nickte Kathy freundlich zu. Dann öffnete er ihr die Schranke und dirigierte ihren Wagen zu dem besten Platz auf dem Gelände. „Ach so, da kommen gleich noch jede Menge Beamte in Zivil. Die schicken Sie alle zu mir." „Geht klar, Mam." Kathy grinste ihren Fahrer amüsiert an. „Man muss nur den richtigen Ton treffen. So, und Sie rufen mir jetzt die anderen Beamten hierher." „Zu Befehl, Mam." Kathy steckte sich genüsslich eine Zigarette an und begann sich umzusehen.

Etwa zwanzig Meter von ihr entfernt, donnerten mit ohrenbetäubendem Lärm die ersten Quads über die staubige Piste. Hier, in der Nähe des Start- und Zielbereiches, war der Streckenabschnitt relativ eben, so dass die Maschinen an dieser Stelle richtig Geschwindigkeit machen konnten. Gut zweihundertfünfzig Meter weiter, ging es dann in einer scharfen Linkskurve in Richtung Wald und danach bergauf zu den ersten Schikanen. Zum Teil waren diese künstlich aufgeschüttet, aber zum überwiegenden Teil natürlich gewachsen. Hier galt es auch, den ersten schlammigen Bereich gut zu durchqueren. Spätestens nach diesem Hindernis waren die Maschinen samt Fahrer schlamm- und dreckverschmutzt. Hier trennte sich auch die Spreu vom Weizen, wie man so schön sagt. Laut Karte mussten die Fahrer durch unwegsames Gelände, bis sie irgendwann den höchsten Punkt erreichten. Von dort ging es dann gut 200 m „Downhill", was äußerste Konzentration von den Teilnehmern verlangte. Unten angekommen, folgten zwei Spurtstrecken, nur unterbrochen von dem Durchqueren zweier kleiner Gewässer. Dabei galt es, diese mit der richtigen Drehzahl zu durchfahren, wollte man nicht in der Mitte des Flusses absaufen oder einfach umzukippen. Der Rest war relativ einfach. Noch vierhundert Meter durch Wald und Flur, und schon ging es in Richtung Zielgerade. Sechshundert Meter staubige Piste, ideal zum Überholen und Zeit schinden. Kurz vor dem Ziel hatten sich die Veranstalter noch einen kleinen Hügel einfallen lassen. Der war mehr für die Zuschauer und Fotografen gedacht. Die Fahrer sprangen sozusagen ins Ziel. Das gab gute Bilder und zusätzlichen Nervenkitzel. „Hallo Kathy. Geile Strecke, nicht war?" Kathy drehte sich herum, und da stand sie. Grace Fraser, in einer hautengen gelben Motorradkluft. Den Helm unter dem Arm. „Hallo Grace. Schön, dich gesund zu sehen. Ich wusste gar nicht, dass du Motorradrennen fährst. Hast du schon mal gewonnen?" „Du kennst dich in diesem Metier nicht aus, nicht war? Ich bin richtig gut darin. Zwar schon etwas alt, aber ich fahre immer noch an der Spitze mit. Und in diesem Jahr will ich es noch mal schaffen. Wenn ich hier unter die ersten drei komme, fahre ich im September zu den europäischen Meisterschaften nach Birmingham. Danach soll dann Schluss sein. Im Übrigen wollte ich dir noch sagen, dass es mir leid tut, was mit Amy passiert ist. Ich weiß, dass ihr gut befreundet ward." „So wie du mit Lilly und Elly, nicht war? Lilly ist übrigens tot. Ermordet. Und was mit Elly ist, kann ich dir nicht sagen. Wir können sie seit gestern, telefonisch, nicht erreichen." „Lilly ist tot? Wie?" „Ich will dir die Einzelheiten ersparen. Ich denke, sie war die Erste." „Wie viele sind es inzwischen?" „Einige. Doch genug davon. Ich bin hier, um dich zu beschützen, und wenn möglich, den Killer zu verhaften. Außer mir sind noch über dreißig Beamte im Einsatz. Da wir nicht wissen, wie der Typ dich erledigen will, werden wir uns auf jede Möglichkeit einstellen müssen. Am liebsten wäre es mir, wenn du das Rennen hier abblasen würdest und ich dich in Schutzhaft nehmen könnte." „Das kommt überhaupt nicht in Frage. Ich habe zwar mächtig Schiss, aber wie ich schon sagte, es ist meine letzte Chance." „Wie du willst. Es ist jetzt 15.00 Uhr. Gleich beginnt das freie Training. Wo soll ich meine Leute postieren? Hast du einen besonderen Bereich aus deiner Sicht?" „Nein. Nicht, dass ich wüsste. Kathy, ich habe Angst." „Na, so kenne ich dich ja gar nicht. Früher warst du ganz anders. Da warst du immer die Erste, wenn es darum ging, andere zu quälen und in Angst und Schrecken zu versetzen. Jetzt lernst du, was es heißt, Angst zu haben." „Kathy, das ist dreißig Jahre her. Der Mensch kann sich ändern." „Richtig. Und, hast du dich geändert?" „Ich denke schon." „O.k., du solltest jetzt fahren. Ich werde hier auf dich warten." „Du kannst mich nicht leiden, oder?" „Lassen wir das jetzt. Ich bin hier, um auf dich aufzupassen. Und das ist im Augenblick mein Job." „Bis dann." Damit setzte sie sich auf ihr Quad, welches die Startnummer „dreizehn" trug. „Auch das noch", dachte sich Kathy. Sie setzte ihren Helm auf, winkte ihr kurz zu und verschwand dann in Richtung des Startbereiches. In diesem Moment traf eine Gruppe junger Männer bei ihr ein. „Hallo Special Superintendent McGore. Wir sind die, von ihnen angeforderte Reserve. Was können wir für sie tun? In diesem Moment starteten die ersten Quads der $1000 m^3$ Reihe und man konnte sein eigenes Wort nicht mehr verstehen. Nach einem kurzen Moment war der Spuk vorbei und die Maschinen donnerten in Richtung Wald. „Haben Sie das gelbe Quad mit der Startnummer 13 gesehen? Das ist unsere Zielperson. Die Dame heißt Grace Fraser, und das hier ist ihr Foto. Bitte verteilen Sie es. Ich will, dass Sie sich auf der ganzen Strecke postieren. Hier ist eine Karte. Es ist ein Attentat auf Mrs. Fraser geplant, das wir auf jeden Fall ernst nehmen müssen. Wir wissen nicht wann, wo und wie der Täter zuschlagen wird. Deshalb müssen Sie das ganze Rennen über aufmerksam sein. Sie bekommen von dem Veranstalter Funkgeräte ausgehändigt, mit denen Sie ständig untereinander in Verbindung stehen. Wir hören diesen Verkehr ab und sind so immer auf dem Laufenden. Ich hoffe, jeder von Ihnen hat seine Dienstwaffe dabei? Hören Sie, ich will hier keine wilde Herumballerei. Aber wir haben es mit einem äußerst skrupellosen und zu allem entschlossenen Täter zu tun. Eigenschutz ist zu jeder Zeit zu gewährleisten. Daher, ist der Schusswaffen-Einsatz von mir autorisiert. So, meine Herren, das war es. Sind noch Fragen?" Alle Herren nickten stumm und beschäftigten sich mit der Karte. Nachdem sie ihre Funkgeräte erhalten hatten, stimmten sie noch die Frequenzen ab und dann, hieß es für die Männer Abmarsch. Während die Jungs in Stellung gingen, rasten die ersten Quads wieder an ihr vorbei. Zufrieden konnte Kathy die gelbe 13 sehen. Na, wenigstens war da alles in Ordnung. „Verzeihen Sie bitte, aber hätten Sie vielleicht eine Zigarette für mich. Und natürlich Feuer?" Kathy drehte sich herum, und vor ihr stand eine junge, gut aussehende Frau mit einer Kamera auf der Schulter. „Wie bitte?" „Entschuldigen Sie, ich bräuchte mal Feuer. Und da ich Sie rauchen sehe, dachte ich mir, ich spreche Sie an. Ach so, ich bräuchte auch eine Zigarette." Kathy musste lächeln über soviel Mut. „Sie sind vom Fernsehen?" „Vom französischen Fernsehen. Entschuldigen Sie, ich habe mich noch nicht vorgestellt. Claire Dumont ist mein Name. Hier, meine Karte." Damit küsste sie eine nach Parfüm duftende Visitenkarte und überreichte sie Kathy. Die bot ihr eine ihrer Zigaretten an, und die Dame vom Fernsehen war begeistert ob der französischen Marke. „Sie berichten live vom Rennen?" „Nein, ich sammle ein paar Impressionen von dem ganzen Drumherum, wie man bei Ihnen so sagt." „Und das machen Sie alles allein?" „Oh nein, ich suche meinen Redakteur. Den habe ich hier irgendwo in der Menge verloren. Darf ich Sie zu einem Getränk einladen? Sozusagen als kleines Dankeschön für die Zigarette?" In diesem Moment stürzten ein paar Beamte in Uniform auf Kathy zu. „Entschuldigen Sie, Mrs. Dumont, aber ich habe zu tun." „Kein Problem. Au revoir Madame." Damit rückte die Dame ihre Kamera zurecht und ging in die Richtung der Rennstrecke, wohl wissend, dass sie die Blicke der Männer auf sich zog. „Meine Herren", räusperte sich Kathy dazwischen. „Ich kann ja verstehen, dass ein französischer Minirock interessant sein kann. Noch dazu, wenn er von einer Frau getragen wird, die augenscheinlich dazu geboren wurde. Doch im Augenblick müssen Sie leider mit mir Vorlieb nehmen." Das hatte gesessen. Alle Polizisten sahen schuldbewusst zu ihrer derzeitigen Einsatzleiterin. Die informierte die Beamten über den Stand der Dinge. Dienstbeflissen liefen die Kollegen danach zu ihren Einsatzpunkten. Jetzt sah Kathy zu der Journalistin hinüber. Wenn sie sich etwas herrichten würde, könnte sie es ohne Weiteres mit der „Tussi" da aufnehmen. Sie fand ihre eigene Figur, auch in ihrem Alter, immer noch sehr ansprechend. Hoffentlich waren die Herren der Schöpfung ebenfalls dieser Ansicht. Doch, das war ja ihr Problem. Denn, sobald diese wussten, wen sie da vor sich hatten, bekamen sie es mit Ehrfurcht oder Angst zu tun. Also, bis auf die herrlichen tiefroten Locken würde sie es jederzeit mit Miss Claire Dumont aufnehmen können. Wo war die überhaupt? So ein Paradiesvogel konnte sich doch nicht einfach in Luft auflösen. Doch Kathy konnte sie nirgendwo entdecken. „Wer weiß, wahrscheinlich hatte sie ihren Redakteur gefunden?" Wenn sie nicht Polizistin geworden wäre, dann könnte sie sich so einen Job beim Fernsehen auch gut vorstellen. Immer unterwegs und immer neue Menschen kennenlernen.

Nach und nach hatten die Zivilbeamten ihren Streckenabschnitt erreicht. „Alles ruhig, alles in Ordnung. Nichts Verdächtiges zu erkennen." Und schon hörte man die schweren Quads an ihnen vorbei donnern. Wenn sie nur einen Anhaltspunkt hätte, wie John Grant heute aussah. Nach einiger Zeit hörte Kathy über das Funkgerät ein Räuspern. „Verzeihen Sie, Mam, aber auf was sollen wir hier überhaupt achten?" Kathy dachte, sie hört nicht richtig. „Muss ich Ihnen das im Ernst erklären? Anscheinend ja. Achten Sie darauf, ob sich in Ihrem Geländeabschnitt irgendwelche verdächtigen Personen herumtreiben. Ob sie etwas deponieren, was da nicht hingehört, und ob sich jemand dem gelben Quad mit der Startnummer 13 nähert. Reicht das?" „Danke Mam." Da die Antwort vielstimmig war, mussten wohl noch andere der Frage nachgegangen sein. Wenn das hier vorbei war, würde sie mal dringend mit dem hiesigen Chef über praktische Polizeiarbeit reden müssen. Nach einer kleinen Pause, in der die Quads wieder an Kathy vorbei donnerten, hörte sie zwei Beamte, die sich über die Vorzüge einer Frau im Minirock unterhielten, die mit einer Kamera im Gelände unterwegs war. „Hast du die gesehen?" „Na klar, einfach rattenscharf, das Teil. Entschuldigen Sie, Miss, kann ich Ihnen helfen? Kommen Sie, hier geht es steil nach oben. Geben Sie die schwere Kamera her. Na also, geht doch gleich leichter. Wie, Sie wollen von hier filmen? Warten Sie, ich werde Sie halten. He Bob, das glaubst du mir nicht. Ich halte gerade eine Super Französin in den Armen. Los komm her." Jetzt reichte es Kathy. „Das werden Sie nicht tun. Und Sie, wer Sie auch sind, lassen sofort Miss Dumont los." Man konnte förmlich spüren, wie die Funkgeräte abgeschaltet wurden. „Mist verfluchter." Am liebsten wäre Kathy jetzt losgestürmt und hätte den beiden Beamten mal gründlich den Kopf gewaschen. Aber so ging das nicht. Denn, in diesem Augenblick hielt eine völlig verdreckte Grace Fraser mit ihrem ehemals gelben Quad neben ihr. „Bravo, ich hätte dir das nicht zugetraut." „Was?" „Nun, das du so mit dem Ding da umgehen kannst." „Wenn du Lust hast, kannst du es ja mal ausprobieren." „Wie, das denn?" „Nun, bis die Rennen beginnen, können jetzt Zuschauer, die Lust dazu haben, auch mal eine Runde fahren. Das ist sozusagen der Show-Teil des Tages. Also, was ist? Hast du Mut?" Kathy war am Überlegen. Einerseits reizte es sie ungemein, andererseits konnte sie ihren Posten nicht verlassen." „Keine Angst, du bekommst eine kleinere Maschine, und auch einen Anzug werden wir für dich finden. Na, nun zier dich nicht so." Schließlich gab sich Kathy einen Ruck. Zehn Minuten später steckte sie in einem Rennanzug und wurde am Start von einem Techniker in die Kunst des Quad-Fahrens eingewiesen. Bevor sie startete, befahl sie einem jungen Sergant, nicht von Grace Seite zu weichen. Dann rollte sie langsam an den Start. Unter dem Gejohle hunderter Zuschauer würgte sie das Ding zunächst fachmännisch ab. Kathy war das furchtbar peinlich, und sie glaubte auch, Grace in der Ferne lachen zu sehen. Und noch jemand konnte sie in der Menge ausmachen. Miss Dumont stand mit ihrer Kamera an der Seite und filmte ihr Versagen. „Na wartet." Jetzt war Kathys Mut geweckt. Sie startete das Quad mit dem Schlachtruf: „Für Amy!" Die Maschine machte einen Satz und sie raste den anderen davon. Nach den ersten zweihundertfünfzig Metern fühlte sie sich bereits relativ sicher im Umgang mit der Maschine und bog nach links in Richtung des Waldes ab.

Da konnte sie das erste Schlammloch vor sich sehen. Doch anstatt mutig durch zu rasen, machte sie einen Schlenker und fuhr auf einer Grasnarbe an dem Matsch vorbei. Das war zwar nicht legal, doch schließlich ging es hier ja nur um den Spaß. Gleich nach der Senke ging es steil einen Hügel hinauf. Kathy gab in einem unteren Gang ordentlich Gas, und das Quad quälte sich die Steigung hinauf. Unterwegs konnte sie einige ihrer Beamten entdecken, die es sich zum Teil im Gras gemütlich gemacht hatten. Auf einem kleinen Plateau hielt sie an, öffnete ihr Visier und herrschte einen der Polizisten ordentlich an. Der wusste gar nicht, wie ihm geschah. Er sprang auf und nahm sofort Haltung an. „Na also, geht doch." Kathy klappte das Visier wieder herunter und fuhr weiter. In einem war sie sich sicher, dieser kurze Stopp würde sich rasend schnell herumsprechen. Und richtig, jeder weitere Beamte auf der Strecke stand und starrte äußerst pflichtbewusst in eine Richtung. Einige hatten sogar einen Feldstecher dabei, durch den sie, was auch immer, observierten. Allein für diese Aktion hatte sich die Fahrt gelohnt. Nach weiteren hundert Metern bergauf erreichte sie den Gipfel. Von hier hatte man einen fantastischen Ausblick über das Gelände. Inzwischen war sie von etlichen anderen Fun-Sportlern überholt worden. Das, was sie jetzt vor sich hatte, ließ ihr das Herz in die Hose rutschen. Denn jetzt folgte der Downhill-Bereich. Das bedeutete, dass es steil über Geröll und dicke Äste in Richtung Tal ging. Hier rasten Grace und die anderen mit gut dreißig Stundenkilometern herunter. Kathy beschloss die Strecke in Ruhe zu bewältigen, was sich bald als Fehler herausstellen sollte. Da sie sehr langsam über die Hindernisse bergab rollte, drohte sie mehrfach umzustürzen. Hier erwischte sich Kathy dabei, laut um Hilfe rufend den Berg hinunter zu fahren. Gott sei Dank hatte sie einen Helm auf. Am Ende des Berges gab sie wieder mutig Gas und raste in Richtung der beiden Wasserhindernisse. Zum Glück hatte man eine schmale Brücke für die vielen Fotografen errichtet. Laut hupend zielte Kathy genau in die Richtung der Brücke und donnerte hinüber. Einige der Fotografen konnten sich nur durch einen beherzten Sprung ins Wasser vor Kathy und ihrem Quad retten. Ihr „Entschuldigung!", ging in dem Krach der Maschine unter. Der Rest der Strecke machte ihr keinerlei Probleme. Nach gut 400 m über holprige Waldwege erreichte sie die Zielgerade, auf der sie das Quad gehörig beschleunigen konnte. Gott sei Dank fiel ihr noch rechtzeitig der kleine „Idiotenhügel" kurz vor dem Ziel ein. Da sie keine Lust verspürte, sich samt Quad von der staubigen Piste in die Luft zu erheben, bremste sie kurz vorher ab und rollte dann gemütlich unter dem Beifall der Zuschauer ins Ziel. Immer noch außer Atem und voller Adrenalin, hielt sie etwas abseits der Strecke und steckte sich zunächst eine Zigarette an. Nach den ersten Zügen merkte sie, wie sie wieder langsam runter kam. „Na, wie war's? Grace stand mit einem breiten Grinsen im Gesicht vor ihr. Hast dich gut gehalten. Hätte ich nicht gedacht. Und irgendwie ist es dir gelungen, dich nicht dreckig zu machen. Verrate mir dein Geheimnis." „Ich denke, wenn du so fährst wie ich, dann wirst du disqualifiziert. Aber ansonsten war es eine tolle Erfahrung, und ich denke, ich kann deine Leistung jetzt besser einschätzen." „Zieh dich um, dann gehen wir essen. Für uns Teilnehmer haben die hier ein Cateringzelt aufgebaut. Und du gehörst ja nun dazu." „O.k., ich bin gleich wieder da. Sergant, Sie bleiben bei der Dame." Damit verschwand sie für knapp zehn Minuten in der Umkleide. Als sie zurückkam, sah sie Grace mit Mrs. Dumont im Gespräch. „Ah, unsere Journalistin aus Frankreich. Unsere Wege kreuzen sich heute aber häufig." „Ah, unsere taffe Polizistin. Keine schlechte Figur, die sie vorhin auf dem Quad gemacht haben." „Man tut was man kann." „Nun, ich will Sie dann nicht weiter stören. Und Ihnen wünsche ich Erfolg bei dem letzten großen Rennen." „Ich danke Ihnen. Komm Kathy, lass uns Essen gehen." Damit verschwanden die beiden Frauen in Richtung Verpflegungszelt, während sich das Gelände weiter füllte.

Über fünfzehntausend Besucher säumten inzwischen die Rennstrecke. Die Bier-, Wurst- und Fish- and Chips-Stände verzeichneten bereits jetzt Rekordumsätze. In einer Stunde sollte es mit den Rennen losgehen. Zunächst starteten gegen 17.30 Uhr die Männer in ihren Kategorien. Der Start von Grace war auf 18.30 Uhr festgelegt worden. Sie hatte also noch genug Zeit, ein bisschen mit Kathy zu schwatzen.

„Ich habe in den letzten Jahren bereut, was wir damals den dreien angetan haben. Das musst du mir glauben. Nach der Schule verlor ich Elly, Ann und Lilly aus den Augen. Natürlich hatten wir uns ewige Treue geschworen, doch wissen wir doch beide, was solche Schwüre taugen. Ich habe dann früh geheiratet und zwei Kinder bekommen. Doch nach der Geburt fand ich nicht in den Job zurück und fristete mein Dasein als Hausfrau und Mutter. Irgendwann blieb dabei die Liebe zu meinem Ehemann auf der Strecke und ich verliebte mich neu. Ausgerechnet in den besten Freund meines Mannes. Der bekam es heraus, reichte die Scheidung ein und warf mich aus dem Haus. Natürlich sprach ihm das Gericht das alleinige Sorgerecht für die Kinder zu. Ich habe sie nie wieder gesehen. Mein neuer Freund wollte danach auch nichts mehr von mir wissen. Und so verschwand ich bald aus Paisley und zog nach Inverness. Dort lebe ich nun seit fast zwanzig Jahren mehr schlecht als recht und halte mich mit Siegprämien bei Rennen über Wasser. Zum Glück habe ich einen Sponsor, doch der will Siege sehen. Der Vertrag läuft Ende nächsten Jahres aus, und dann? Wer weiß schon, wie es dann weiter geht. Du siehst, ich muss heute

starten." „Meinst du nicht, dass dein Leben mehr wert sein sollte, als ein Sieg bei diesem Rennen?" „Von welchem Leben sprichst du? Gott sei Dank muss ich hier nicht auf Sieg fahren, sondern nur unter die ersten drei kommen. Ansonsten ist dieses ohnehin beschissene Leben bereits heute vorbei. Verliere ich hier, schmeißt mich mein Sponsor raus. Dann bin ich eh tot. Das bedeutet, dass sich unser Mörder nicht mehr anstrengen muss. Doch genug von mir. Wie ist es dir ergangen?" Kathy überlegte einen Moment, denn sie hasste es, aus ihrem Leben zu erzählen. Doch dann gab sie sich einen Ruck. „Nun, nach der Schule ging ich zur Polizei. Erst drei Jahre Polizeischule in Edinburgh, danach ging es für zwanzig Monate zu den harten Jungs nach Frankreich und dann noch drei Jahre Spezialkommando in den Staaten. Der Rest war harte Arbeit, harte Fälle und die Karriereleiter immer steil nach oben. Jetzt bin ich eine von drei Special-Superintendentinnen in ganz Schottland." „Na, da hast du ja im Gegensatz zu uns alles richtig gemacht." „Nicht ganz. Das Privatleben ist dabei auf der Strecke geblieben. Meinen Slogan: ‚Polizei macht man entweder ganz oder gar nicht', würde ich heute nicht so stehen lassen. Da gibt es noch etwas anderes im Leben, was der Mensch braucht. Liebe, Wärme und Geborgenheit. Nur dazu muss man bereit sein, und das war ich lange Zeit nicht. Und jetzt tickt sie, die biologische Uhr."
„Und doch geht es dir besser als vielen von uns. Du musst dir keinen Kopf um deine wirtschaftliche Zukunft machen. Den Rest kannst du immer noch nachholen." Kathy musste lächeln und zündete sich eine Zigarette an. „Nun, vielleicht hast du ja recht." „Entschuldige, dass ich frage. Aber habt ihr das Schwein, das Amy umgelegt hat?" „Nein, aber ich denke, es ist derselbe, der dich bedroht." Kathy konnte sehen, wie Grace bleich wurde. „Dann muss ich damit rechnen von ihm heute erschossen zu werden?" „Nun, das denke ich eher nicht. Der Typ ist sehr phantasievoll, wenn es darum geht, jemanden aus unserer damaligen Klasse aus dem Weg zu räumen. Entschuldige bitte, das war nicht sehr taktvoll."

„Aber warum? Und warum jetzt? Und warum gerade mich?" „Das fragst du nicht im Ernst, oder? Du warst eine der Schlimmsten, wenn es damals darum ging, die drei zu schikanieren. Und heute bekommen wir alle unsere Quittung. Weißt du, wenn eine Frau wie Amy brutal erschossen wird, ein Mensch der nie jemandem etwas zu Leide getan hat, wenn so ein Mensch auf deren Liste steht, dann möchte ich nicht wissen, was die sich für uns ausgedacht haben." „Du sprichst immer von dem oder den Tätern. Ihr wisst, wer dahinter steckt?" „Nun, wir vermuten, dass es sich um John Grant handelt. Vor ein paar Tagen haben wir Benny erschossen." „Benny und John, das kann ich nicht glauben. Die sind doch längst tot." „Das dachten wir bis gestern auch. Und doch haben wir Benny Gavon erst gestern erwischt. Und glaube mir, der Typ, der uns vom Motorrad aus unter Feuer nahm, war John Grant." „Dann bin ich heute sozusagen euer Lockvogel?" „Nun, ich würde eher Köder sagen. Du hast es ja abgelehnt, dich von mir in Schutzhaft nehmen zu lassen." „Nun, wenn das die Alternative ist." „Weißt du Grace, ich finde das Ganze hier ist so eine Art ‚win-win' Situation. Auf der einen Seite dein Leben, auf der anderen Seite die Festnahme eines durchgeknallten Serienkillers." „Wenn du es so siehst?" „Keine Angst, meine Liebe, wir werden, so gut es eben geht, auf dich aufpassen. Ich bleibe ab sofort die ganze Zeit an deiner Seite, außer bei dem Rennen natürlich, und die anderen sind auf dem ganzen Gelände verteilt und bemühen sich, dich optimal zu beschützen." „Das heißt was?" „Wir geben uns Mühe. Im Übrigen steht da wieder unsere Frau Dumont am Eingang und winkt dir zu." „Na, dann wollen wir mal. Presse ist wichtig." Damit erhoben sich beide und Grace gab dem französischen Fernsehen ein Interview." Während dessen klapperte Kathy ihre Jungs per Sprechfunk ab. „Alles schien in Ordnung?" Jeder meldete sich von seinem befohlenen Posten.

Inzwischen war es kurz vor fünf, und die ersten Männer machten sich bereit, um in der 600er Klasse mit ihren Quads zu starten. Jeweils acht

Fahrer gingen in zwei Reihen an den Start. Ähnlich wie bei der Formel 1 hatten sie sich in Vorläufen qualifiziert. Das Renngelände war inzwischen restlos voll. Der Veranstalter ging von fast dreißigtausend Besuchern aus. Es war bestes Wetter zum Fahren, und so versprach der Tag spannende Wettkämpfe. Hoffentlich ging alles friedlich und ohne Unfälle über die Bühne. Der Rennsprecher rief die Teilnehmer des ersten Rennens zum Start, und wenige Sekunden später erhob sich ein infernalischer Lärm. Das erste Rennen war gestartet worden. Irgendwo zwischen riesigen Staub und Abgaswolken rasten acht Quads in Richtung der ersten Kurve, die geradewegs in den Wald führt. Auf den ersten Rennmetern galt es, eine gute Ausgangsposition zu erkämpfen, da es auf dem mittleren Teil der Strecke schwer war zu überholen. Jedes Rennen ging über fünf Runden. Im Schnitt erreichte jeweils nur die Hälfte der Fahrer das Ziel. Bei dem Rest streikte das Getriebe und in schweren Fällen auch der Motor. Die Zuschauer waren begeistert. Mit lautem Gejohle und Klatschattacken feuerten sie die Fahrer zu Höchstleistungen an. Nach weiteren vier Runden und drei Stürzen war das erste Rennen vorbei. Es folgten im Abstand von jeweils fünf Minuten weitere Rennen in den jeweils höheren Kubik-Klassen. Nach gut einer Stunde waren sieben Rennen der Männer gelaufen, und es folgte eine kleine Pause von zwanzig Minuten, ehe die Frauen an den Start gingen. Die meisten der Zuschauer nutzten diese Zeit, um sich mit Getränken zu versorgen und sich danach wieder einen guten Platz zu sichern.

Grace wurde immer nervöser, je näher ihr Starttermin heranrückte. Sie hatte sich inzwischen in einen neuen gelben Rennanzug mit der Startnummer 13 gezwängt. Die Techniker hatten sich noch mal um das Quad gekümmert und deuteten ihr mit dem Daumen nach oben an, dass alles o.k. war. „So, Kathy, jetzt geht es los. Drück mir die Daumen." „Wird schon alles gut gehen. „Noch während sie in Richtung Start rollte, alarmierte Kathy alle Kollegen zu erhöhter Wachsamkeit. Dann suchte sie sich einen Platz in der Nähe ihres Wagens, griff sich ein starkes Fernglas und begann die Strecke zu beobachten. Inzwischen waren die Vorbereitungen beendet und der Starter gab das Kommando. Die Ampel sprang von Rot auf Grün, die Motoren heulten auf und die Räder drehten durch. Aus einer Wolke von Staub, Sand und Kies schoss Grace als erste hervor. Ihr dicht auf den Fersen, ihre ärgste Konkurrentin und zwei „Newcomer". Kathy erwischte sich dabei, laut „Tempo!" und „Los, gib Gas!" zu rufen. Sie war eindeutig vom Rennfieber infiziert. Rasch verschwanden die Damen mit ihren Maschinen im Wald und rasten dem Gipfel zu. Oben angekommen, ging es dann Downhill den Berg hinunter. Nach der ersten Runde war Grace auf den dritten Platz gerutscht, doch man merkte ihr an, dass sie verbissen darum kämpfte, sich wieder ganz nach vorn zu arbeiten. Am Ende der zweiten Runde raste sie auf Platz zwei hinter der Spitzenreiterin her. Jetzt musste sie nur diesen Platz drei Runden halten und alles war in Ordnung. Plötzlich hörte sie ein Knacken im Funkgerät: „Mam! Hallo! Hören Sie mich? Hallo Mam! Hier ist Sergant Brown! So melden Sie sich doch! Verdammt, hört mich denn überhaupt irgendjemand!" „Was ist, Sergant? Hier spricht McGore. Was ist passiert?" „Mam? Hier liegt Sergant Bley." „Er liegt? Was soll das heißen?" Sie spürte förmlich, dass etwas Schreckliches passiert war. „Mam, Sergant Bley ist tot!" „Was soll das heißen?" „Das soll heißen, dass er verdammt noch mal tot ist!" „Hören Sie, Sergant. Das ist jetzt ein Befehl! Nochmal, sind Sie sicher, dass er tot ist?" „Ja, Mam." „Ich werde in wenigen Minuten das Rennen abbrechen, und wir kommen Ihnen dann zu Hilfe. Doch bis dahin greifen Sie sich Ihre Pistole und gehen in Deckung. Jetzt gilt vorrangig Selbstschutz! Haben Sie das verstanden?" „Ja, aber er ist tot. Warum? Er hat doch niemandem etwas getan." „Sergant, Sie sollen in Deckung gehen. Sofort!" Kathy hatte für einen Moment überlegt, das Rennen sofort abzubrechen. Doch die Fahrerinnen waren gerade an ihr vorbei und in die fünfte und letzte Runde gerast. Gerade wollte sie den Rennleiter vom Tod des Polizisten informieren, da gab es in unmittelbarer Nähe des Start- und Zielbereiches einen dumpfen Knall. Rauch verbreitete sich, und das Ziel war im Nu vernebelt. Die Menschen, die in der Nähe standen, schrien laut auf und drängten nach hinten. Zum Glück waren genug Sicherheitsleute und Sanitäter in der Nähe und konnten eine größere Panik verhindern. Nur Kathy war klar, dass das lediglich der Vorgeschmack zu einer weit größeren Katastrophe war. Doch was sollte sie tun? Was konnte sie tun? Über Funk befahl sie allen Polizisten, die Besucher sofort aus dem Zielbereich zu entfernen. Notfalls mit Gewalt. Es dauerte nicht lange und Kathy konnte die Fahrerinnen an den Wasserhindernissen entdecken. Grace hatte Glück und raste als Erste in den letzten Waldabschnitt. Nur kurze Zeit später kamen die Quads in den Sprintbereich.

Grace drehte noch einmal richtig auf und konnte ihren Vorsprung vergrößern. Mit weit über hundert Stundenkilometern raste sie auf das Ziel zu. Oh Gott, das ist viel zu schnell, dachte sich Kathy. Der Hügel im Zielbereich, und da war sie schon. Sie erreichte als Erste das Ziel und sprang mit ihrem Quad über den Hügel. In diesem Moment explodierte ihr Motorrad in einer riesigen Feuerwolke. Die Zuschauer schrien entsetzt auf und rannten in alle Richtungen. Viele stürzten, andere stolperten über die am Boden Liegenden. Panik brach aus. Überall war das Schreien der Verwundeten zu hören. Noch schlimmer hatte es einige der Verfolgerinnen von Grace erwischt. Zwei konnten nicht mehr rechtzeitig bremsen und erlitten schwerste Verbrennungen, als sie die Explosionswolke von Grace durchsprangen. Zum Glück konnten sie ihre Maschinen noch abfangen. Sofort rief Kathy über Funk alle Kräfte, die bei einer solchen schweren Katastrophe in Aberdeen erreichbar waren. Noch immer rannten die Menschen in Richtung des Ausgangs. Die Sanitäter kümmerten sich um die Verletzten. Viele hatten Brüche an Armen und Beinen oder litten an Atemnot, da sie von Anderen rücksichtslos eingequetscht oder überrannt wurden Zum Glück war das Gelände sehr weitläufig, und es behinderten keine weiteren Zäune die Flucht der Besucher. Im Nachhinein wurden nur sechs Schwer- und dreißig Leichtverletzte gezählt. Und es gab lediglich eine Tote und das war Grace.

Die Jungs von der Spurensuche hatten es schwer, alle Leichenteile von ihr zu finden. Auch war die Maschine in tausend Einzelteile zerstört. Was hatte diese Explosion bloß ausgelöst? Eines war Kathy sofort klar. Das hier war kein Unfall. Das war ein lang geplanter und eiskalt ausgeführter Mord. Die erste Explosion sollte lediglich eine Ablenkung sein. Der Täter wollte, dass es nur wenige weitere Opfer gab. Zumindest keine Toten. Oh nein, die Explosion danach, war das Ziel. Grace und ihr Quad wollte er vernichten. Und dieses Mal hatte er ganze Arbeit geleistet. Fragt sich nur noch, wie? Inzwischen hatten Kollegen der Feuerwehr den ermordeten Polizisten geborgen. Er muss dem Täter in die Quere gekommen sein. Oder er hatte etwas gesehen, was er nicht hätte sehen sollen. Man hatte ihm die Kehle durchschnitten. Und das von vorn. Er muss dem Täter völlig arglos gegenüber getreten sein. Kannte er ihn etwa? Oder war es jemand, bei dem er keinen Angriff vermutete. „Schaffen Sie ihn sofort in die Pathologie. Ich will alle Spuren, die auf seiner Kleidung zu finden sind, analysiert haben. Und das heute noch. Und dann treibt mir diese französische Kamerafrau auf. Mademoiselle Dumont. Ich will den Film aus ihrer Kamera haben. Wer weiß, vielleicht ist da etwas drauf, was für uns interessant ist. Ich möchte überhaupt jedes Filmmaterial haben. Notfalls beschlagnahmen sie jede verdammte Kamera. Und jetzt los, meine Herren. Es gibt viel zu tun. Ich will Fotos, ich will Aussagen und Verhöre. Ich will, dass jeder Zentimeter der Unglücksstelle untersucht wird und auch jeder Abschnitt der Strecke. Besonders der Bereich, in dem unser Kollege ermordet wurde. Treiben Sie Besucher auf, die im Zielbereich fotografiert oder gefilmt haben. Befragen Sie die Jungs vom Sicherdienst, ob ihnen etwas aufgefallen ist. Und dann will ich wissen, ob irgendwo eine dunkle Beiwagenmaschine geparkt hat. Und wenn ja, wer ist damit abgefahren? Los, meine Herren!" Kathy war so voller Wut und Elan, dass sie kaum zu bremsen war. „Verbinden Sie mich mit der Polizeizentrale in Aberdeen und in Edinburgh", befahl sie dem Polizisten in dem Wagen. Nach einem kurzen Moment meldete sich Tom. „He Kathy, was ist los bei euch? Ist dir was passiert? Es gab einen schrecklichen Unfall? Ein Quad soll explodiert sein." „Woher um alles in der Welt weißt du das?" „Ich sage nur CNN und Polizeilagedienst. Interessanterweise auch in dieser Reihenfolge." Das ist vielleicht gar nicht so schlecht, wenn alle denken, dass es sich bei der Explosion um einen schrecklichen Unfall handelt, dachte sich Kathy. „Ja, ja, es war einfach nur schrecklich. Ausgerechnet Grace Frasers Quad ist explodiert. Ich werde hier noch eine Weile zu tun haben, bevor ich zurück komme. Wir müssen uns aber heute noch in jedem Fall treffen. Im Übrigen, danke für das neue Feuerzeug. Bis dann, mein Freund." Damit legte sie auf. Der letzte Satz war eine Art Geheimzeichen. Nur Tom und Kathy kannten ihn, und wussten, was er bedeutet. „Achtung, es handelt sich um Mord." Denn sie musste damit rechnen, abgehört zu werden.

Einer der Kriminaltechniker stand plötzlich vor ihr und hatte irgendein Stück verbogenes Metall in der Hand. „Mam, ich muss Sie sprechen. Allein." „Kommen Sie. Also, was gibt es?" „Sehen Sie mal, was ich kurz hinter dem Zielbereich gefunden habe." Damit hielt er Kathy das ca. 10 x 8 cm große Metallstück unter die Nase. „Wissen Sie, was das ist?" „Ich nehme mal an, ein Stück von dem Quad." „Oh nein. Das kenne ich von meiner früheren Tätigkeit bei der Armee. Das ist ein Stück von einer ‚Gedlin 05', einer Art Fliegerabwehrrakete. Dieser Stahl ist extrem belastbar und sehr teuer. Selbst die Amis beneiden uns um das Ding." „Ach so, und Sie denken, man hat das Quad damit sozusagen vom Himmel geholt?" „Nun, die Rückschlüsse überlasse ich Ihnen, Mam. Aber mit dem Ding, zu dem dieses Stück mal gehört hat, wäre das zumindest möglich. Sie müssen sich das nur extrem klein vorstellen. Es gibt welche, die sind nur etwa 40 cm lang. Damit wird im Kriegsfall auf PKWs geschossen. Reichweite, nicht mehr als hundert Meter.

Wer das benutzt hat, muss gute Kontakte zur Armee haben. Und ich meine damit, sehr gute. Die Dinger gibt es nicht überall." Kathy dachte einen Moment nach. „O.k., ich will, dass Sie alles einsammeln, was sie von dem Ding da finden können. Das Zeug geht direkt an mich. Haben Sie das verstanden? Direkt an mich. Auch ihre Kollegen müssen davon nichts wissen. Keine Angst, ich werde ihren Chef davon unterrichten. Für den Rest untersuchen wir weiter einen tragischen Unglücksfall. Sagen Sie, wie wird so ein Ding eigentlich abgeschossen?" „Mit einer Vorrichtung, die maximal einen halben Meter groß ist, und dann von der Schulter. Das ist eine Variante." „Ich danke Ihnen. Wie ist Ihr Name?" „Sergant Pull." „Danke, Sergant Pull. Das Stück hier werde ich schon mal behalten. Geht doch in Ordnung, Sergant?" „Aber sicher, Mam." Damit steckte er das Stück Metall in eine Beweismittel-Tüte und drückte es Kathy in die Hand. Inzwischen war es kurz vor 19.00 Uhr, und das Areal füllte sich weiter mit Beamten der Polizei. Selbst der Polizeichef von Aberdeen, Chief Graham, stand plötzlich neben Kathy. „Und, haben Sie so etwas erwartet?" „Nein, Sir. Das übertrifft meine Erwartungen bei Weitem. Hören Sie zu, Sir. Das Ganze hier war kein Unfall. Und der Tod ihres jungen Kollegen war ein eiskalter Mord. Auch Mrs. Fraser wurde ermordet." Damit zeigte sie dem Chief das kleine Metallstück. „Das hier Sir, stammt von einer Fliegerabwehrrakete, in Miniaturformat. Ich würde das gerne in Edinburgh analysieren lassen. Natürlich nur, wenn es Ihnen recht ist. Selbstverständlich bekommen Sie alle Bericht von mir, sobald sie vorliegen." Der Chief starrte eine Weile auf das Stück Metall. „Hier schießt jemand, in meinem Revier, mit Raketen auf Menschen? Sehe ich das richtig, Mam?" „Richtig, Sir." „O.k., finden Sie diesen Irren. Und das möglichst schnell. Wir werden diesen Vorfall für die Öffentlichkeit weiterhin als Unfall behandeln. Und im Übrigen habe ich einen toten Beamten. Ich werde das jetzt seiner Frau mitteilen müssen.

Der Mann hat zwei kleine Kinder. Ich finde das Ganze hier zum Kotzen. Ich verlasse mich auf Sie." „Das können Sie, Sir." Damit stieg der in seinen Dienstwagen und raste davon. Kathy wusste, dass der Teil, der ihm jetzt bevor stand, der Schlimmste ihres Berufes war. Und sie wollte an dieser Stelle um keinen Preis der Welt mit ihm tauschen. Doch würde die schnelle Aufklärung dieses Verbrechens und die Festnahme des Täters das beste Mittel für die Trauerbewältigung sein. Wieder einmal hatte der Killer bewiesen, dass er skrupellos jeden tötet, der sich ihm in den Weg stellt. Besonders schlimm ist es immer, wenn es jemanden aus den eigenen Reihen trifft. Plötzlich überkam sie der Drang, mit Paul zu reden. Sie wählte die Nummer ihrer Mutter, und bald konnte sie ihre fröhliche Stimme hören. „Hallo Kind. Wo bist du eigentlich? Egal, uns geht es gut, Der Bengel hält mich ganz schön auf Trab." Plötzlich meldete sich Paul. „Hallo Kathy. Wann kommst du?" „Bald. Ich habe hier noch etwas zu tun und fliege dann mit dem Heli zurück." Jetzt war Paul begeistert. „Du fliegst echt mit einem Hubschrauber? Cool. Nimmst du mich mal mit? Bitte. Bitte, bitte, bitte!" „Ich weiß nicht, Paul. Da muss ich erst mit dem Chief reden." „Ja, ja, alles klar. Aber du versprichst mir, ihn zu fragen?" „Ja, ist versprochen. Und jetzt gebe mir bitte noch mal meine Mutter. Ich hab dich lieb, Kuss" „Ich dich auch." Schon war er wieder weg. „Hallo Mutter. Pass auf, das dauert hier noch etwas. Dann fliege ich zurück, aber ich muss heute noch mal unbedingt mit Tom reden. Ich beeile mich. Bitte bringe ihn gegen neun Uhr ins Bett. Ich danke dir." „Ich werde dich erst gar nicht fragen, in welchem Schlamassel du wieder steckst. Pass auf dich auf. Denk dran, du hast jetzt einen Jungen, auf den ich zwar mehr aufpasse als du, aber trotzdem."
„Ich danke dir. Und im Übrigen, du wolltest doch immer einen Enkel. Jetzt hast du einen, Oma." Damit legte sie schnell auf, bevor ihre Mutter protestieren konnte. Das Gespräch hatte ihrer Seele gut getan. Jetzt wusste sie, dass die Entscheidung, Paul zu sich zu nehmen, richtig war. Wenn das hier vorbei war, würde sie beim Jugendamt richtig Druck machen. Sie

wollte das alleinige Sorgerecht jetzt unbedingt haben. Kathy beobachtete die Arbeit der Kriminaltechniker. Inzwischen waren auch jede Menge Pressefahrzeuge eingetroffen und behinderten die Beamten, wo sie nur konnten. Da in Ruhe seiner Arbeit nachzugehen, lag ihr nicht. Und wenn es sich dann noch bei den Opfern um Angehörige, Freunde oder Kollegen handelt, dann hieß es, stark zu sein, um nicht auszurasten. Und in diesem Moment passierte es. Irgend so ein Schmierfink hielt ihr sein Diktiergerät ins Gesicht und forderte sie auf, ihre Eindrücke zu schildern. „Verschwinden Sie, solange Sie es noch können." „Aber die Presse hat das Recht, Fragen zu stellen." „Sie haben das Recht, hier zu verschwinden. Und das möglichst schnell." „Dann hätte ich jetzt gerne Ihren Namen." Jetzt reichte es Kathy endgültig. Sie entriss dem Typen das Gerät und schleuderte es in hohem Bogen in den Dreck. Der war zunächst so perplex, dass er gar nichts sagen konnte. Dann rannte er seinem Gerät hinterher und fing laut an zu schimpfen. Das würde sie ihren Job kosten! Und er hätte gute Kontakte zum Polizeichef von Aberdeen! Und überhaupt versteht er diese Reaktion nicht!" „Passen Sie auf, wenn Sie nicht sofort hier verschwinden, lasse ich sie verhaften." „Und mit welcher Begründung", fragte er schnippisch. „Behinderung der Polizeiarbeit. Damit fange ich an. Und dann fällt mir bestimmt noch was ein." Schimpfend zog er endlich von dannen, nicht ohne ihr nochmal von Weitem zu drohen, dass er ihren Namen schon noch herauskriegen würde. Doch Jeden, den er fragte, zuckte nur mit den Schultern und faselte irgendwas von Spezial-Beamtin aus Edinburgh. Inzwischen hatte der Techniker weitere Teile der Rakete aus dem Dreck gefischt und in einer Tüte verpackt. „Hier, Mam, das ist das Offensichtliche, was ich gefunden habe. Weitere Teile erhalten Sie in den nächsten Tagen. Falls es noch welche gibt." „Ich danke Ihnen, Sergant. Hier ist meine Karte. Chief Graham weiß Bescheid. Alles was sie noch finden, schicken Sie bitte per Boten direkt an mich. Ach so, und kein Wort an die Presse. Notfalls erschießen Sie die Typen." „Sie mögen diese Leute nicht?"

„Wie sind Sie nur darauf gekommen? Bis dann." Eigentlich hatte Kathy jetzt alles. Und da sie hier eh nichts mehr tun konnte, beschloss sie zurück zum Hubschrauber zu fahren. Über Funk bedankte sie sich bei allen Mitarbeitern und Beamten und verabschiedete sich. Dann stieg sie in das Auto." Zum Helikopter. Aber zügig, wenn es geht." „Kein Problem, Mam." Sofort schaltete der Fahrer das Blaulicht und die Sirene an und gab Gas. Gut fünfzehn Minuten später stand sie am Heli-Landeplatz. „Ich danke Ihnen, Sergant. Bis zum nächsten Mal." Dann griff Kathy sich die Beweismitteltüten, stieg in den Hubschrauber und war drei Minuten später in der Luft.

In der Zentrale in Edinburgh saß Tom und studierte die Berichte der Kriminaltechnik bezüglich der Sache auf dem Friedhof. Er musste heute noch den Bericht wegen der Hassex-Geschichte in Glasgow für den Chef fertig schreiben. In diesem Moment platzte Kathy herein. „Es war Mord!" „Bitte was? Wo von zum Teufel sprichst du?" „Na von der Sache in Aberdeen. Es war Mord. Exakt und genau geplant, und unter den Augen von über dreißigtausend Menschen eiskalt durchgezogen." Damit knallte sie ihm die Tüten mit den Beweismitteln auf den Tisch. „Was ist das, wenn ich fragen darf?" „Ich brauche erst mal was zu trinken." „Bediene dich, du weist wo alles steht." Kathy goss sich einen Whiskey ein und steckte sich eine Zigarette an. Währenddessen begutachtete Tom die Metallteile in den Tüten. „Hast du nachher einen Wagen für mich? Ich denke, ich werde heute nicht mehr fahren." „Ja, ist schon klar, doch jetzt erzähle. Was ist passiert?" „Ist noch jemand bei den Technikern unten?" „Nun, Fly ist schon nach Hause. Aber jemand von der Bereitschaft müsste da sein. Soll ich ihn rufen?" „Mach das bitte." Kathy hatte sich etwas beruhigt. „Also, das war so." Danach erzählte sie Tom von dem, was sie auf und an der Rennstrecke erlebt hatte. Ja selbst von ihrer Fahrt mit dem Quad erzählte sie ihm. Bis sie endlich zu dem Mord an dem Polizisten, der kleinen Explosion im Ziel und schließlich von der großen Explosion kam, die Grace und ihr Quad in tausend Teile zerrissen hatte." „Und wieso denkst du, dass es Mord war? „Kathy deutete auf die kleinen Eisenteile, die da auf dem Tisch lagen. In diesem Moment klopfte es und ein Sergant von der Kriminaltechnik stand in der Tür. „Was gibt es, Sir?" „Das ist Special Superintendent McGore, und Sie hat ihnen ein bisschen Arbeit für sie mitgebracht. Das hier hat unbedingten Vorrang. Stellen Sie fest, was das ist." „Fallnummer?" „Das hat keine. Passen Sie auf, diese Sache genießt den absoluten Rückenhalt des Chiefs. Also, ich möchte bis morgen früh den Bericht auf meinem Tisch haben. Sie können gehen." Jawohl, Sir." Damit schnappte der Sergant sich die Tüten und verschwand in Richtung Labor. „Fallnummer? Ich denke, es hackt." „Also pass auf. Da war ein Techniker vor Ort, der mir versicherte, dass die Teile da von einer „Gedlin 05", einer Art Mini-Abwehrrakete stammen. Topp geheimes Material. Haben unsere Jungs für die Bekämpfung von PKWs entwickelt. Reichweite so an die hundert Meter. Wird von einer transportablen Lafette abgeschossen. Und, was sagst du dazu?" „Schönes Spielzeug. Muss vor Weihnachten noch unbedingt in die Läden. Ich denke, mein Junge wäre begeistert. Übrigens Paul auch. Apropos, du solltest nach Hause gehen. Du hast einen harten Tag hinter dir. Fly hat mich vorhin angerufen. Der war den ganzen Tag in diesem Geheimlabor. Doch es soll sich wohl gelohnt haben. Er hätte sensationelle Dinge gefunden, die uns aus den Schuhen hauen werden. Seine Wortwahl. Er ist morgen früh bei mir. Also du siehst, morgen wissen wir mehr. Vielleicht sogar alles. Ich muss noch für den Alten den Bericht für die Presse fertig schreiben." „Du hast recht. Das war heute etwas viel. Ich fahre nach Hause. Ach so, morgen früh treffe ich mich mit dem deutschen Kreuzer-Kapitän zum Frühstück. Anschließend komme ich direkt hierher. Mach's gut." Damit küsste sie ihn flüchtig und verließ das Büro. „Wie macht sie das nur? Wie bekommt diese Frau nur diese ständigen schrecklichen Bilder aus dem Kopf? Explodierende Menschen, verblutende Polizisten, ständig damit zu rechnen, dass jemand mit einer Waffe auf sie zielt und auch abdrückt. Wenn er ehrlich war, dann hatte er sich gestern auf dem Friedhof fast in die Hosen gemacht, als der Typ auf sie geschossen hatte. Kathy dagegen hat noch im Hinwerfen den anderen Kerl erschossen. Andere würden längst in der Klapsmühle sitzen oder nur noch saufen. Und was macht sie? Sie fährt nach Hause zu dem Sohn einer ermordeten Freundin. Das muss ihr erst mal jemand nachmachen. Doch es half alles nichts. Tom begann zu schreiben …

Als Kathy nach Hause kam, war da schon alles dunkel. Vorsichtig schlich sie sich in ihr Zimmer, zog sich aus und schlüpfte unter die Dusche. Herrlich, hier konnte sie entspannen. Nach der Dusche setzte sie sich noch für eine Zigarette und ein Glas Whiskey in den Garten. Das war heute ein bisschen viel. Erst gestern das Gemetzel auf dem Friedhof und heute die Explosion in Aberdeen. Das Ganze nahm fast kriegerische Züge an. Und doch, wir kommen dem Killer immer näher. Morgen werden wir ein ganzes Stück weiter sein. Sie war gespannt, was Fly im Labor des Geheimdienstes herausbekommen hatte. Plötzlich bemerkte sie Paul, der sich an sie kuschelte. „He, was ist los? Kannst du nicht schlafen?" „Ich habe auf dich gewartet." „Entschuldige, dass es so lange gedauert hat. Aber das passiert schon manchmal. Da darfst du mir nicht böse sein. Ich komme auf jeden Fall zu dir zurück." „Versprochen?" „Versprochen! Dickes Polizisten-Ehrenwort. Sag mal, was hältst du davon, wenn ich dir einen Hund kaufe? Dann hast du immer jemand zum Spielen. Und du kannst ihm alle deine Sorgen, Geheimnisse und Wünsche erzählen. Wir haben einen großen Garten, da fühlt er sich bestimmt wohl. Also, was sagst du?" Paul war längst eingeschlafen. „Schlaf du nur." Kathy sah, dass er im Schlaf lächelte. Sicher träumte er bereits von seinem Hund. „Ich nehme dein Lächeln als ein Ja." So saßen sie noch eine halbe Stunde auf der Bank. Es war eine friedliche Nacht. Irgendwann trug sie Paul in sein Bett. Sein Nachtlicht bestrahlte sanft sein Gesicht. „Gute Nacht, mein Lieber." Damit gab sie ihm einen flüchtigen Kuss, bevor sie in ihr Zimmer verschwand. Der nächste Tag sollte die Wende bringen. Doch zunächst stand ihr das Wiedersehen mit einem guten Freund bevor.

Derweil in der Fabrik

Kurz nach 22.00 Uhr erreichte das Motorrad den einsam gelegenen Bunker. Sie öffnete das schwere Eisentor und fuhr in die Garage. Nach Betätigung des Hebels rumpelte der schwere Lastenaufzug in Richtung Keller. Langsam rollte die Maschine in die Mitte der alten Halle. „Hol mir zwei Paar Handschellen und eine der Spritzen, die auf dem Tisch liegen." Einen Moment später kam Philipp mit dem Gewünschten angerannt. „Hier Mama. Darf ich?" „Aber ja. Irgendwann musst du es ja lernen. Er war im Übrigen der Schlimmste von allen. Harry Blaire. Mir wird schon übel, wenn ich nur den Namen höre. Er war der Chef der ganzen Clique. Ihn habe ich mir bis fast zuletzt aufgehoben. Du musst die Spritze in die rechte Halsvene setzen. Ja, so ist es richtig. Jetzt wird er mindestens zwölf Stunden schlafen. Komm, hilf mir mal." Sie fesselte Harry die Hände und Füße und schleiften ihn danach in einen der Käfige. Hier, mein Freund, gehörst du hin. Und er bekommt kein Essen und kein Wasser. Oh nein. Er soll leiden, bis ich denke, das es an der Zeit ist ihn zu erlösen. So, mein Sohn. Würdest du mir bitte jetzt ein Bad einlassen? Ich brauche heute ein bisschen Entspannung. Es war ein anstrengender Tag. Aber ich bin mit mir zufrieden. Es hat alles so geklappt, wie ich es geplant hatte. Und dieser Idiot von Blair ging mir schneller und einfacher ins Netz, als ich dachte. Kein Wunder, denn der Kerl ist ausschließlich ein schwanzgesteuerter Egomane. Ein paar schöne Augen, ein bisschen Gestöhne, und schon saß der Kerl bei mir im Beiwagen. Er liebe starke Frauen, säuselte er herum, bis ihn der Kolben meiner Waffe traf. So viel zum Thema starke Frauen. Doch das Beste heute war, dass unsere Superpolizistin mich nicht erkannt hatte. Du wirst es nicht glauben, aber ich konnte machen, was ich wollte, sie sah in mir immer nur die hübsche französische Journalistin, Claire Dumont. Es war schon fast zu einfach. Doch sie ist nicht dumm. Sicher wird sie nach längerem Nachdenken drauf kommen, mit wem sie da die Zigaretten geteilt hat. Auf jeden Fall hattest du recht. Benny war ein Idiot, und durch seinen Tod ändert sich nichts. Du wirst seinen Platz einnehmen." „Nicht war, das willst du doch?" „Dein Wasser ist fertig." „Ich danke dir. Und jetzt verschwinde hier, ich will mich entspannen. Belle ging hinter eine Eisentür, und bald darauf waren Mozarts herrliche Klaviersonaten zu hören. Philipp wusste, das war der Moment des Tages, wo man sie nicht stören durfte. Langsam schlich er nochmal zu Harry Blaire. Der lag immer noch betäubt in seinem Käfig. Plötzlich hörte er seine Mutter rufen. „Ja, was ist?" „Sieh mal im Beiwagen nach. Ich habe dir was mitgebracht." Philipp freute sich unbändig. Es kam nicht oft vor, dass seine Mutter ihm etwas schenkte. Schnell durchsuchte er den Beiwagen, und richtig, da lag ein kleines Päckchen. Der Karton war etwas blutverschmiert, doch das störte ihn nicht. Er wischte das Blut einfach mit einem Lappen ab. Über den Inhalt freute er sich noch mehr. Es war das neue „Fight for One"-Computerspiel für die X-Box. „Danke, Mam." Schnell rannte er in sein Zimmer und begann das Spiel hochzuladen. Sechzig Kampflevel mit je fünf verschiedenen Waffen in acht verschiedenen Kriegen. Das versprach Spaß für die nächsten Tage.

Das Wiedersehen

Kathy freute sich jenen Kapitän zur See wiederzusehen, der im vergangenen Jahr einen so großen Eindruck bei ihr hinterlassen hatte. Seit ihrer gemeinsamen Arbeit in Berchtesgrund, bei der er in ihrem Auftrag Leichen vom Grund der Nordsee bergen musste, hatten sie mehrfach miteinander telefoniert und auch einige E-Mails hin- und hergeschickt. Eine kleine Dienstromanze eben, nicht mehr, aber auch nicht weniger. Wobei Kathy gern mehr zugelassen hätte. Nur war der Mann knapp fünfzehn Jahre jünger als sie. Aber ach, man konnte ja mal träumen … Nachdem Kathy erfahren hatte, dass der Kreuzer der Hamburger Polizei an einem Manöver der europäischen Polizei vor der Küste Schottlands teilnahm, setzte sie heimlich Himmel und Hölle in Bewegung, um ein Treffen mit dessen Kapitän zu arrangieren. Auch Uwe freute sich auf ein Wiedersehen mit der taffen Polizistin, die einen großen Eindruck bei ihm hinterlassen hatte. Heute war es endlich so weit, und beide trafen sich in einem kleinen traditionellen Pub am Fuße von Edinburgh Castle zum Frühstück. Kathy fand es hier gemütlich, wenn auch die Ausstattung ein wenig touristisch angehaucht war. Sie war bereits eine Stunde vor dem verabredeten Termin im Pub und suchte einen gemütlichen Tisch am Fenster aus. Hier saß sie nun nervös und überlegte, ob sie ihn wiedererkennen würde. Schließlich hatten sie damals nur ein paar Stunden miteinander verbracht.

Sie erkannte ihn gleich, als er den Pub betrat. In seiner schmucken Uniform kam seine athletische Gestalt besonders gut zur Geltung. Dazu die kurzen blonden Haare und die strahlenden blauen Augen … Kathy seufzte, wie sie ihn so sah. Gerade wollte sie ihm zuwinken, da hatte er sie schon entdeckt und steuerte auf den Tisch zu. „Hallo, schön dich wiederzusehen." Kathy fand den Satz blöd, doch fiel ihr nichts Besseres ein. Uwe setzte sich und lächelte sie an. „Waren wir eigentlich beim Du oder müssen wir das noch nachholen?" Kathy war verwirrt und zuckte nur mit den Schultern. Er sah einfach umwerfend aus. „Also?", fragte er. „Schon gefrühstückt? Ich, für meinen Teil, habe Hunger." „Ich denke, ich auch", flüsterte Kathy. „Na dann können wir ja bestellen." „Kathy winkte eine Kellnerin an den Tisch und bestellte zwei Mal ein typisches, schottische Frühstück. „Hier sind wir also im Herzen von Schottland?" „Genau. Aber wie geht es dir? Und wie geht es deinem Vater? Ohne seine Hilfe und Unterstützung hätte ich den Fall in Berchtesgrund nie so schnell lösen können."

„Und natürlich auch mit meiner Hilfe… Wie er hörte, dass ich dich treffen werde, hat er mich extra angerufen und Grüße für dich aufgetragen." „Bitte grüß ihn zurück. Hat er viel zu tun?" „Nun, in drei Monaten geht er in Pension. Da kannst du dir vorstellen, was bei uns im Moment los ist. Mir graut schon vor der Zeit, wenn er im Ruhestand ist. Ich denke mir, dann geht der Stress erst richtig los. Aber was ist mit dir? Wieder ein spannender Fall kurz vor der Auflösung?" In diesem Moment brachte die Kellnerin eine Platte mit Eiern, schwarzer Wurst und herrlichem Cheddar-Käse. In einem Korb lagen jede Menge Toast-Scheiben. „Bitte, greif zu." Uwe sah etwas misstrauisch auf die Eier und den Toast. „Das sieht alles sehr fett aus. Ich denke, da muss ich heute noch eine Extraeinheit auf dem Stepper einlegen." Kathy musste lachen. „Ja, vom Kalorien zählen sind wir Schotten noch weit entfernt." „Das hast du doch nicht nötig." Kathy wurde rot. „Ich danke dir." „Also, was ist nun. Habt ihr einen neuen Fall?"

„Mein Team und ich jagen seit geraumer Zeit einen äußerst perfiden Serienmörder, der es interessanter Weise auf ehemalige Mitschüler von mir abgesehen hat. Wahrscheinlich sind es, besser gesagt, waren es sogar zwei. Einen konnten wir aber vor zwei Tagen aus dem Verkehr ziehen." „Dann schwebst du in Gefahr?" „Damit kann ich leben. Viel dringender ist es, weitere Morde zu verhindern. Gestern hat es wieder zwei getroffen. Einen jungen Beamten von uns und eine weitere ehemalige Mitschülerin von mir." „Habt ihr denn schon eine konkrete Spur?" „Ich denke, ja. Wir vermuten, dass es sich um zwei tot geglaubte ehemalige Mitschüler handelt, die damals ihre Selbstmorde nur vorgetäuscht haben und sich heute an den anderen rächen wollen." „Wie krank ist das denn?" „Ja, wir denken, dass sie es sind, krank nämlich." „Aber dann wisst ihr doch, wen ihr finden müsst?" „Das ist nicht ganz so einfach. Denn erstens verändern sich die Menschen in dreißig Jahren, und dann sind sie ja eigentlich schon tot. Und finde mal jemanden, der vor dreißig Jahren gestorben ist." „Und warum sind die damals freiwillig in den Tod gegangen?" „Damals, in der zehnten Klasse, haben sich nacheinander drei Mitschüler von uns das Leben genommen. Sie konnten irgendwann die Schikanen und Hänseleien der anderen nicht mehr ertragen. Heute würde man es wohl Mobbing nennen. Einer von ihnen sprang aus achtzig Metern Höhe in die felsige Brandung bei Sussex. Reste von ihm wurden Wochen später in einigen Fischernetzen gefunden. Der andere betrank sich, nahm dann jede Menge an Schlaftabletten von seinen Großeltern und ging geradewegs ins Moor bei Paisley. Die Dritte stürzte sich vom Heck der Holland-Fähre in die Schrauben. Sie war sofort verschwunden. Wir alle standen damals daneben. Einige haben sogar geklatscht, als sie sprang. Also, da sie ausscheidet, bleiben nur die beiden anderen übrig. Im April diesen Jahres fing das Ganze an. Das erste Opfer war ein Major der schottischen Armee. Er wurde auf die Rückseite einer Mann-Attrappe gefesselt und dann von seinen eigenen Rekruten zerschossen. Dann folgten Morde mit Harpunen, erschießen, ertränken, Giftschlangen, und einer wurde sogar im Beton erstickt. Meine beste Freundin starb mit einem riesigen Bauchschuss in meinen Armen." „Oh Gott, das ist ja schrecklich. Bei euch geht's ja zu, wie bei der Mafia." „Gestern wurde eine junge Frau bei einem Motorradrennen im Ziel mit einer ‚Gedlin 05' samt ihrem Quad abgeschossen." „Eine Abwehrrakete? Ich wusste gar nicht, dass ihr die Dinger schon habt." „Wie, du kennst diese Waffe?" „Oh ja, wir machen damit schon längere Zeit Schießübungen. Sind noch als ‚geheim' eingestuft. Damit sollen mal unsere Truppen in Afghanistan ausgerüstet werden. „Doch weiter. „Und wäre das alles nicht schon schlimm genug, werden die Kinder der Opfer jeweils eine Woche vorher entführt, um Druck auf die Opfer auszuüben. Der Sohn meiner besten Freundin lebt jetzt bei mir. Er heißt Paul, und ich bin dabei, ihn zu adoptieren. Tja, du siehst, bei mir ist viel passiert. Wie sieht es bei dir aus?" „Nun, mein Leben verläuft da etwas ruhiger. Wir machen unseren Job, sind fast täglich draußen, jagen Wildfischer und halten uns fit.

Neu ist für uns, dass wir jetzt auch zum Aufbringen von gestohlenen Jachten eingesetzt werden. In diesem Jahr haben wir schon zwölf Schiffe ihren Besitzern übergeben können." „Und das Tauchen?" „Wir mussten mehrmals runter, um gesunkene Schiffe zu suchen. Dabei wurden leider auch einige Ertrunkene gefunden. Das sind dann die nicht so schönen Seiten meines Jobs. Aber ich werde in zwei Wochen zum Major befördert. Und daran bist auch du ein wenig Schuld." „Meinen herzlichen Glückwunsch, aber wieso bin ich...?" „Na wegen des Einsatzes in Berchtesgrund. Das Ministerium von Schleswig Holstein fand die länderübergreifende Zusammenarbeit so erfolgreich, dass sie vorschlugen, die unmittelbar daran Beteiligten auszuzeichnen. Und so hat man vorgeschlagen, mich zum Major zu befördern." „Na bravo, wer weiß, vielleicht können wir das ja mal wiederholen?" „Wer weiß? Wenn du mal wieder Jemanden übers Wasser jagst, sag mir Bescheid. Dann schneide ich ihm den Weg ab. Anruf genügt." Beide mussten lachen. „Wie verläuft euer Manöver?" „Super! Die Zusammenarbeit mit den anderen Fregatten und Kreuzern klappt wunderbar. Wir haben alle gestellten Aufgaben perfekt erfüllt, und heute Nachmittag geht es zurück." „Heute schon?" „Klar. Schließlich muss Bremerhaven wieder sicher sein." „Dann müssen wir zumindest noch auf die Burg." „Welche Burg?" Kathy zeigte aus dem Fenster auf das große Eingangstor von Edinburgh Castle. „Na die! Keine Angst, ich führe dich." Kathy zahlte, und beide gingen über den großen Vorplatz auf das Tor zu. Uwe starrte mit offenem Mund auf das imposante Bauwerk schottischer Geschichte. „So was haben wir bei uns natürlich nicht."
Kathy zeigte am Tor ihren Dienstausweis, und der Sicherheitsbeamte salutierte stramm. „Seitdem ich die Kronjuwelen wiederbeschafft habe, habe ich lebenslang freien Eintritt." Uwe musste lachen. „Auch nicht schlecht, meine Liebe. Bei uns würden die von der Internen das ‚Vorteilsnahme im Amt' nennen." „Bei uns heißt das ‚Schutz der königlichen Interessen'. Die Queen hat immerhin nie von dem Diebstahl erfahren müssen. Und das

habe ich mit meinem Team erreicht. Ich denke, ich hätte danach alles verlangen können. Und da sehe ich den lebenslangen freien Eintritt auf alle königlichen Burgen und Schlösser als annehmbaren Lohn an." „Entschuldige, das sollte nur ein Witz sein." „Von mir auch."
Langsam stiegen die beiden, zusammen mit unzähligen Touristen, die einzelnen Ebenen empor. Währenddessen erzählte Kathy von dem legendären Diebstahl der Kronjuwelen und dem ‚Stone of Scune'. Wobei das Geniale an dem Coup nicht der Diebstahl, sondern der Abtransport von der Burg war. Er geschah mit Hilfe von Harpien. Jenen legendären Greifvögeln, die schon in der Antike die Menschen in Angst und Schrecken versetzt hatten. Doch letztendlich hatte den Ganoven auch das nichts genützt. Kathy und ihr Team waren ihnen immer dicht auf den Fersen und stellten sie schließlich am Loch Ness. Wo auch sonst? Uwe und Kathy genossen den Ausblick von der sechsten Ebene. Von hier hatte man einen weiten Blick über die Altstadt von Edinburgh. „Es ist herrlich hier", murmelte der Kapitän. „Gern würde ich noch ein paar Tage hier bleiben. Du könntest mir dann mehr von Edinburgh und Schottland zeigen." Kathy erschrak. Gerade hatte sie an dasselbe gedacht. „Mach doch ein paar Tage Urlaub. Wohnen kannst du bei mir. Ich nehme mir ein paar Tage frei, und wir erkunden ein bisschen Schottland." „Gern. Doch jetzt muss ich zurück zum Schiff. Ach so, im Übrigen solltet ihr eure dritte Selbstmörderin nicht von der Liste streichen." „Aber wieso denn? Ich habe doch gesehen, wie sie vom Heck direkt in die Schrauben gesprungen ist. Das kann sie unmöglich überlebt haben." „Das ist so nicht ganz richtig. Wenn sie von der Seite oder vom Bug gesprungen wäre, dann hättest du recht. Doch beim Sprung vom Heck wird sie von den Schrauben nicht erfasst oder gar angesaugt, sondern weggedrückt. Dazu kommt, dass die Schrauben bei einem Schiff dieser Größe ca. 8 – 12 m vom Heck entfernt angebracht sind. Beim Sprung vom Heck des Schiffes kommt sie also zu keinem Zeitpunkt in Kontakt mit den Schrauben, da sie sich ja mindestens zehn

Meter hinter ihnen befindet. Sie kann zwar ertrinken, doch wenn sie eine gute Schwimmerin ist, kann sie das Ganze auch ohne Weiteres überleben." Inzwischen waren Kathy und Uwe am Fuß der Burg angekommen, und Kathy ging still neben ihm her. „Da stehen die Taxen." Kathy war völlig in Gedanken versunken. „Ja genau, du hast recht. Das Schiff fährt vorwärts und stößt sich nach hinten ab." „Gut, dass ich als Kapitän helfen konnte. Also, auf Wiedersehen." Plötzlich sah ihn Kathy merkwürdig lächelnd an. „Entschuldige bitte, aber ich denke, du hast mir gerade sehr geholfen. Wie damals in Berchtesgrund. Komm gut heim und grüße deinen Vater von mir. Und lass dich mal wieder sehen. Auch ohne Kreuzer im Hafen." Über Telefon orderte sie einen Streifenwagen heran. Es dauerte keine zwei Minuten, und der Wagen stand vor ihnen. „Hier, damit du pünktlich zurück kommst. Ich danke dir." Damit gab sie ihm einen Kuss auf die Wange. Uwe nahm in dem Wagen Platz, der ihn mit Blaulicht und Sirene durch den Stadtverkehr zum Bahnhof brachte. Sie selbst setzte sich in ein Taxi und fuhr zur Zentrale. Es gab einen völlig neuen Ansatzpunkt bei der Ermittlung. Und jetzt ergaben viele Dinge plötzlich einen Sinn. Verdammt, und sie hätte gestern nur zugreifen müssen. Da hatten Tom und sie in den letzten Tagen den Falschen verfolgt. Nicht John Grant war der Täter, sondern Claire Dumont im Duett mit Brooke Gordon. Und diese Konstellation hatten sie zu keinem Zeitpunkt „auf dem Zettel", wie man so schön sagte. „Oh Tom, was waren wir auf dem Holzweg."

Die Wende

In Toms Büro herrschte an diesem Morgen schon emsiges Treiben. Laufend gingen Meldungen aus Aberdeen ein, und Inspektor Fly hatte auch schon mehrfach angerufen. Er wartete nur noch auf den Befund, was das seltsame Stück Metall betraf, dann würde er Tom die Berichte persönlich liefern.

Inzwischen hielt der Chief seine Pressekonferenz, was den Fall von Ann Hassex in Glasgow betraf. Natürlich gab es jede Menge an Fragen, doch beherrschte er die Kunst, mit vielen Worten nichts zu sagen. Etwas, das leitende Beamte der Polizei hervorragend beherrschen. Natürlich gab es auch Fragen zu der Schießerei auf dem Friedhof. Hier gelang es dem Chef, jeden Ansatz eines Zusammenhangs mit Glasgow aus der Welt zu schaffen. Gott sei Dank erwähnte niemand der Journalisten die Katastrophe von Aberdeen. Sie wurde für eine nationale Tragödie gehalten. Nach einer halben Stunde war alles vorbei, und in Glasgow wurde das „New Ocean" unter großem Presserummel wieder eröffnet. Im Nu war das große Salzbecken überfüllt, da alle Besucher die blutrünstigen Bestien bestaunen wollten.

Es war halb elf, als Kathy in Toms Büro stürmte. „Morgen. He Tom, wir müssen komplett umdenken. Es ist nicht John Grant, den wir suchen. Es ist eine Frau. Und ich kenne sogar ihren Namen. Sie heißt Claire Dumont. Und sie hat irgendetwas mit Brooke Gordon zu tun." „Guten Morgen, meine Liebe. Wie war dein Frühstück mit diesem Kauler?" „Aufschlussreich. Ich nahm immer an, dass Brooke damals in die Schrauben gesprungen war. Doch das ist gar nicht möglich. Da hätte sie nämlich von der Seite springen müssen. Also rutscht die dicke Brooke damit ganz nach oben in unserer Täter-Hierarchie. Und ihr Werkzeug, ihr Racheengel, ist diese Claire Dumont. Na, was sagst du dazu?" In diesem Moment klopfte es an der Tür und Inspektor Fly stürmte ins Büro. „Guten Morgen, Sir. Mam. Sie werden staunen, was ich Ihnen mitgebracht habe. Zum Ersten habe ich bei den Geheimdienstlern nicht nur die Substanz an der Kleidung unseres Opfers untersuchen lassen, sondern auch diese merkwürdigen toten Schmetterlinge, die wir an den Tatorten gefunden haben. Und sie werden es nicht glauben, wir haben menschliche DNA daran gefunden. Und zwar weibliche DNA. Was sagen Sie jetzt?" „Jetzt müssen Sie mir noch erklären, wie menschliche DNA an einen toten Schmetterling kommt."

Während Fly seine Ergebnisse präsentierte, durchwühlte Kathy ihre Taschen. Plötzlich fingerte sie etwas aus ihrer Brusttasche. „Weil sie diese Schmetterlinge küsst!" Damit warf sie ihren erstaunten Kollegen eine Visitenkarte auf den Tisch. „Ich wette mit Ihnen Fly, dass, wenn Sie die DNA von den Schmetterlingen mit der vergleichen, die sie hier auf der Karte finden, dann haben wir den Beweis. Und ich Idiot hab mit ihr geraucht und gesprochen. Ich hatte sie und hab sie wieder laufen lassen. Verdammt noch mal." „O.k., weiter Fly, was haben Sie noch?" „Die von Ihnen gefundenen Metallteile stammten von einer ‚Gedlin 05'. Damit wurde das Motorrad samt Fahrerin abgeschossen." „Danke Fly, aber das wissen wir inzwischen." Jetzt war der Chef der Kriminaltechnik sauer. Dann wissen Sie wohl auch, dass die Substanz auf der Kleidung dieses toten Gavon, Rost versetzt mit Acetobaphin ist. Ein Zeug, das seit über sechzig Jahren nicht mehr hergestellt wird." Jetzt wurde Kathy hellhörig. „Wenn das Zeug heute nicht mehr hergestellt wird, wie kommt dann unser Täter damit in Kontakt?" „Ganz einfach, der Schlupfwinkel muss ein Ort sein, wo das Zeug noch existiert oder wieder hergestellt wird. Oder mal hergestellt wurde." „Und wo kann das hier in Schottland sein? Wozu haben wir das mal hergestellt?" „Das haben wir gar nicht. Das Zeug haben die Deutschen im zweiten Weltkrieg benutzt. Sie haben das damals für ihre V3 verwendet. Das ist der Hauptbestandteil eines Spezial-Treibstoffes, mit dem sie ihre Wunderwaffe befüllen wollten. Zum Glück sind unsere Leute ihnen damals zuvor gekommen und haben das ganze Zeug vernichtet." „Anscheinend nicht alles." „Nun, das Zeug ist unter normalen Umständen nicht zu zerstören. Es muss verbrannt werden. Deshalb muss das Versteck irgendwo in einer alten Fabrik o. ä sein. Dieser Cooper meint, dass ihr mal in den Wäldern rund um Paisley suchen solltet. Irgendwo bei Sulmor oder so ähnlich. Dort stand früher mal eine Fabrik. Unsere Jungs haben da damals gründlich aufgeräumt. Für unsere Generalität etwas zu gründlich, wenn wir verstünden."

„Das stimmt, mein Vater hat mir früher etwas von vergessenen Bunkern im Wald erzählt. Doch es war uns bei Strafe verboten, nach ihnen zu suchen." „Sir, kann ich gehen?" „Ich danke Ihnen, Fly. Sie haben uns sehr geholfen." „Wenn Sie meinen?" Damit sah er etwas grimmig in Richtung von Kathy, die bereits an der Karte stand. „Immer wieder ein Vergnügen, für Sie zu arbeiten." Damit verschwand er aus dem Büro.

„Hier irgendwo muss die Fabrik sein." „Du musst etwas netter zu den Kollegen sein." „Ja, ja, beim nächsten Mal. Außerdem bist du dafür verantwortlich." In diesem Moment kam Betty mit einer Meldung aus Aberdeen herein. „Die Kollegen haben ein zerstörtes Kameragehäuse gefunden. Es lag ganz in der Nähe, wo man den toten Kollegen gefunden hatte. Das Gehäuse sah aus, als wenn man etwas hindurch geschossen hätte. Können Sie damit etwas anfangen?" „Oh ja, meine Liebe. Die Kamera war die Abschussvorrichtung. Sie hat gar nicht gefilmt. Und das Miststück ist die ganze Zeit mit dem Ding vor mir herumstolziert." „Äh Mam, da ist ein Anruf aus Aberdeen von einem Mr. Tacker. Er sagt, Sie kennen ihn vom Einlass?" „Stellen Sie durch. Hallo Mr. Tacker. Ich denke Sie sind der freundliche Herr vom Einlass, oder? Also, was haben Sie für mich?" Kathy hörte aufmerksam zu, nur ab und an von einem „aha" oder „mmh" unterbrochen. „Oh ja, das ist sehr interessant für mich. Ich danke Ihnen. Wenn ich Sie mal brauche, dann weiß ich ja, wo ich Sie finden kann. Und zu übersehen sind Sie ja nicht." Damit legte sie auf. "Hast du einen neuen Fan in Aberdeen?" „Oh ja, 150 kg Lebendmasse. Nicht zu übersehen. Bodybuilder, aber ansonsten handzahm. Auf jeden Fall hat er eine sehr interessante Beobachtung gemacht. Am Rande des weitläufigen Parkplatzes hatte tatsächlich die ganze Zeit eine russische Beiwagenmaschine geparkt. Das Nummernschild war wegen des Drecks nicht zu erkennen. Und weist du, warum das Ding für ihn überhaupt interessant war? Weil eine rotgelockte ‚Granate' damit vom Platz gedonnert ist. Und das kurz nach der Explosion. Also, damit steht fest, dass Mrs. Claire Dumont unsere Mörderin ist.

Ich denke mal, dass Brooke Gordon irgendwo im Hintergrund die Fäden zieht.

Toms Telefon klingelte, und der Chief aus Aberdeen meldete sich. „Hallo Superintendent Morgan. Wie geht's? Hat Ihnen Mrs. McGore schon berichtet?" „Jawohl Sir. Und wir sind schon einen großen Schritt weiter. Wir wissen jetzt, dass der Mörder eine Frau ist. Mademoiselle Claire Dumont. Ihres Zeichens Journalistin. Jetzt müssen wir nur noch ihr Versteck ausfindig machen und dann werden wir diesen Spuk beenden. Aber was kann ich für Sie tun, Sir." „Ich rufe an, um Ihnen einen Link per E-Mail zu senden. Einer unserer Computerspezialisten ist durch Zufall darauf gestoßen. Während wir hier reden, schicke ich Ihnen die Mail." „Einen Moment, Sir. He, Peter kommen Sie her. Wir bekommen gerade eine Mail von der Polizei in Aberdeen geschickt. Darin ist ein Link eingebettet, den Sie mir bitte öffnen. So, Sir, jetzt bin ich wieder da." „Also, unser Experte hat den Link gestern Morgen gefunden. Darauf sind Bilder einer Handy-Cam zu sehen, die auf einen Punkt im Moor von Doulon gerichtet ist. Zuerst hat er sich nichts dabei gedacht, bis er das Bild etwas vergrößerte. Sie werden es nicht glauben. Dort ist live zu sehen, wie eine Frau langsam im Moor versinkt. Wir haben Ihnen einen Mitschnitt von gestern geschickt, denn heute ist von der Frau nichts mehr zu sehen. Die Kamera sendet immer noch live. Ich nehme mal an, dass der Akku bald seinen Geist aufgeben wird und die Kamera sich dann abschaltet. Wir haben den Sendestandort bereits erfasst und an die Kollegen von Perth weitergegeben. Doulon gehört zu der Grafschaft von Perth. Wenn unser Kollege den Link nicht durch Zufall gefunden hätten, dann wäre hier der perfekte Mord geschehen. Die Moore dort, befinden sich in der wohl einsamsten Gegend Schottlands, die man sich nur vorstellen kann. Da kommt normalerweise nie ein Mensch hin. Und mit einem Auto schon gar nicht." „Und mit einem Motorrad? Besser gesagt, einer Beiwagenmaschine?" „Nun, ich denke,

da muss der Fahrer ein wahrer Teufelskerl sein." „Oder dessen Frau … Ich danke Ihnen."
Wir werden uns das Bildmaterial ansehen und dann hoffen, dass die Kollegen das Opfer dort bergen können." Damit legte er auf. „Haben Sie den Link öffnen können?" „Ja Sir, und es ist schrecklich. Hier, sehen Sie." Auf dem Bildschirm erschien eine einsame Gegend am Rande eines Moorloches. In knapp zwei Metern Abstand ragte der Kopf einer Frau aus der schwarzen Masse, die um ihr Leben zu kämpfen schien. Aus ihren Mundwinkeln floss Blut. Langsam versank sie immer weiter in das schwarze Wasser. Noch konnte sie sich mehrfach hochreißen, doch irgendwann war es damit vorbei, und die Frau war tot. „Das waren Aufnahmen von gestern. Hier sind Live-Aufnahmen. Die Oberfläche des Moores glänzte ruhig und friedlich vor sich hin. Nichts verriet, welch schrecklicher Kampf hier vor Kurzem stattgefunden hatte. Und da passierte es. Die Kamera schaltet sich ab und das Bild verschwindet …

Die Vorbereitung

Kathy und Tom berichten dem Chief gemeinsam über die neue Entwicklung in dem Fall. Mit offenem Mund hört der etwas von zu vielen Toten, ehemaligen Schülern, Mobbing an Schulen, lebenden Selbstmördern und schlussendlich von den erdrückenden Beweisen gegen Claire Dumont und Brooke Gordon. Sofort ließ er Interpol einschalten und um Amtshilfe der französischen Kollegen bitten. Nach einer guten halben Stunde kam die Antwort, dass trotz intensiver Suche eine Claire Dumont in Frankreich nicht gemeldet ist. Tja, Pech gehabt, Kollegen. „Warten Sie, Sir. Lassen Sie nach Belle Dumont suchen." Und siehe da, es klingelte bei den Kollegen. „Bitte schicken Sie mir alles, was Sie haben. Au revoir, Kollegen. Weiter so.". „Unser Chef der Kriminaltechnik hat auf der Kleidung der Leiche von diesem Benjamin Gavon neben Rostpartikeln auch Acetobaphin gefunden." Tom strahlte, als hätte er gerade den Nobelpreis erhalten. Doch das leere Gesicht seines Chefs machte ihm schnell klar, dass der nicht wusste, wovon er sprach. Lediglich ein „Ach ja?", kam aus dessen Mund. „Ich habe meinen Abschluss in Kriminalistik und nicht in Chemie, mein Lieber. Also, erhellen Sie mich." „Also, Sir, diese Substanz verwendeten die Nazis zur Herstellung ihrer letzten Wunderwaffe, der ‚V3'." „Och, bitte nicht schon wieder Nazis." „Dieses Zeug wurde hier in einer Fabrik in Schottland entwickelt. Doch es kam nie zum Einsatz. Ein kleines Bataillon unerschrockener schottischer Partisanen haben diese Idee zu Nichte gemacht." „Brave Jungs. Ich meine natürlich die Unseren." „Dieses Zeug ist farb- und geruchlos, kostet so gut wie nichts in der Herstellung und lässt sich nur durch Verbrennung vernichten." „He, und das wurde hier bei uns erfunden?" „Mit dem Patent könnten Sie heute Millionär werden. Ach was sage ich, Milliardär." „Jawohl, Sir. Doch das ist nun schon über sechzig Jahre her. Und das Zeug gilt als vernichtet." „Anscheinend nicht, Tom, denn sonst hätte unser braver Inspektor Fly nicht noch Reste an der Kleidung dieses Killers gefunden." „Richtig, Sir. Und wenn wir jetzt noch wüssten, wo dieser Typ mit dem Zeug in Berührung gekommen ist, dann kennen wir das Versteck dieser Mörderbande." „Kathy, was haben Sie noch dazu beizutragen?" „Laut Aussage des Geheimdienst, gab es damals die einzige Fabrik im Raum Paisley. Irgendwo dort in den Wäldern bei Sulmor soll sie gestanden haben, bevor unsere Jungs das Ding damals gestürmt haben. Ich kenne mich da ein bisschen aus, Sir. Wie Sie wissen, bin ich in der Gegend groß geworden." „Gut, dann haben wir ja alles zusammen. Wie soll es jetzt weitergehen?" „Ich schlage vor, dass Kathy morgen früh mit einer Sondereinheit der Polizei aus Hamilton die Fabrik findet und diese Dumont überwältigt." „Ah, mit unseren ganz harten Jungs." „Nun Sir, da Belle uns eindrucksvoll bewiesen hat, dass ein Menschenleben, und besonders das eines Polizisten, für sie keinen Wert hat, wollte ich vorbereitet sein." „Gute Idee, Kathy. Doch Sie werden zusätz-

lich noch einige Leute aus Paisley von der dortigen Polizei mitnehmen. Und als besondere Dreingabe wird Sie ein Regiment der ‚Black Watch' begleiten. Sie wissen ja, dass das erste Opfer Major Patton war. Ich habe hier das dringende Ersuchen des Kommandanten dieses Regimentes, wenn möglich bei der Festnahme unterstützen zu dürfen. Wir sollten das Angebot annehmen. Sagen Sie mir einfach, wann und wo die Jungs auf Sie treffen sollen, und ich werde das dem General übermitteln. Ach so, und noch eins. Ich will, dass Sie diesmal unbedingt eine Weste tragen. Haben wir uns da verstanden? Und wenn Sie es nicht für mich tun, dann wenigstens für den Jungen." „Nun, ich denke, dass ich das schon alleine entscheiden kann." „Ich habe hier die Anfrage des Edinburgher Jugendamtes zu liegen. Darin wollen die Damen und Herren von mir wissen, ob Sie eine verantwortungsbewusste Beamtin sind. Und dazu gehört für mich auch, dass Sie im Außendienst auf Ihre Sicherheit achten. Keine Angst, ich habe meine Einschätzung bereits an das Jugendamt geschickt. Wenn es Ihnen hilft, das Sorgerecht für den Jungen zu erhalten, würde es mich freuen." „Ich danke Ihnen, Sir." Kathy war sichtlich erstaunt.
„Tom, wann soll die Aktion starten?" Morgen früh 04,30 Uhr bräuchte ich den Hubschrauber." „Ok Alles klar Dann bleibt mir nur noch, Ihnen Kathy, Glück zu wünschen. Und kommen Sie mir gesund zurück." „Danke, Sir." Damit erhoben sich die beiden und verließen das Büro des Chiefs. „Ich hätte nicht gedacht, dass er sich so für mich einsetzt. Ich meine, beim Jugendamt."
„Ja, manchmal unterschätzt du den Alten." Die beiden gingen in Toms Büro. Betty hatte schon eine Kanne Tee gemacht. Liz durchforstet nochmal alle Unterlagen, und Peter hing am Funkgerät und hörte den nationalen Polizeifunk ab. Irgendwie herrschte eine bedrückte Stimmung. Alle wussten, dass es am nächsten Tag unter Kathys bewährter Führung zum Show Down kommen würde. Bei anderen Fällen war dies der Moment, in dem alle erleichtert aufatmeten, und die Festnahme nur den Schlusspunkt

unter eine lange Zeit der Ermittlungen setzte. Doch dieses Mal war alles anders. Zu viele Menschen hatten auf sehr grausame Art und Weise ihr Leben lassen müssen. Zu viele Kollegen wurden getötet, nur weil sie den Mördern im Weg standen. Das war einfach eine andere Qualität des Mordens. Härter, grausamer, skrupelloser, falls es bei Mord überhaupt eine Steigerung geben kann. Noch einen kurzen Moment saßen alle am großen Beratungstisch. Jeder hing dabei seinen Gedanken nach. Bis Tom mit der Hand auf den Tisch schlug. „He, was soll das? Das ist nicht unsere Art, hier zu sitzen und Trübsal zu blasen. Kathy wird morgen mit einer Top-Verstärkung diese Belle Dumont aufspüren und ein für alle Mal zur Strecke bringen. „Sie haben ja recht Chef, aber Sie wissen ja, wie das Leben so spielt. Irgendwann findet immer jemand seinen Meister." Kathy blickte sie ernst an. „Was wollen Sie damit sagen, Betty? Meinen Sie, ich bin zu alt für einen solchen Einsatz? Denken Sie, ich habe es nicht mehr drauf?" „Oh nein. da haben Sie mich völlig falsch verstanden. Niemals würde ich an Ihren Qualitäten zweifeln, das wissen Sie." „Was ist es denn? Kommen Sie, sagen Sie es mir, Betty." „Nun, ich denke, es ist der Junge." „Was hat denn Paul damit zu tun?" „Nun, jetzt ist da im Hintergrund jemand, um den Sie sich kümmern müssen, ja, wollen. Verstehen Sie mich? Wenn Ihnen jetzt etwas passiert, was Gott und ihre 22er verhindern sollen, dann ist da ein Kind, das in ein tiefes Loch fallen würde. Verzeihen Sie, Mam, manchmal rede ich Unsinn. Sie müssen mir das verzeihen." „Das werde ich tun, doch Sie müssen mir versprechen, nie den Glauben an mich zu verlieren. Ich dagegen verspreche Ihnen heute und hier, sofort damit aufzuhören, wenn ich nicht fest davon überzeugt bin, es zu können. Und deshalb werde ich jetzt nach Hause fahren und mit Paul Pizza essen. Tom, du bereitest den Einsatz vor. Einen Gefallen könntest du mir bitte noch tun. Hier ist die Adresse eines Züchters. Hole bitte morgen früh dort den bestellten Welpen für Paul ab und bringe ihn zu mir nach Hause. Ich möchte, dass Paul ihn morgen bekommt. Sage dem Züchter, dass ich übermorgen vorbei komme und ihn bezahlen werde. Machst du das bitte für mich? Ich danke dir." Damit küsste sie ihn auf die Stirn, winkte den anderen zu und verschwand, so wie immer, aus dem Büro. „Keine Angst, Betty, sie ist die beste ihres Faches. Los jetzt, wir haben noch zu tun. Der Heli muss morgen früh um 04.30 Uhr zur Verfügung stehen." Betty verließ das Büro und sah Liz in die Augen. Hoffentlich hat er recht.

Eine Stunde später stand Kathy mit zwei dicken Pizzen vor der Tür ihres Hauses. Die Tür flog auf und Paul kam ihr entgegen gestürzt. „Hmm, Pizza! Lecker!" Kathy konnte ihm gerade noch ausweichen. Eine Umarmung mit zwei Pizzen in der Hand war dann doch zu viel. „Los, komm, mein Lieber. Jetzt machen wir ne Pizzaparty. Nein, nicht im Haus. Wir essen gleich hier und gleich aus der Packung. Warte, ich schneide nur ein paar Stücke zurecht. Hier ist einmal mit Thunfisch, Oliven und Zwiebeln, und die hier mit Tomate, Schinken und Mozzarella. Jeder nimmt sich, worauf er Lust hat. Alles klar?" Doch Paul konnte schon nicht mehr reden. Das erste Stück wanderte bereits in ein glückliches Kindergesicht.

„Und, schmeckt es? Aber was frage ich?" Damit ließ sie sich auch das erste Stück Pizza schmecken. Nach gut zwanzig Minuten saßen zwei vollgefressene, mit Resten verschmierte, aber unendlich glückliche Menschen auf einer Bank in Kathys Garten. „Oh Kathy, das war lecker. Das können wir öfter machen. Ich bin pappe satt." „Das freut mich. Ich geh mich jetzt erst mal etwas frisch machen. Das solltest du auch, zumindest was dein Gesicht betrifft." „Später." Kathy verschwand im Bad unter der Dusche. Während sie das heiße Wasser über ihren Körper laufen ließ, musste sie an Bettys Worte denken. War sie sich selbst gegenüber ehrlich gewesen? War sie immer noch topfit? Längst war das warme Wasser in kaltes gewechselt. Kathy stand jetzt vor der Dusche und starrte in den Spiegel. „Was, wenn mir morgen doch etwas passiert? Was wird dann aus Paul? Wer sorgt für ihn? Wer nimmt ihn dann mal in den Arm?" Plötzlich wischte sie mit der Hand den Spiegel frei. „Schluss damit!" Sie war fit und hundertprozentig motiviert. Morgen wird sie auf jeden Fall Erfolg haben. Immerhin ist es eine Frau, eventuell zwei. Zwar ist diese Belle giftig wie eine Natter, aber eben nur ein Gegner. Und sie war ihr mindestens ebenbürtig, wenn nicht gar überlegen. Paul brauchte von alledem nichts zu wissen. Immerhin war sie umringt von den härtesten Polizisten Schottlands und einem ganzen Regiment hochmotivierter Soldaten. „Ich will auch ins Bad!" Es war Paul, der draußen stand und nun doch sein Gesicht waschen wollte. „Einen kleinen Moment." Rasch schlüpfte Kathy ihn etwas Bequemes, raffte ihre Sachen zusammen und verschwand aus dem Bad. „Ich warte draußen auf dich", rief sie ihm noch hinterher. Minuten später saßen beide auf der Bank und sahen der untergehenden Sonne zu. „Morgen habe ich eine Überraschung für dich." „Was? Was ist es?" „Warte ab, sonst ist es ja keine Überraschung. Ich muss morgen deshalb schon sehr früh los. Meine Mutter wird dann Frühstück machen. Wenn alles klappt, bin ich gegen Mittag zurück." „Versprochen?" „Versprochen. Komm, gib mir five!" Sie saßen noch lange an dem Abend auf der Bank und hingen ihren Gedanken nach. „In einer Woche will ich dir deine neue Schule zeigen." „Hier in der Nähe?" „Na klar. Hast du Bock auf Schule?" Paul überlegte eine Weile. „Ich denke schon." „Ich werde dich begleiten." „Das musst du nicht. Ich bin doch keine zehn mehr. Was sollen denn die anderen denken." „Das ist mir völlig egal. Doch wenn du es nicht willst, dann eben nicht. Aber wenn irgendjemand in der Klasse dich ärgert, dich mobbt oder Dinge von dir verlangt, die du nicht willst, dann sagst du es mir. Hörst du? Dann kommst du damit zu mir. Versprich es mir. Los!" „Ich verspreche es dir." Damit war Paul in ihrem Schoß eingeschlafen. Wieder steckte sich Kathy eine Zigarette an. Sie rauchte einfach zu viel …

Show Down in Paisley! – Sturm auf die Fabrik

Kathy saß auf der Holzpritsche eines Armee LKWs. Sie war heute Morgen mit dem Hubschrauber gegen 04.30 Uhr in Edinburgh gestartet. Gegenüber dem Landeplatz der Black Watch warteten schon die alarmierten Polizisten der Spezialeinheit der Glasgower Polizei. Daneben beluden einige Soldaten die beiden LKWs der Army-Rangers. Als Kathy endlich eintraf, bestiegen alle wortlos ihre Fahrzeuge, und der Konvoi startete in Richtung der Waldgebiete von Sussex. Nach knapp dreißig Minuten Fahrt hielten sie an einer kleinen Lichtung. Hier musste es irgendwo sein.
Kathy versuchte angestrengt, sich auf der Karte zu Recht zu finden. Als Kind hatte sie hier oft in der Gegend gespielt Aber heute? Irgendwie sah alles ganz anders aus. Aber es waren ja auch über dreißig Jahre vergangen.
„Sind Ihre Männer bereit, Major?" „Bereit, das Schwein, das Major Patten getötet hat, zu fassen." „Wie viele Männer haben Sie dabei, Sir?" „Dreißig Mann, Mam." „O.k., dazu kommen noch etwa zwanzig von der hiesigen Polizei. Das müsste reichen. Hören Sie, Major. Ich will diese Claire Dumont, wenn möglich, lebend fassen. Andererseits Vorsicht. Sie wird, ohne zu zögern, von der Waffe Gebrauch machen. Das hat sie oft genug bewiesen. Nur im äußersten Notfall und zum Selbstschutz schießen Sie. Und dann sollten Sie auch treffen. Claire gibt Ihnen keine zweite Chance. Und dann wissen wir nicht, wer sich da drin noch befindet. Es kann sein, dass da noch eine zweite Frau ist. Eine gewisse Brooke Gordon. Welche Rolle die spielt, können wir nur ahnen.
Haben Sie das verstanden?" „Jawohl, Mam." „Geben Sie mir Ihre Karte." Kathy nahm die Karte des Majors und zeichnete einen großen Kreis in dem Waldstück ein. „Hier, das ist Ihr Suchgebiet. Ich werde mit den Beamten der Polizei diesen Bereich durchforsten. Wenn Sie etwas entdecken, dann in Stellung gehen und mich über Funk benachrichtigen. Umgekehrt machen wir es genauso. Ach so, wenn Sie einer Beiwagenmaschine begeg-

nen, die in den Wald hinein fährt, passieren lassen und wenn möglich verfolgen. Wenn sie jedoch den Wald verlassen will, auf jeden Fall aufhalten. Und seien Sie vorsichtig. Die Frau hat nichts zu verlieren." „Keine Angst, Mam. Wir, von den Black Watch wissen, was zu tun ist." „Das hat Major Patten auch gedacht. Abmarsch, meine Herren!"

Kaum war der Major verschwunden, funkte Kathy die Beamten der Polizei von Hamilton an und gab ihren Standort durch. Sie und die Kollegen aus Glasgow warteten nur knapp zehn Minuten, dann waren sie von zwanzig Beamten in Spezial-Montur umgeben. Kathy deutete auf das eingezeichnete Waldstück. „Hier, meine Herren, suchen die Männer der ‚Black Watch'. Wir werden uns dieses Waldstück vornehmen. Noch Fragen?" Niemand der Beamten meldete sich. „Noch eins, Männer. Ich möchte, dass wir die Fabrik finden. Und seien Sie vorsichtig. Los geht's." Sofort schwärmten die Beamten aus und begannen in breiter Formation das Waldstück vorsichtig zu durchkämmen.

Kathy kontrollierte nochmal ihre beiden Waffen. Dann legte sie die Sicherheitsweste an und schloss sich den Männern an. Nur jeder vierte Polizist durfte eine Taschenlampe benutzen. Damit wollte Kathy verhindern, dass die Täter, sollten sie die Männer entdecken, über die genaue Anzahl der Polizisten im Unklaren blieben.

Nach gut einer Stunde meldete sich der Major über Funk. „Hier, Major Tecker. Haben Sie schon etwas gefunden?" „Nein, Major, hier ist alles ruhig. Wir schwenken gleich in östliche Richtung und müssten dann irgendwann auf Ihr Team treffen." „Alles klar, Mam." Kathy war verwundert, dass sie im Hintergrund lautes Holz splittern hörte. „Sagen Sie, Major, was veranstalten Sie da eigentlich?" „Was meinen Sie, Mam?" „Nun, ich meine den Krach, den ich da höre." „Das ist nichts, Mam. Wir legen nur ein paar Bäume um und versperren damit den Tätern den Waldweg." „Hören Sie damit sofort auf, Tecker. Ersten kann man sie meilenweit hören, und zweitens, wenn die Typen in den Wald fahren, versperren Sie ihnen gerade den

Weg." „Sorry Mam, das habe ich nicht bedacht. Sofort mit dem Baumfällen aufhören!", brüllte er seinen Männern zu. Dabei hatte er wohl vergessen, dass er das eingeschaltete Funkgerät noch in den Händen hielt. Kathy rieb sich das schmerzende Ohr. „Idiot!" Damit beendete sie die Verbindung. Ihr war nicht klar, ob der Major das letzte Wort noch verstanden hatte. Hier, in dem Bereich, in dem Kathy mit ihren Männern suchte, lichtete sich der Wald. Irgendwie hatte Sie das Gefühl, hier schon einmal gewesen zu sein. Plötzlich pfiff einer der Beamten und hob seinen rechten Arm. Das war das Zeichen, dass er etwas gefunden hatte. Kathy beeilte sich, zu ihm zu kommen. „Was ist, Sergant?" „Hier, Mam sehen Sie." Damit deutete er in Richtung Waldboden, und da sah Kathy ein rosa Handy liegen. „Verdammt, das ist das Handy von Sarah Brighton." Das Gerät war ausgeschaltet und lag hier bestimmt schon eine Weile. Kathy verpackte das Gerät in einer Beweismitteltüte und weiter ging es. Von hier an wurde das Gelände hügelig. Nach weiteren fünfzig Metern bemerkte sie einen der ersten morastigen Sumpfausläufer in dieser Gegend. Jetzt hieß es für die Beamten, besondere Vorsicht walten zu lassen. Diese Sümpfe waren extrem tückisch. Man konnte zwar nicht komplett versinken, doch war Kathy früher schon mal bis zur Brust versackt. Das Gefühl, das sie dabei erlebte, war, wie in einen Schraubstock gepresst zu werden. Und wenn damals nicht ihre Freundinn Amy dabei gewesen wäre, dann … Sie mochte nicht daran denken. Vorsicht umgingen die Polizisten diesen Teil des Waldes. Wenn nun aber Sarah in der Nacht geradewegs hier in die Sümpfe gestolpert ist, dann ist es ohne Weiteres möglich, dass sie hier zu Tode kam. Doch versuchte sich Kathy von dem Gedanken zu lösen. Langsam streiften die Polizisten weiter durch den nun wieder dichter werdenden Wald.

Plötzlich hörte sie einen gedämpften Pfiff von der linken Flanke. Sofort beeilte sie sich, in die Richtung zu gelangen. Zweimal stürzte Kathy zu Boden, da sich ihre Füße im Unterholz verfingen. Endlich erreichte sie den Punkt. „Was gibt es?" „Da, Mam." Der Beamte hockte hinter einem Baum und zeigte in einen bestimmten Teil des Waldes. Kathy griff zu ihren Nachtsichtgerät und starrte in die Dunkelheit. Und richtig. Da stand er. Groß, schwarz und mächtig. Ein riesiger Betonklotz, in dessen Mitte ein Eisentor zu sehen war. „Sehr gut, Sergant. Genau das, was wir gesucht haben. Bleiben Sie hier in Deckung." Kathy meldete Major Tecker den Fundort, und befahl ihm in der Nähe Stellung zu beziehen. Inzwischen waren auch die anderen Polizisten eingetroffen. Flüsternd wies Kathy die Männer ein, und endlich begannen sie lautlos vorzurücken. Nach gut zehn Minuten erreichten sie den Betonbunker. Still war es. Kathy sah auf ihre Uhr. 07.00 Uhr zeigten die Zeiger matt-grün an.

Derweil im Bunker

Belle war guter Laune. In wenigen Minuten würde Harry Blair sterben. Er war einer der Schlimmsten aus ihrer damaligen Klasse Harry Blaire, schon der Name löste bei ihr Ekel und Wut aus. Schade, dass Benny und Tom diesen Moment nicht miterleben konnten. Harry war nicht groß und stark gewesen. Er war durchtrieben, hinterhältig, und er verstand es, die anderen auf seine Seite zu ziehen, sie zu manipulieren. Dadurch gelang es ihm sie dazu zu bringen, alles zu tun, was er wollte. Das Entschiedenste, was ihn zum Mittelpunkt der Klasse machte, war Geld. Geld, das er seinen vermögenden, aber restlos überforderten Eltern stahl. Die besaßen mehrere große Autohäuser und hatten sich auf Re-Importe und Gebrauchtwagen spezialisiert. Damit machten sie Riesengewinne, hatten jedoch keine Zeit, sich um ihren Sohn zu kümmern. Regelmäßig erhielt er einen großen Taschengeld-Scheck. Damit erkauften sie sich seine Liebe. Doch Harry nutzte das Geld, um sich Freunde zu kaufen. Und lange Zeit waren das halt seine Mitschüler. Er war es auch, der sich regelmäßig neue Schikanen gegen andere Schüler ausdachte. Dabei machte er auch nicht vor Jüngeren halt. Unzählige Über-

fälle, Erpressungen und Körperverletzungen gingen auf sein Konto. Benjamin und John waren seine besonderen Opfer. Sie mussten für ihn und seine Freunde alle Hausaufgaben erledigen, hatten dafür zu sorgen, dass er und seine Kumpane jede Prüfung bestanden, mussten für sie Zigaretten und Alkohol klauen und auf Wunsch für sie den Klassenclown spielen. Oftmals wurden sie in ihre Spinde gesteckt, wo Harry dann ein Geldstück einwarf. Wie eine Musikbox mussten sie dann singen. Wenn ihm das Lied nicht gefiel, schlug er mit einem Baseball-Schläger so lange gegen die Spind Tür, bis die beiden darin verzweifelt etwas anderes sangen. Wenn sie dann von einem Lehrer befreit wurden, waren sie völlig verstört und weinten stundenlang.
Wenn sie dann Harry begegneten, zitterten sie am ganzen Körper. Und was machte der?
Er lächelte ihnen frech ins Gesicht. Zynisch, hinterhältig und eiskalt war dieses Lächeln. Und dabei war er nicht mal dumm. Er war nur faul, arrogant und eben reich. Genau genommen war er der heimliche King in der Schule. Und wer sich ihm in den Weg stellte musste damit rechnen, von seinen „Lakaien" verprügelt zu werden. Den Lehrern gegenüber verstand er es, sich ein zu schleimen und den braven Schüler zu spielen. In Wahrheit jedoch war er der Teufel in Person. Und genau dieser Teufel lag im Moment, an Händen und Füßen gefesselt und laut winselnd, in einem der Käfige. „Philipp? Schau nach, wie es unserem Gast geht. Und nimm einen Eimer mit Wasser mit. Wer weiß, vielleicht hat er ja Durst."
Belle saß vor einem der großen Spiegel, und war dabei sich zu schminken. Wie immer ließ sie sich viel Zeit. Schließlich wollte sie hübsch für Harry sein. Es würde das Letzte sein, was er in seinem jämmerlichen Leben zu sehen bekam.
Sie hatte überlegt, in eines der hübschen Kleider zu schlüpfen, die Paul so gefallen hatten. „Ach Paul", seufzte sie. „Schade, dass ich dich töten musste. Du warst ein echt netter Mann gewesen. Vielleicht und unter

anderen Umständen hätte etwas mit uns werden können. Doch was soll's. Urteil ist Urteil.

Doch zurück zu Harry. Sie hatte sich dann doch für die Lederkombi entschieden, denn er sollte hängen. Und dazu musste sie auf die „Katze" klettern, die in der Halle in gut zehn Metern Höhe verlief. Die alten Eisenleitern und Längstraversen waren rostig und verdreckt. Da würde sie sich ihr schönes Kleid versauen.

Philipp, ihr Sohn, lag im Nebenraum auf seiner Liege und spielte mit seiner neuen Konsole. Belle hatte sie ihm geschenkt. Da im Moment niemand „Gast" in einem ihrer Käfige war, von Harry einmal abgesehen, hatte der Junge Freizeit. Plötzlich legte Belle den Pinsel zur Seite. „So, jetzt bin ich fertig. Das Gesicht, das sich ihr da im Spiegel darbot, war perfekt. Das feuerrot gelockte Haar umrahmte wie immer das engelsgleiche Gesicht. Mit einem Ruck schloss sie den Reißverschluss ihres Lederanzuges. Dann zog sie ihre Lederhandschuhe an und stand auf. „Jetzt ist Showtime, Harry." Damit schritt sie langsam in die große Halle. Harry, der immer noch am Boden lag, bäumte sich in alle Richtungen, um die Fesseln irgendwie zu lockern. Belle öffnete die Käfig-Tür und zog ihn an den Füßen heraus. „Na Harry, schon etwas erreicht?" Mit einem Ruck riss sie ihm die Klebebänder von Mund und Augen. Harry blinzelte und starrte dann in Belles Gesicht. Die hockte neben ihm und lächelte ihn an. „Befreien Sie mich, bitte! Ich weiß nicht, wie ich hierher gekommen bin, aber bitte befreien Sie mich." Belle lächelte ihn stumm an. „Wollen Sie Geld? Ich habe Geld. Sagen Sie mir, was Sie wollen, und Sie bekommen es. Nur bitte, befreien Sie mich." Belle erhob sich und stellte einen Metallhocher neben Harry. Dann befestigte sie eine Schlinge an einem Haken, der mit einem herunterhängenden Stahlseil verbunden war. Mit einem Kettenzug begann sie das Seil langsam hoch zu ziehen. „Du solltest jetzt aufstehen, Harry." „Aber warum? Was habe ich Ihnen getan?" „Steh bitte auf." „Das werde ich sicher nicht." „Gut, wie du willst." Belle begann langsam an der Kette zu ziehen, und der Haken mit der Schlinge um Harrys Hals begann weiter nach oben zu steigen. Harry ging zunächst auf die Knie und stand dann gezwungener Maßen auf. „Na also, geht doch." Harry starrte sie mit angstgeweiteten Augen an. „Warum nur? Was habe ich Ihnen getan? Hilfe! Hilfe!" „Du kannst schreien, so laut du willst. Hier hört dich niemand. Los! Steig auf den Hocker, bitte." „Nein." Belle zog langsam weiter an der Kette. Harry stieg auf den Metallhocker, um nicht am Hals hochgezogen zu werden, bis dass der Tod eintritt. So stand es früher oft in den Todesurteilen. Belle liebte diese Urteile …

Indessen vor dem Bunker

Kathy und ihre Kollegen hatten sich inzwischen vor dem Eisentor versammelt. Auf ein Zeichen von ihr versuchten vier Beamte das Tor zu öffnen, während die anderen sicherten. Trotz mehrerer Versuche gelang es ihnen nicht, das schwere Metallschloss zu knacken. Selbst der transportable Brenner mit dem ultraheißen Schweißgerät gab nach kurzer Zeit seinen Geist auf. Kathy sah auf die Uhr. Man merkte ihr an, dass ihr das alles zu lange dauerte. „O.k., wir sprengen. Sergant, bereiten Sie eine minimale Punktsprengung vor. Alle anderen von hier zurück und in Deckung."

Einer der Polizisten stürmte heran und blitzschnell war eine Ladung C4-Plastiksprengstoff angebracht. Nach dem alle in Deckung gegangen waren, gab es einen kurzen und dumpfen Knall. Kaum hatte sich der Rauch verzogen, stürmten die Polizisten das Tor, das sich knapp einen Meter öffnen ließ. Kathy zog ihre Waffe, eine starke Taschenlampe und verschwand als Erste in dem Bunker. Hinter dem Tor befand sich ein ca. vierzig Quadratmeter großer Raum, der wie eine Garage eingerichtet war. Neben vielen Werkbänken und Regalen befand sich in der Mitte des Raumes eine riesige, völlig verdreckte Beiwagenmaschine.

Inzwischen hatten sich weitere zehn Beamte in dem Raum versammelt. „Hier, sehen Sie, Mam." Einer der Beamten deutete mit dem Finger auf den Beiwagen. Dort prangte, zwar verdreckt doch deutlich lesbar, der Schriftzug „Belle". „Na also, sie ist hier." „Hier, Mam, hier ist eine Tür." Kathy öffnete vorsichtig die Metalltür und leuchtete in einen langen Gang, der grün beleuchtet war. „Achtet auf Überwachungskameras. Ich will nicht, dass sie uns bereits auf dem Bildschirm hat."

Sie befahl sechs Beamten, sich ihr anzuschließen. Die anderen sollten die Garage und den Eingang sichern. Dem Trupp um Major Tecker befahl sie, den Bunker komplett zu umstellen. Dieses Mal wollte sie ganz sicher gehen. Belle, oder besser gesagt, Claire, durfte ihr nicht nochmal entkommen.

„O.k., wir gehen rein. Und denken Sie daran. Absolute Vorsicht." Vier der Beamten betraten als Erste den Gang. Dann folgte Kathy, und zwei Beamte sicherten ihr den Rücken. Nach knapp fünfundzwanzig Metern endete der Gang plötzlich und führte in zwei Richtungen weiter.

Kathy befahl über Funk vier weitere Beamte heran. Während sie mit dem ersten Trupp nach rechts schwenkte, durchsuchte das zweite Team den linken Gang. Wieder war nach knapp fünfzehn Metern Schluss, und wieder musste sich Kathy entscheiden. Und so schickte sie drei Leute ihres Teams in den rechten Gang, während sie mit den anderen nach links einbog. Nach gut dreißig Metern endete der Gang an einer Tür. Vorsichtig öffnete sie die Stahltür und stieg die dahinterliegende Treppe hinab. Am Boden angekommen, befanden sich zwei weitere Türen. Auf einer stand in verblichener deutscher Schrift: Zugang zur Kran-Bahn. Trotz mehrerer Versuche ließ sich diese Tür nicht öffnen. Also versuchte es der Sergant mit der anderen. Auch diese klemmte zunächst, doch mit einem Ruck sprang sie auf. Vor ihnen bereitete sich eine Halle aus, zu der man eine Eisentreppe hinabsteigen musste. Vorsichtig begannen zwei Polizisten die Stufen hinab zu steigen. Da entdeckte Kathy Harry Blain mit einer Schlinge um den Hals auf einem Hocker stehend. Ihr lautes „Stop" ging im Krachen mehrerer Schüsse unter. Der erste Beamte wurde sofort tödlich getroffen, während der zweite zu Boden ging. Kathy und der dritte Polizist stürmten die Treppe hinunter, um nicht weiter, als Schießscheiben zu fungieren Die letzten Absätze der Treppe übersprangen sie und landeten so aus knapp drei Metern Höhe auf dem harten Hallenboden. Kathy federte beim Aufprall nicht richtig ab und merkte schnell ihr vor Kurzem verletztes Bein. Mit einem Schrei warf sie sich herum und rollte mit dem Kollegen hinter eine große Kiste, die zum Glück in der Nähe der Treppe stand. „Was ist, Mam? Haben Sie sich verletzt?" „Nicht der Rede wert. Wir müssen irgendwie Verstärkung hierher bekommen. Einer der beiden da oben lebt noch." „Mein Funkgerät habe ich beim Sprung verloren. Ebenso meine Waffe, Mam." „Das ist nicht Ihr Ernst, Sergant." Vorsichtig versuchte sich Kathy einen Überblick zu verschaffen. Gut zehn Meter entfernt stand noch eine Kiste. Dazwischen lag die verlorene Pistole am Boden. „Da liegt Ihre Waffe. Ich gebe Ihnen Feuerschutz und Sie springen hinter die andere Kiste. Dabei greifen Sie nach Ihrer Waffe. Wir nehmen sie dann in die Zange, o.k.?" Der Sergant nickte. Dann spannte er seinen Körper und spurtete in die Richtung der anderen Kiste. Kathy feuerte mit ihrer Waffe in die Mitte der Halle, ohne zu wissen wo sich Belle befand. Doch auch diese feuerte auf den Sergant und traf ihn an der Schulter. Der hatte eine Hechtrolle vollführt, bei der er seine Waffe greifen konnte. Jetzt saßen beide jeweils hinter einer Kiste, waren verletzt und wussten nicht, wo sich ihr Gegner verschanzt hatte.

Während Kathy noch ihr Magazin wechselte, begann Harry zu brüllen. „Hilfe! Bitte helfen Sie mir. Die Irre will mich aufhängen!" Plötzlich war Bells Stimme zu hören. „Was ist, Kathy. Bist du nicht auch der Meinung, dass er es verdient hat? Dieses Arschloch hat Benny und John in den Tod getrieben."

„Verdammt", dachte sich Kathy. Belle hatte recht. Dieser Typ hatte hundertfach den Tod verdient. Und doch musste sie versuchen, ihn zu retten.

Ausgerechnet ihn. „Hey Belle, oder soll ich dich besser Claire Dumont nennen? Du weißt, dass ich das nicht dulden darf. Sicher er hat seine Strafe verdient, aber das hat ein Richter zu entscheiden und nicht du." „Dann willst du also dein Leben für dieses da opfern?" „Notfalls ja." Kathy wusste, dass sie Zeit gewinnen musste. Die Schmerzen in ihrem Bein waren inzwischen unerträglich. Sie öffnete ihren Stiefel, und sofort ließ der Druck etwas nach. „Und, geht es dir jetzt besser? Wenn wir schon bei Namen sind, dann kannst du mich auch ruhig Brooke nennen. Der Name sagt dir doch etwas, nicht wahr?" Kathy war überrascht. Claire war Brooke? Das konnte nicht sein. „Das glaube ich nicht!" „Was?" „Dass du Brooke Gordon bist!" „Oh doch, das kannst du ruhig glauben. Wobei, wenn ich es mir so recht überlege, ist die Brooke, die du verhöhnt und verspottet hast, damals in den Fluten der Nordsee gestorben." Kathy wusste, dass sie Zeit geinnen musste.

„Wie ist es dir eigentlich gelungen, den Sprung von dem Schiff in die See zu überleben? Wir alle dachten, du wärst von den Schrauben zerfetzt worden."

„Du kannst dir gar nicht vorstellen, wie verwundert ich selbst war, als ich das überlebt hatte. Mir war schnell klar, dass ich von euch keine Hilfe erwarten konnte. Ich trieb also im Wasser und wollte schreien, aber dabei schluckte ich zu viel Wasser. Euer Schiff war bereits am Horizont verschwunden und ich bereitete mich auf den Tod vor. Gute drei Stunden trieb ich im eiskalten Wasser, bis ich im Dunkeln an eine Boje schlug. Ich klammerte mich an ihr fest und wollte mich hochziehen. Doch ich war bereits zu schwach. Also betete ich und wartete darauf unter zu gehen. Irgendwann wurde ich dann bewusstlos. Wann mich die Fischer aus dem Wasser zogen, weiß ich nicht. Im Nachhinein erfuhr ich, dass es ein französisches Fischerboot war, und die Männer der festen Überzeugung waren, einen Leichnam aus der See gefischt zu haben. Sie fuhren einen ganzen Tag, bis sie ihren Hafen erreichten. Die Insel hieß La Belle.

Man bereitete mich auf die Beerdigung vor, und da passierte es. Ich lag schon im offenen Sarg, da begann ich plötzlich zu husten und wieder flach zu atmen. Die Menschen in dem Kaff rannten zunächst alle weg, da sie annahmen, den Leibhaftigen aus dem Wasser gefischt zu haben. „Was ja nicht ganz falsch war, wie wir inzwischen wissen." „Lass das, meine Liebe. Ich kann deinem Kollegen da auf der Treppe auch jederzeit den Rest geben. Doch zurück nach La Belle. Irgendwann hat sich dann doch jemand erbarmt und einen Arzt gerufen. Der erklärte mich zwar für lebendig, aber dem Tod näher als dem Leben. Zum Glück organisierte er eine sofortige Einweisung in das nächste Krankenhaus.
Weißt du, was mich im Wasser am Leben gehalten hat? Es war die Kälte. Sie führte dazu, dass meine lebenswichtigen Funktionen, mal etwas laienhaft ausgedrückt, heruntergefahren wurden. Eine Art Schutzfunktion des Körpers.
Apropos, Harry! Hallo Harry! Kannst du noch stehen? Ich hoffe doch, denn wir alle wollen dich doch noch hängen sehen." „He Sie, so machen Sie doch endlich was. Sie sind doch von der Polizei. Erschießen Sie das Miststück. Los! Verdammt, auf euch Weiber ist kein Verlass." „Das ist nicht nett von dir, Harry. Du verkennst deine Lage, nicht war?" Doch weiter. „Die Ärzte in dem Krankenhaus versetzten mich in ein künstliches Koma. Aus dem erwachte ich erst nach einem knappen Jahr. Hörst du? Ein Jahr lag ich in diesem verschissenen französischen Krankenhaus. Als ich erwachte, konnte ich mich an nichts erinnern. Ich wusste weder wer ich war, wo ich bin, noch woher ich kam. Die Ärzte verordneten mir eine ausführliche Rehabilitation, irgendwo im Süden der Insel. Dort lernte ich wieder gehen und sprechen. Diesmal jedoch französisch.
Doch auch da konnte ich mich an nichts erinnern. Während der Zeit im Krankenhaus hatte ich über fünfzig Kilo abgenommen. Wie ich mich das erste Mal im Spiegel sah, war ich erstaunt über die Person, die ich da sah. Sie war mir völlig fremd. In der Folge der Zeit wurden meine Zähne

gerichtet und mein Körper gestrafft. In der Reha lernte ich meine späteren Eltern kennen. In Frankreich gibt es so ein Programm. Paare, die keine eigenen Kinder haben übernehmen Patienten, die an völliger Amnesie leiden. Sie holten mich also damals aus dem Krankenhaus und nahmen mich in ihrer Familie auf. Sie schickten mich zur Schule und später zum Gymnasium. Sie gaben mir alles, was ich früher immer vermisst hatte. Liebe, Geborgenheit, sowie das Gefühl, ein wertvoller Mensch zu sein. Und sie gaben mir einen neuen Namen. Ab sofort hieß ich Belle, so wie die Insel. Belle Dumont. Brooke Gordon war tot. Gestorben in jener Nacht in der Nordsee. In die ihr mich getrieben habt.

Nach und nach kam mein Gedächtnis zurück. Und an meinem zwanzigsten Geburtstag wusste ich auf einmal wieder, wer ich einmal war. Es dauerte noch einmal eine ganze Weile, bis ich mir bewusst war, dass ich mir das Leben nehmen wollte. Das Leben, das ihr mir zerstört hattet. Das Leben, in dem ihr mich verspottet, gequält und gedemütigt habt. Und das in jedem Jahr, jedem Monat, ja jeden verdammten Tag. Auch du, Kathy, und deine geliebte Freundin Amy, ihr beide habt immer mitgemacht. Zunächst dachte ich, die Zeit heilt alle Wunden. Ich lebte weiter auf der Insel, machte eine Frisör-Lehre und hatte sogar meinen eigenen Salon. Mir ging es gut.

Doch die Zeit heilt nicht alle Wunden. Und so begann ich euch zu hassen. Erst nur wenige von euch, doch es wurde immer mehr. Und am Ende hasste ich euch alle. Und so stellte ich mir vor, wie es wäre, mich an jedem von euch zu rächen. An jedem von euch, hörst du? Denn ihr habt alle mitgemacht. Die einen mehr aktiv die anderen passiv. Auch Desinteresse und wegsehen ist Mitmachen, merk dir das!. Ihr alle seid schuldig. Und wenn ich es nicht war, an der ihr euch austoben konntet, dann waren es John und Benny. Und so beschloss ich nach den beiden zu suchen. Offiziell galten beide als tot. Doch das war ich ja auch. Ich reiste also immer wieder nach Schottland, und zwar mit einem französischen Pass und einer neuen Identität. Ich hatte keine Angst, dass mich jemand wiedererkennen würde. Die roten Locken und die neue Figur, ich war ein neuer Mensch. Wie ein hübscher Schmetterling, der aus der hässlichen Raupe Brooke geschlüpft war. Das nennt man in der Natur Metamorphose. Was ist Kathy, lebst du noch? Du wirst mir doch nicht den Spaß nehmen, dich krepieren zu lassen."

„Oh ja, ich höre dir zu. Ich verstehe nur nicht, warum das viele Morden? Du hättest dich doch auch anders rächen können." Belle lachte laut auf, und ein Schuss krachte in Kathys Richtung. „So, wie denn? Soll ich etwa jeden von euch aufsuchen und fragen, warum er sich jahrelang wie ein Schwein benommen hat? Warum die tägliche Ausgrenzung? Warum das ständige Lachen über mich? Und dann das Lied. Dieses verdammte Lied. Ich habe es nie vergessen. Und wenn ich die Augen zu mache, dann höre ich es noch heute. Oh nein, so einfach solltet ihr mir nicht davon kommen. Für dich habe ich mir auch schon etwas Tolles ausgedacht. Schon mal was von der Bambusfolter gehört? Dabei wird das Opfer, sprich du, über Bambussprossen, die gerade dabei sind, aus dem Boden zu sprießen, fixiert. Da diese Sprossen am Tag mehrere Zentimeter wachsen und dabei selbst durch steinigen Boden ihren Weg finden, werden diese Triebe nach zwei drei Tagen in den Körper des Opfers, sprich in deinen, ein dringen. Dies führt zu extremen und langen Schmerzen, bis hin zum Tod."

„Nett, meine Liebe, nur schade, dass daraus nichts mehr wird."

„Warten wir es ab. Doch ich wollte dir ja erzählen, wie ich alles geplant hatte. Bevor ich mit der Ausführung beginnen konnte, musste ich mir einen Partner, ja einen Komplizen suchen. Und da fielen mir John und Benny ein. Warum sollten die nicht auch ihre Selbstmorde überlebt haben? Und du wirst es nicht glauben, irgendwann traf ich auf Benny. Es war mehr ein Zufall. Er arbeitete als Sicherheitsmann in einem Einkaufszentrum in Glasgow. Auch er hatte inzwischen einen anderen Namen. Er nannte sich jetzt Steve. Doch er war es. Anfänglich war er mir gegenüber misstrauisch.

Wie ich ihm dann aber aus unserer gemeinsamen Zeit erzählte, war er schnell bereit, sich mir und meinen Plänen, euch alle zu töten, anzuschließen. Leider konnte ich John nicht finden. Und so folgte er mir zunächst nach Frankreich, denn ich hatte ja inzwischen einen Sohn. Philipp." „Aber wie konnte er den Sturz von den Klippen überleben?"
„So wie er erzählte, stürzte er sich hinunter und blieb jedoch nach zehn Meter freiem Fall in einem Baumwipfel hängen. Danach war der Wille sich umzubringen verflogen. Er wusste nur, er durfte nicht zurück. Und so verschwand er irgendwo im Norden und fand dort einen Schafzüchter, der ihn aufnahm. Dessen Sohn war kurz vorher gestorben, und Benny erinnerte ihn irgendwie an ihn. Er brauchte dort auch nicht zur Schule gehen, da er dem Alten erzählte, er hätte die Schule bereits beendet. Wie du dich ja sicher erinnern konntest, war Benny schon damals extrem schlau.
Wir arbeiteten fast zwei Jahre daran, alle Fakten über euch zusammen zu tragen. Zunächst suchten wir eure heutigen Wohn- und Arbeitsorte zusammen. Das hat lange gedauert, da viele heute unter anderem Namen leben. Bei dir war es nicht besonders schwer. Bei euch Superbullen gibt es keine Wohneinträge. Doch nach dem wir zwei, drei mal deinem Mini gefolgt waren, hatten wir alles, was wir brauchten. Dann galt es, eure Schwächen und Phobien heraus zu bekommen. Und schließlich eure Familien zu erforschen. Das dauerte am längsten. Denn die sollten Bestandteil unseres Plans werden. Die Erste, die damals sterben musste, war die Tochter von Ann Hassex. Leider ist uns da ein grober Fehler passiert. Wir hatten das Tauchequipment ihrer Mutter präpariert. Sie tauschte aber kurz vor dem Abtauchen mit ihrer Tochter. Und so nahm das Unglück seinen Lauf. Ihr Druckminderer versagte in dreißig Metern Tiefe. Die Tochter starb qualvoll vor den Augen ihrer Mutter. Na, wenigstens hatte sie einen paradiesischen Ort, um zu sterben. Es war eines der schönsten Korallenriffe auf den Malediven. Ihr Tod war ein Collateralschaden. Wir hatten daraus gelernt, denn den Kindern sollte

nie etwas passieren. Hier in Schottland mussten wir dann noch unseren Unterschlupf finden. Unsere Aktionsbasis, von der wir alle Einzelaktionen planen und ausführen konnten. Durch Zufall stießen wir auf diese alte Fabrik. Ende letzten Jahres waren wir endlich mit allem fertig und konnten damit beginnen, unsere Pläne in die Tat umzusetzen. Wir kauften die beiden Motorräder. Mit den Beiwagen konnten wir die Kinder und unsere Opfer besser transportieren. Nicht war Harry? Lebst du noch?

Dass, liebe Kathy, ist meine Geschichte. Und heute und hier werde ich wieder zwei von meiner Liste streichen können. Dieses Arschloch da unter mir und dich, eine taffe Polizistin." Kathy zuckte zusammen. Was hatte Belle gerade gesagt? Harry unter mir. Das konnte nur bedeuten, dass sie irgendwo da oben auf der Kran-Bahn hockte. Ein idealer Ort, um uns alle zu töten. Sie gab ihrem Kollegen, der immer noch hinter der anderen Kiste hockte, entsprechende Zeichen. Dann schaute sie vorsichtig hinter der Kiste vor. Darauf hatte Belle nur gewartet. Sofort schlugen zwei Schüsse haarscharf neben ihrem Kopf ein. „Na Kathy, Schwein gehabt? Probier es noch mal und du bist tot." „Weißt du Brooke, ich denke, du brauchst Hilfe." „Ich heiße Belle! Hörst du! Belle, merk dir das!"

Kathy merkte schnell, dass sie Belle mit der bloßen Erwähnung des alten Namens außer Fassung bringen konnte. „O.k., ich werde dich nur noch Belle nennen. Also Belle, du brauchst Hilfe. Lass uns miteinander reden. Leg deine Waffe weg und komm von da oben runter. Du kommst hier sowieso nicht mehr raus. Hier im Bunker sind noch zwanzig Beamte, die nur darauf warten den Keller zu stürmen. Und selbst wenn du es bis nach draußen schaffen solltest, erwartet dich da eine dreißigköpfige Spezialeinheit der Black Watch."

„Ah, Timmys Freunde. Aber ich glaube dir kein Wort. Und was das Reden betrifft, du hattest deine Chance. Früher, in unserer Klasse, da hättest du mit mir reden können. Jetzt ist es dafür zu spät. Auch für diesen Mistkerl da unten ist es zu spät. Hörst du mich, Harry? Es wird Zeit, deinem Schöpfer gegenüber zu treten." „Halt, nein, ich bitte dich! Kathy, so mache doch was! Du kannst mich doch hier nicht einfach verrecken lassen! Bitte, du musst mir helfen!" „Halt die Klappe, Harry. Du bist der Einzige, der es verdient hat zu sterben."

„Oh Kathy, plötzlich auf meiner Seite? Wie ist es, willst du ihn nicht mit der Kette hochziehen, so dass er am Hals aufgehängt wird, bis dass der Tod eintritt? So heißt das doch bei euch, oder?"

„Was für eine Ehre für mich, aber ich habe einen Eid geschworen. Und der zwingt mich, dich davon abzuhalten, hier Gerechtigkeit zu üben, wie du das hier nennst. Ach so, die Todesstrafe ist bei uns seit zwanzig Jahren abgeschafft. Also Belle, ich bitte dich noch einmal. Hör damit auf und lass uns miteinander reden. Ich verspreche dir, dass dir nichts passieren wird und du in einem Krankenhaus gründlich untersucht wirst." „Wie, du willst mich in die Klapse stecken? Oh nein, daraus wird nichts." Langsam reichte es Kathy. „Dann lässt du mir keine Wahl. Und im Übrigen, du hast Amy getötet. Das werde ich dir nie verzeihen."

Kathy hatte ihrem Kollegen weiter Zeichen gegeben, und auf ein Kommando von ihr verließen beide ihre Deckung und begannen von verschiedenen Seiten das Feuer auf den Kran zu eröffnen. Belle war einen Moment überrascht, doch dann feuerte sie zunächst auf

Kathys Kollegen und schließlich auf Kathy selbst, die dabei war, durch die Halle zum anderen Ende zu laufen. Kurz bevor sie die hinteren Räume erreicht hatte, war ihr Magazin leer und Belle schrie laut „Stop!". „Noch einen Schritt weiter und ich knall dich ab. Hände hoch und langsam zu mir in die Mitte! Tja, meine Liebe, Pech gehabt. Das war es wohl." Kathy war Belle komplett ausgeliefert. Harry hing inzwischen tot am Haken. Er war während der Schießerei vom Hocker gestürzt. Der andere Polizist lag tot oder bewusstlos am Boden. Wenn jetzt nicht ein Wunder geschah, dann war es das. Hier und jetzt würde ihr Leben enden, erschossen von

einer Wahnsinnigen aus ihrer Jugendzeit. Irgendwie schloss sich der Kreis.
„O.k., mach es kurz, Belle. Los, du hast gewonnen."
Kathy hörte, dass Belle inzwischen ihr Gewehr nachgeladen hatte. Ihre Waffe dagegen, lag für sie unerreichbar am Boden. Bei der anderen war das Magazin leer. „Wie willst du es haben? Willst du es kommen sehen oder ziehst du einen Schuss in den Nacken vor?" „Belle, ich will noch nicht sterben. Bitte!" „Dazu ist es jetzt zu spät. Los, dreh dich um." Kathy drehte sich langsam um. Tränen liefen ihr über das Gesicht. Sie hatte schreckliche Angst. Für einen Moment zog ihr ganzes Leben an ihr vorbei. Dann dachte sie an ihre Mutter und an Paul. Der Junge würde zum zweiten Mal jemanden verlieren, der ihn von ganzem Herzen liebte. Kathy stand immer noch mit erhobenen Händen in der Mitte der Halle und wartete darauf, erschossen zu werden.
Plötzlich hörte sie einen langgezogenen Schrei, und Belle stürzte, von einem Messer getroffen, in die Tiefe. Sie schlug hart auf dem Boden auf. Kathy zog blitzschnell ihre Waffe und wechselte das Magazin. Sie zielte auf Belle, der langsam das Blut aus dem Mund lief. Zusätzlich bildete sich eine große Blutlache unter ihrem Kopf.
„Philipp? Warum, mein Sohn?" Der Junge hatte alles mit ansehen müssen und sich entschieden, dem Wahnsinn ein Ende zu machen. Mit seinem Wurfmesser holte er seine Mutter von der Kran-Bahn herunter, eh sie noch jemanden erschießen konnte. Jetzt kniete er neben ihr, hielt ihr den Kopf und weinte bitterlich. „Bitte, verzeih mir Mama, aber ich musste dich stoppen. So konnte es nicht mehr weitergehen. Bitte, du musst mir verzeihen. Ich liebe dich doch." Belle sah ihrem Jungen ins Gesicht und lächelte. Du bist das Beste, was mir in meinem Leben gelungen ist. Ich verzeihe dir." Plötzlich bäumte sich ihr Körper noch einmal auf, dann fiel ihr Kopf zur Seite. Belle war tot.
Kathy steckte ihre Waffe zurück ins Halfter. Dann ließ sie sich auf dem Metallhocker nieder. Die Eisentür am anderen Ende der Halle wurde aufgerissen, und ihre Kollegen stürmten in die Halle. „Schnell, helfen Sie

ihren Kollegen. Da unten liegt noch einer." Den Polizisten bot sich ein bizarres Bild. Ihre Chefin saß auf einem Hocker. Vor ihr lag Belle tot am Boden. An deren Kopfende saß ein schluchzender Junge und daneben hing Harry Blair, tot an einem Seil.

Bald darauf wimmelte es hier von Polizisten und Soldaten der Black Watch. Kathy konnte erreichen, dass Philipp zunächst in ein Krankenhaus nach Glasgow gebracht wurde. Dort würde er einige Zeit unter Kontrolle verbringen und dann verhört werden. Natürlich erwartete ihn keine Anzeige, was den Tod seiner Mutter betraf. Denn schließlich hatte er damit Kathy das Leben gerettet. Was seinen Anteil bei den Entführungen betraf, so würde die Qualität seiner Aussagen darüber entscheiden, ob er frei oder in ein Heim kommt. Auf jeden Fall wird sich das französische Jugendamt um ihn kümmern. Nach endlosen Berichten und Aussagen wurde endlich Kathys Bein verarztet. Gegen 09.00 Uhr war der ganze Spuk endlich vorbei, und Kathy sank erschöpft in den Fond eines Polizeiwagens, der sie mit Sondersignal nach Hause brachte. Unterwegs informierte sie Tom und den Chief vom erfolgreichen Ende der Jagd auf Belle, dem Serienkiller. Beide waren froh, sie gesund zu hören. Der Chief war so begeistert, dass er ihr spontan eine Woche Sonderurlaub verordnete. Zu seiner Verwunderung nahm Kathy dankend an.

Gegen Mittag hielt der Wagen vor Kathys Haus. Sie bedankte sich bei dem Fahrer und ging humpelnd auf ihr Haus zu. Kurz davor öffnete sich die Tür und Paul kam herausgerannt. Vor Freude lagen sich beide in den Armen. Du bist zurück. Gott sei Dank Noch während Kathy ihn in den Armen hielt, sah sie ein kleines schwarz-weiß gemustertes Wollknäul auf sich zukommen. „Schau mal, hat mir Oma mitgebracht. Sie hat mir erzählt, dass du mir den besorgt hast. Danke. Ich danke dir von ganzem Herzen. Das ist das schönste Geschenk, das ich je erhalten habe. Kathy kniete sich unter Schmerzen zu Boden und hob den kleinen Kerl hoch. „Hey, was bist du denn für ein Hübscher?" „Das ist ein altdeutscher

Hütehund", antwortete Paul voller Stolz. „So, so, du bist also ein Hütehund. Du weist schon, dass du Paul ab jetzt behüten musst? Aber du weist auch, dass du ihn aufziehen, füttern und pflegen wirst? Ich werde dir helfen, wenn ich kann." „Alles klar, Mama." In diesem Moment kam Kathys Mutter aus dem Haus. Sie brauchte ihre Tochter nur anzusehen um zu wissen, dass sie einen schwierigen Einsatz hinter sich hatte. Mit Tränen in den Augen umarmten sie sich beide. „Du hast Post gekommen. Per Boten. Sie liegt da auf dem Tisch." „Das kann warten." „Ich denke nicht. Ist vom Jugendamt." Kathy nahm den Brief und wollte ihn gerade aufreißen, doch da zögerte sie. Was, wenn das Amt sich gegen sie entschieden hatte? Was würde dann aus Paul? „Hier, mach du auf." Damit reichte sie den Brief an ihre Mutter weiter. Die öffnete das Schreiben und überflog kurz den Inhalt. Dann sah sie Kathy an und lächelte. „Alles wird gut." Beide fielen sich weinend in die Arme. „Warum weint ihr denn?", fragte Paul neugierig. „Och es nichts, alles wird gut, mein Lieber." Damit umarmte sie erst Paul und dann den Hund.

Das kleine, fast schwarze Gesicht schaute sie mit neugierigen Augen freundlich an. Nach einem kurzen Moment des Beschnüffelns leckte er ihr das Gesicht. „Er mag dich", rief Paul. Die Ohren hingen ihm an den Seiten herunter. Ein langes Gähnen bedeutete, dass er jetzt schlafen wollte. „Und, hast du schon einen Namen für den kleinen Kerl?" „Kerl? Wieso Kerl?" Paul musste lachen. „Von wegen. Das ist ein Mädchen und sie heißt Princess Amy Princess McGore." Jetzt musste Kathy lachen. „O.k., herzlich willkommen Princess McGore." Damit drückte sie Paul den kleinen Hund wieder in die Arme und gab ihm einen dicken Kuss. „Der ist dafür, dass du zu mir ‚Mama' sagtest. Und jetzt ab ins Haus. Ich muss unter die Dusche. Damit gingen alle drei zufrieden und glücklich ins Haus.

Ende

ISBN: 978-38-448-0293-1

Ein kleines Team von Spezialisten dringt in „Edinburgh Castle" ein und stiehlt unter den Augen der Polizei und der Armee die schottischen Kronjuwelen und den legendären „Krönungsstein, den „Stone of Scune": Eine Beute von umgerechnet 700 Millionen Euro. Ein neuer Fall für Kathy McGore, die die Ganoven durch ganz Schottland jagt. Doch nicht nur die Polizei ist den Ganoven auf den Fersen. Ein auf Rache sinnender Killer verfolgt die Truppe. Bereit jeden zu töten, der ihm vor das Visier kommt. Natürlich erfordert so ein Coup eine präzise Vorbereitung. Und die beginnt Anfang März in Deutschland. in einem kleinen Örtchen an der Nordsee, In St. Peter Ording ...

Das Buch ist der erste Band einer Serie von „Kathy McGore" Taschenbüchern. Der Autor erzählt schnell und ohne Schnörkel die größten Fälle dieser schottischen Elite-Polizistin. Eine rasante Jagd durch das herrliche Schottland mit einem fulminanten Finale am Loch Ness. Wo denn sonst?

ISBN: 978-3-8391-5359-8

Kathy McGore, Edinburghs Superpolizistin, reist an die deutsche Nordseeküste, um in dem kleinen, vergessenen Fischer-Dorf „Berchtesgrund", bei der Tante ihres Kollegen ein paar Tage Urlaub zu machen. Doch bei ihrer Ankunft muss sie feststellen, dass diese längst tot ist. Neugierig forscht sie nach den Umständen und sticht dabei in ein Wespennest, bestehend aus Angst, Erpressung und Mord. Gemeinsam mit dem Dorfpolizisten Bruckner und mit Unterstützung der Kollegen aus Hamburg, kommt sie hinter das Geheimnis dieses längst vergessenen Fleckens Natur an der deutschen Nordseeküste. Schließlich führt die Jagd in das italienische San Cervenzo …

Dies ist der zweite Band aus der Kathy McGore-Reihe. Nach „Adler über Edinburgh" klärt sie auch diesen Fall in bewährter Manier.
Rasant und ohne Schnörkel. Es macht Spaß, sie dabei zu begleiten.